U0057457

AQUARIUS

AQUARIUS

AQUARIUS

每個人心中都有一座島嶼，

藉文字呼息而靜謐，

Island，我們心靈的岸。

冬將軍
來　的　夏　天

甘耀明 著

目錄

第一章

有陰影的夏天來了

我被強暴的前三天，死去的祖母回來找我。

這天聽起來是鬼魅的日子，陽光卻好到不行，我的人生走在某種算是小幸福的路上，好像心中再也找不到陰暗的角落。要是有甚麼不對勁，是我忽然想起了三天後的幼兒園聚餐，該穿蕾絲邊裙或是藍色淑女褲，我打開衣櫥翻找，決定穿褐色短裙赴宴。我應該穿緊身牛仔褲才是，這樣強暴就不會發生了。

翻弄衣櫥時，來自警衛室的對講機響了。警衛說，有個搬家公司送貨來，請我下樓幫忙搬。母親被吵醒了，她平日晚起的習慣被中斷，懶乎乎的從床邊走到廚房泡咖啡，丟下五顆方糖，讓咖啡滿出杯子。她不是用咖啡醒腦，而是糖，這能避開像是單純喝糖水的孩子。母親催我下樓處理，因為警衛又來電催促，那比濺到桌子的咖啡漬還煩人。她邊喝黑糖水邊妝扮，為某個約在麥當勞或星巴克的保險業務動身。

我下樓，看見五個該退休的老女人站成一排，陽光照下來，她們散發上個世紀五〇年代嬰兒潮的骨董氣質，還有一隻拉不拉多老狗。

五個老女人與老狗，這是搬家公司？組合非常古怪。

她們年近七十，頭髮稀疏，臉頰下垂，奮力從生鏽的福斯T3的後車廂搬出貨物。停車技術不及格，車離人行道有一公尺，增加搬貨困難。她們的每個動作都很危險，踩在紅線似，像冬眠的鼴鼠無法伸展大動作的慵病，要嘛被檯燈的電線絆倒而髖關節斷裂，要嘛彈性差的腿筋拉傷，要嘛被衣服上的灰塵惹出噴嚏而漏尿，最後心肌梗塞倒下。她們僅剩的力氣可能用來跟死神握手，這也是警衛找我來幫忙的原因。

我意識到甚麼，說：「這些是誰給我的……？」

「這是妳阿婆給妳的。」回答我的是個有酒窩的女人，約六十五歲。我相信她曾是個美人胚子，笑容優雅，嫻靜有親和力。

「她早就死了。」

現場氣氛冷下來，酒窩女人說：「確實，這是好幾年前的東西，她的朋友請我們搬家公司送來。」

「這些東西我都用不上。」我說。確實用不上，笨重的五斗櫃、鐵鑄的日光燈檯燈、布滿刻痕的鐵杉桌、檜木老旅行箱等等。等等，那個嶄新的TOSHIBA筆記型電腦要是屬於遺物，未免太唐突，正是我所愛。

「都是妳的了。」酒窩女人說。

「我只要電腦就好嗎，其他的退回去？」我說。

「我們不受理退貨。」

「拿去丟掉也行，我可以付妳們錢。」

這讓幾位老搬運工楞著。「我們幫妳搬到樓上。」酒窩女人指揮她們，展開危險又勞碌的工作。她們先抬著書桌到電梯間，手腳功夫不怎樣，嗓門的功夫卻很行，不斷喊：「妳那邊放低一點」、「不要走太快啦」，不然就「哎哎呀呀」的亂叫，彷彿幾隻老樹懶的呼救。

在進入電梯間時，有個穿護腰的老人累得蹲下，連額頭的汗水都沒有力氣抹去。尾隨的拉布拉多犬看到了，著急的吠，其他的老女人只能回頭看。她們手上還有大桌子耽擱，像老樹懶們被下詛咒般，努力發抖。

我的注意力不在老人，是老狗。依我的判斷，那隻狗約十六歲，換算成人類的年紀約八十歲，缺少幼犬的活潑，也沒有成年狗的敏銳，活脫脫是那些老人的翻版。老狗尾隨老人後頭，動作遲緩，眼神卻沒有離開她們，被說成幽靈也行。牠唯一的警戒聲，是護腰老人蹲下時，不斷的吠叫。

「鄧麗君呀！媽媽沒有問題，沒有生病倒下，妳可以不用叫了。」護腰老人說。

遇見一隻名叫鄧麗君的老狗，這真是令人費解，我只能說：「這隻鄧麗君太可愛了。」

老狗抬頭看著我，目光潺潺，眉間卻皺著。那是種不怒而威的表情，令我抽顫一下。老狗讀懂我的揶揄或敵意似的，我想。不過，這想法瞬間中斷。老人搬家公司繼續工作，擠在升起的電梯，有兩個人臉色蒼白，一個是護腰老人，一個是始終不說話的假髮老人。假髮老人因為搬家具而使得固定髮夾鬆脫，在電梯升起的剎那，她身體搖晃，假髮移位，掛在有髮夾固定的一邊，樣子滑稽。我差點笑出來，可是她悠閒的扶回假髮。

搬完第一趟，電梯下樓，每個人像是從天堂前往地獄的表情，假髮老人無意把假髮調整到妥當，這模樣不好看，或許是人生到了這年紀也不在乎在同輩之間出洋相。

電梯忽然停在三樓，門開啟，出現一位小朋友，他戴《星際大戰》的帝國風暴兵白頭盔，拿塑膠電子槍，緊張說：「妳們……是……誰？」

大家沒有回應，站著不動，也沒有任何表情，任由汗水從額角流下。酒窩女人勉強擠出笑容，護腰老人喘著，假髮老人披頭散髮。她們帶著疲憊的表情呆立，沒有話語，連我也被感染似的不說話。

電梯門關上了，帝國風暴小兵按下按鈕，門再度打開。這位六歲小朋友的把戲是經常按電梯鈕，對過客勒索同樣的問題，比如：「甚麼東西有五個頭，但是不會很奇怪」、「什麼東西越生氣越大」。等到對方快受不了了，他才大笑的說出答案是「手腳」與「脾氣」。

「阿姆斯壯……用右腳踏上……月球後，他……又做了甚麼事？」帝國風暴小兵這次攔下電梯問。

「左腳踏上去。」我說，趕緊結束這老問題。

「妳們這些老人不死的方式是……甚麼？」帝國風暴小兵不放人。

「不要停止呼吸。」

「不是，那是昨天的答案，今天換過了。」

「今天的答案是虎姑婆吃掉小孩就永遠不死，我現在好餓呀！」假髮老人低下頭，用假髮覆蓋臉龐，往前一步，低沉說：「我真的好餓，可以吃下整隻又肥又嫩的小孩。」

這樣子挺嚇人，帝國風暴小兵往後跳，拿塑膠槍示警。

電梯門關上，我們下樓把又重又舊的老行李箱搬上來。這是所有家具中最沉重的，她們很小心，搬運過程慢得令人不耐煩。我建議把箱裡的東西拿出來，好減輕重量。酒窩女人回答，她們很想這樣，但是幾年前行李箱運來時沒有附上鑰匙，從此打不開。

「妳會很有興致研究如何打開這箱子的。」酒窩女人說，「但不要用火燒，太像火葬棺材。」

然後幾個老人發出今日最具丹田力的笑聲。

「妳們是哪裡來的食人族？」報仇時刻到了，帝國風暴小兵從樓梯爬上來，突然打開防火門，拿著塑膠槍大聲質問幾個老人。

護腰老人嚇得沒有抓穩箱子。箱子傾斜，滑出另外三個人的手，轟隆摔在地上。老人們楞壞了。那一刻，老狗對箱子吠了起來。我沒有聽錯，那口木箱子有生命般發出痛苦的叫聲，迴盪在家門口。老人們露出慚愧，竟然安慰起箱子，又是撫摸又是憐惜的說出道歉。

假髮老人回頭看著大家，嚴肅的說，「要不要叫救護車送去檢查？要是摔壞就完了。」幾個老人紛紛點頭。

「這只是箱子，幹麼叫救護車。」我很訝異。

「摔壞就完了，這箱子很珍貴。」酒窩女人把情況說得很危急，俯身將臉貼在木箱上，聆聽裡頭的動靜。

「快幫我……叫救護車。」護腰女人大叫，她起身時覺得脊椎不行了，被拆了似的無法使上力，跌坐在地上。

救護車來了。整棟社區的人探出頭來看，帝國風暴小兵躲得好遠，以為自己的塑膠電子槍擊傷護腰老人而害怕。消防員拉著擔架與急救器材上樓，將護腰老人固定在擔架，送往醫院。警衛很熱心的把這件事向經過大廳的居民說明，他說景氣差，但是老人二次就業，不要做搬運工與警衛。

酒窩女人幫忙把木箱搬進我家裡，問我說：「妳能告訴我，妳阿婆是怎麼死的嗎？」

「摔死的。」我聽母親說她跳樓摔死。

「有可能。」酒窩女人笑著，「祝妳有個夢到她的美好夜晚。」

*

我在貴族幼兒園擔任導師。

幼兒園的規模很大，有沙坑、小操場、遊戲區與兩樓層的教室區，幼兒人數有兩百多人，比面臨廢校的小學來得多人。幼兒園最惹人厭的風景，是貴婦每日開名車接送小朋友，她們駕奧迪、賓士、BMW，八點左右像是攻擊性強的鱷魚群賴在車道上，一手提著柏金包亂揮，一手牽著衣著亮麗的小孩當炫財工具，想把受盡有錢丈夫的怒氣在這裡排毒，不理教師請她們離開。開國民車的媽媽們多半停在遠方，散步帶孩子走過兩條街到校，這風景宜人多了。

有一次，在校門車道，有位技術生疏的媽媽將四百萬的座車BMW ×6擦撞了Nissan，以為賠個幾千塊了事，不料這款Nissan是素有東瀛戰神之稱的GT-R，價值六百萬。那些價格與車款是我後來在Line教師群得知的。這兩台價值千萬的車子只是小擦撞，爆出二十萬元修理費的火花，我六個月的薪資吶！所以我每次騎機車經過名車時，都注意不要碰撞。

我是幼兒園大班的導師，班上十位學員中，總有幾位男孩對稀有版本的樂高積木與名車很有研究。他們有天賦分辨二十款BMW的細微差異，或樂高積木是哪年分的新產品。這就像廚房阿姨說她也有超能力，可分辨十二種菜蟲與四種蚯蚓，這種能力來自貧富差距。

其中最特別的學生叫王學景，綽號小車。他家很富有。小車自豪能在客廳騎腳踏車，浴缸可以游泳，車庫有三台車，冰箱有四台，陽台可以搭五個帳篷，而他們家是五層獨棟的電梯豪宅。他知道魚狗與翠鳥是不同稱呼的同種水鳥，曾用大砲鏡頭拍過，照到牠俯衝時以尖喙戳破河面的水爆瞬間。他能分辨非洲的小鹿瞪羚與大角驢羚的差異，這兩種動物的頸顱是掛在他們家牆上的獵物飾品；而旁邊掛著的美洲棕熊頭顱，看顧前方宋朝桌几上擺的清末宣化大瓷瓶，就算被一個地震毀了也不太後悔。

小車說，他爸爸除了蒐集動物頭顱，也蒐集了三個老婆，一個住家裡，一個藏在台中北屯的某間房子。還有一個也在家裡，那是住五樓的美麗印尼阿姨；爸爸趴在她屁股上時，被他發現。他相信爸爸的解釋，這是印尼儀式，很神祕，不准跟另外兩個媽媽講。小車卻跟我說了，因為我不是他媽媽。他甚麼都跟我說，包括有百萬存款，並且把銀行存簿拿給我檢驗。他說得沒錯，但是沒發現存簿後頭顯示還有八十萬定存。

我這麼提起他，是他有幾次告訴我，將來要娶我。

「等你長大後娶我，我已經老了。」我說。

「嗯！老沒有關係。」小車說，「我阿嬤也很老了，我還是很喜歡她。」

「所以你娶過你阿嬤。」

「沒有，因為我爸爸說他五歲的時候，就先娶阿嬤了。我太慢了，所以我以後要快一點才行娶妳。」

「你知道結婚是什麼意思嗎？」我問他。

「可以在廚房偷偷玩印尼儀式。」

我笑了，這六歲孩子對我是真誠的，但結婚不是他想的那樣。他似乎用跑的想早點鑽入複雜的大人世界，一路喘吁吁，我反而希望他停下來回頭看，不論魚狗或翠鳥都值得駐足。

「那你要面對很多的敵人。」我說。

「敵人？」

「比如玩具，你會更喜歡名車這樣的大玩具……」

「我會打跑『大黃蜂』的。」小車捏著拳頭說，「我會叫所有的大班同學打跑他的，我不怕。」

「大黃蜂」是開黃色馬自達跑車的人，是幼兒園園長的獨子，叫廖景紹。廖景紹靠多錢的母親資助，三十歲開咖啡店，店面用現金買。他每兩天在臉書秀出舉啞鈴的照片，每三天做臉部保養，半個月內去髮雕造型沙龍，常讓人搞不清楚他在國內享受或國外旅行；他對新版的跑車有興趣，鍾愛十年以上的紅酒，幼兒園的女教師都在猜，他對幾歲的女人有興趣。

而廖景紹是強暴我的人，沒想到事情竟這樣發生。

事情發生在五月底聚餐的那天。一群幼兒園老師打扮亮麗，髮絲染成棕色，衣著像公主，提著仿名牌的皮包，連平常穿緊身牛仔褲當作皮膚的馬盈盈也穿起裙子。這群窮老師，平日騎機車代步，這時哪有可能打扮美美的騎車與強風搏鬥後，還能強顏歡笑的進餐廳。於是大家聚在幼兒園辦公室，等著廖景紹開車來接。

廖景紹開著大黃蜂進來，引擎聲響轟隆隆，大門警衛開門歡迎，原本各自聊天的女老師看過去。廖景紹搖下車窗對大家招手，臉上露出笑容。他不帥，像瘦版的諧星白雲，剝掉他身上包裹的昂貴跑車、潮衣與黃金身分，永遠像在便利商店遇到熬夜打完網路遊戲的魯蛇。

有男老師形容廖景紹是「用來憎恨上帝的移動招牌」，因為他靠家產過活，沒才華，不用賺錢，工作是每天開跑車出門去花錢。我記得那台黃跑車，永遠流淌輕爵士音樂，我有五次被他載去洽談幼兒園教材印刷與制服，回程時他用手往我大腿內側摸，我下意識的縮回。我確定那是愛撫與挑逗，並懷疑他的右手不是放在排檔，就是放在副駕駛座的任何女人。他賤賤的、痞痞的，很會裝，是王子病的潛伏症狀者，一點都不保固耐用，不是我的菜。他對女人先求有、再求好，風流韻事多到數不清，換女人像是朝水溝倒掉美國鹿躍紅酒般瀟灑，再逍遙的開一瓶智利蒙帝斯紅酒。我不想成為一罐紅酒。

「嗨！美麗的老師們，我的車子只能載一位。」廖景紹從車裡揮揮手，滿臉歉容，「誰是幸運的那位。」

大家喊著載我，巧笑倩兮，走向剛打完蠟而發出飛壘青蘋果口香糖味道的車子。馬盈盈說，「不如公平點，你一趟一趟載，把大家輪流載完。」

「我只想一次載完大家。將車子變大吧！上帝。」廖景紹說完把跑車開進車庫，換成黃底紅條紋的三菱娃娃車，大喊：「上車了，小朋友們。」

八位幼教老師見狀，歡呼一聲，擠進平日載幼兒上下學的八人座廂型車，座位對大人來說嫌小了，女老師拚命擠，一定要穿進那雙由王子從舞會帶來的玻璃鞋似，以免暴露自己的身材。

聚餐是網路上有名的特色餐廳，清水模建築，是廖景紹介紹。整間二十幾人座位的餐廳被我們包下，大家手拿酒杯四處走移與聊天。牆邊有個小專櫃，販賣幾種醬料佐料，價格不菲。牆壁掛了夏卡爾的複製畫〈生日〉，一對男女在空中飛吻，似乎強調這家餐廳的美食令人享用後靈魂起飛。但是，另一邊掛了幅美得令人費解的裱框照片，裡頭擠滿了粉紫、鵝黃、茄藍色的星狀糖粒，形成超現實景象。大家邊喝酒，邊猜這是甚麼。

「那是藜麥的花。藜麥是南美安地斯山的作物，營養價值高，是太空人的高纖食物。」廖景紹搖著紅酒杯，「不過，妳們不用到南美就能吃到，這照片的種植地是台東海端鄉的下馬部落，是第五代繁殖。」

「你是專家。」店老闆是四十歲的輕熟型男，圍著圍裙，上菜了。前菜是發芽的藜麥佐燻肉青醬。

「我幫了你大忙，幫忙把前菜解說了。」廖景紹說。

「感謝，賞你們一人一罐啤酒，請喝。」店老闆拿出兩手啤酒，讚許這是台灣的土產酒，獲得亞洲啤酒盃的國際賽首獎。

那場歐式餐點，卻被紅酒與啤酒攻占。事後想想，那些食物沒有好吃，卻被型男主廚說的

「一口好菜」下蠱了。是這樣下蠱：每道食材都有履歷故事，花蓮石梯坪捕獲的烤虎斑烏賊、台東外海捕捉的翻車魚皮涼拌、澎湖望安某顆老漁夫潛獲的馬糞海膽、彰化某農民養殖的無毒安心豬肉、新竹尖石山區摘來的馬告胡椒。每道食物都被權威與名號包裝，賦予一個頭銜，一個血統，一個精確到用知識刻度衡量的食材，要是吃不出味道，不是主廚問題，是顧客沒有腦袋。我就這樣失去自己的腦袋了，被酒精占領。食物不多，美酒無限，我喝醉了。這是始料未及的，我酒量不好，卻被那天的氣氛灌迷湯似猛喝。

之後，所有女老師像得寵的灰姑娘，又是醉言，又是唱歌，由黃色娃娃車送回家。繞過整座城市，送完女老師，車內剩下我與廖景紹。他扶我上樓，從我的皮包中拿出感應扣與鑰匙，打開八樓鐵門。

家裡沒有人，隱約中他把我放在客廳沙發。我感到裙子被掀起，內褲被脫掉了，但那也可能是我的夢境而已。我覺得有不妥的事情發生，某種異物弄痛我的下體，我好像有說不要，也掙扎幾下，接著就醉得像噩夢般不清楚了，到底有沒有掙扎也說不上來。

這就是強暴，它就這樣來了，賴著一輩子走不了的陰影。

對了，我看過強暴畫面，令人不舒服。

那是大學時交往的男友給我看的A片。我的第一次給了他，這沒有甚麼好說的，過程僵硬與緊張，像半夜跑了好遠去偷吃番茄沙拉蛋糕這種不存在的創意料理，很新鮮，沒有高潮。男友把A片藏在電腦桌面名為「LoL密技」底下第五個夾藏檔案，他迅速找到影音檔，表示他常通過這些秘道。他播放一部日本強暴片給我看。那是演的，四男抓住一女的手腳往外掰。第五個男的進入她的身體，性器結合的畫面是一堆馬賽克跳動。女演員搖頭叫不要、不要，臉上很痛苦，還能幫幾個浮世繪紋身的男演員口交。最後，男演員同時將精液砸在女演員臉上，像是生日宴會上很嗨的砸蛋糕，再全部跑掉。

女演員哭了，哭了好久，淚水才能從滿臉的精液裡鑽出來。她說，這不是她想像的，她的世界毀了。

我的遭遇不是這樣，也沒那麼慘，總之它發生了，我的世界也毀了。

*

我與祖母的相處，約在十歲的時候結束。

在那之前，我對她的記憶是她身上有冬瓜糖的甜味。祖母喜歡在過年的擺盤放冬瓜糖，也喜歡將宴桌上無人想吃的冬瓜糖打包。那種條狀糖很獨特，咬下去像是咬到香腸或早期的五仁月餅裡的豬油塊，牙齒帶點沙沙的感覺。這種食物記憶，成了我惦記人事的方法。

說到甜得要命的冬瓜糖，不表示我祖母的身材胖，反而是又瘦又扁，適合跟我玩捉迷藏。祖母在魔術團擔任兼職演員，躲在小竹籠，被十幾支劍插竹籠都沒受傷，那就不用說她被砍被擠的這類魔術都能勝任。後來老闆捲款跑掉，她失去工作，與我們一起住在柳川畔的兩層樓房，負責教育我。

我的祖母是客家人，有非主流的口音，我也學了那種腔調，直到上小學一年級時才被老師糾正。尤其是小四的英文課，出了大笑話。那是第一次上英文，老師知道我們有英文底子，在黑板寫下A，隨便問人怎麼念，結果點到我。

「阿婆。」我大聲念。

全班安靜無聲，瞪大眼看我。

「妳再念一遍？」

「阿婆。」我念第二回，小聲又害羞。

「那這怎麼念？」老師在黑板寫下B，再給我一次機會。

「熱吧！」

「這個呢？」老師寫下C。

「菩薩。」我把褲管揪得很緊。

「菩薩？妳是火星來的嗎？念的完全不是英文。」老師敲著黑板，說：「這是A，不是阿婆。這是B，不是熱吧。這個C怎麼跟菩薩有關？」

全班笑到東倒西歪，而我臉紅得像蘋果。

我現在還記得，祖母將A念成阿婆的原因。當時教育部宣布新政策，國中英文課，將提前到小四上。她得知後，帶我去黃昏菜市場，在便宜的五金行買了一張類似墊板的廿六英文字母表。A的對應字是蘋果，B是蜜蜂，C是貓，而Z是動物園。我們除了看懂圖案，不懂得念。

祖母帶我走過八條街，來到一個畸零地的小公園。那有溜滑梯、簡易健身器材與溜冰場。那天陽光好，羊蹄甲樹下，幾個外籍看護將家中動不了的老人帶到溜冰場曬太陽。坐輪椅的老人圍成一圈，有插鼻管、中風的、阿茲海默的，沉默的面對面展示疾病，後頭站的外籍看護則聊不停。祖母拿英文字母表去問看護女孩，蘋果怎麼念。

女孩們大叫：「apel。」

祖母很驚訝，再問怎麼念，答案仍是apel。

那時候我們的知識還不足以應付世界，祖母以為除了中文與日文，其他國家的都講英文。那戴頭巾的女孩，來自伊斯蘭信仰為主的印尼。那天我們學到的蘋果是印尼文。apel與客語發音的阿婆（a-pol）類似。回家路上，祖母告訴我，A是蘋果，念法是阿婆。為甚麼會這樣子念，她說，也許在國外在種蘋果的都是歐巴桑，也許顧蘋果攤的都是老阿婆。她還跟我分享，年幼時看到黑白電視裡的蘋果是灰色，真正看到蘋果時嚇著，紅得像毒菇，不敢摸。而第一次吃蘋果是來自她父親生病的營養品，昂貴的日本水果放到失去原味才吃。

隔天我們回到公園，學到B的蜜蜂（bee）的印尼話是lebah，類似「熱吧」。我們無從理解字母表的bee，與印尼話有差異。

「熱吧，熱吧，蜜蜂工作很勤勞，老是說熱吧！」祖母教我。

「熱吧！」我複誦，心想英文與中文原來有關係，「原來英文的發明是這樣來的呀！」

「真不簡單。」祖母轉而看著C，帶著我一起猜它的意思。

我們看了很久，一下子瞇眼，一下子斜眼，臉上憋滿了發明英文詞彙之前該有的挫折，然後祖母受不了而跳起來，攔下一位騎腳踏車經過的菲律賓移工，問到cat念法是pusa，類似「菩薩」。祖母這才想透道理的說：「原來是這樣，貓懶懶的都不太動，像廟裡的菩薩。」答案無懈可擊，她可以拿下年度推理獎了。從此我看到貓都覺得牠們是菩薩的化身，安靜溫懶，妳做壞事時看見祂在牆角冷冷的看來，妳走在小巷害怕時會看見祂蹲在牆頭上保護妳。從此我們從字母表學到的不是英文，是印尼、菲律賓、緬甸、越南，甚至德文或法文，是萬國語言。

那天，搬家人員將老家具搬來之後，我不是聞到蟑螂屎或樟腦丸的味道，而是淡淡甜味，我想起這是冬瓜糖的味道。我把家具的櫃子抽屜打開，每個收納空間都是空，唯有那個沉重無比的木箱打不開，鑰匙孔被木片塞死。我試了幾次終於放棄。

「妳從哪個垃圾堆撿來的。」晚上母親回來了，被屋內的老家具嚇著，以為來到擺骨董的特色餐廳。

「阿婆的。」

「誰？妳是說那個老女人。」母親驚訝大喊。

我錯了，不該告訴她家具的主人是誰。多年來她們的關係沒有化解，父親死後，婆媳關係也毀了，我的生命也像在柳川河堤下那隻被屠殺的狗一樣充滿掙扎與痛苦。媽媽帶我離開柳川旁的房子，從此她能盡情罵祖母。母親說祖母在意金錢，偷翻她的銀行存簿是否提太多錢、暗示每月寄來的銀行刷卡單金額太高、置裝費太奢侈、鞋子太多，然後祖母寫成表單，說明每年買了沒用的化妝品、古怪帽子與各式好看不好用的文具。媽媽形容祖母是討債鬼，控制欲像背後靈。

母親坐在客廳沙發，身體沒有動，眼皮也沒有眨，久久才說：「她來了，她來找我們了。」

「為什麼？」

「還有為什麼，我跟她生活了七年。」

「她不是死了。」我認真看著她，「妳擺脫她了。」

「我不記得我說過她死了。」

「有。」

「哪時候？我從來不記得說過。」

「每次喝醉。」

母親搖搖頭，「這妳敢相信，妳大概不懂喝酒是要發洩，那是說說而已。好吧！我想知道我說過她怎麼死的？」

「跳樓自殺。」

「那不可能。」母親認為祖母不可能自殺，最可能過馬路時被醉鬼撞死、住在淹水區溺死，或躺在椅子看荒謬的鄉土劇心肌梗塞。但不會跳樓，她膽子小，怕高也怕死。母親說，她知道「那女人」認為地獄比癌症、沒錢、坐牢或飢餓還要可怕，任何苦難不會太久，入地獄卻是「無數的一輩子」困鎖在裡頭。

我滿認同，記得有次經過寺廟，祖母指著彩繪磚上的地獄圖，要我看清楚人下地獄的悲慘樣子。有的被牛頭馬面拿著大鋸子從胯下往上鋸，有的掉在尖錐子林而被貫穿身體，有的活活被扒掉皮膚，有的掉進油鍋熱炸。祖母跟我說，自殺的人即使沒有傷害他人，也會下地獄。這麼說來，祖母跳樓自殺是不可能的，她會擔心自己因此墮入地獄受苦。

「這麼多年過去了，她死掉也好。」媽媽說，「我不是徹底討厭她，只是不喜歡跟她一起生活，她就像她送來的老桌子，死死板板的遺產。」

「那要怎樣處理？」我也苦惱了。

「丟掉。」

台中市有個公家環保單位，可回收廢家具。我循著網頁電話打過去，一位先生跑著過來接話，喘氣著，表示只能白日取件。我白日上班，要是等到三天後的週末才來清空，母親會被老家具的粉塵與婆媳之間的記憶折磨得難眠，便跟環保員約在隔天下午，趁幼兒園的才藝活動時，請假回家處理。

*

我聽到祖母的靈魂從桌子裡飄出來，移動在家裡。她趁我與母親睡去時，坐在客廳無聲的看第四台電視，她沒有因劇情而笑，也沒有哭，安靜得很。她在黑夜裡生活，會去上廁所，傳來沖水聲後又傳來腳步聲。可是我走出房門卻甚麼都沒有看到，而我傍晚回家時，發現食物短少，垃圾比平常多，可是，家裡看不出有人。

打完回收家具電話的那天夜裡，我醒來，看見房門底下滲進來電視螢幕的光影，一種時光交疊的夢似。我起身打開門瞧，客廳電視沒有開，從窗外透進來廣告霓虹燈的閃爍，這時傳來神秘的聲響。

真的，客廳有聲響，卻沒有人。我以為聽錯了，但確實存在。木桌發出清晰緩慢的吉咿、吉咿聲，類似銼刀或粗糙器物相互摩擦的刺耳聲音，彷彿有人伏案寫字，而且是一筆一畫用力寫。我嚇到了，大約有十秒站在原地，全身感受到的是劇烈心跳。當我多走幾步，探究那寫字聲時，沒有了，一點都沒有。

我把母親叫起來壯膽，兩人坐在沙發，樓下的霓虹燈投進客廳天花板形成眩光，非常催眠，在我們打盹前，那桌子聲再度發作。母親的睡意沒了，被詭異而且憤怒似的聲響嚇著，她直起上半身，想出可能的解釋：「妳阿婆的伯父死在這張桌子上。」

「他的靈魂在寫字。」

「可能嗎?聽說那個人是殺豬的，衣服有漂白水弄不掉的腥味、指甲縫沾有血味。妳阿婆家小時候是大家庭，家境還可以，常吃到她伯父帶回來的豬肺和豬眼，那是最不值錢的，她吃到怕了。」

我想到海綿布似的豬肺臟，感到反胃，「殺豬的用書桌，這很玄。」

「用來消業障。妳阿婆的伯母說，殺豬有業障，要抄佛經，買桌子抄經。殺豬的男人不肯，說殺豬不會有業障，殺豬是幫那些豬超渡這輩子的苦厄，吃豬肉的才會造業。」

我知道後頭發展了，母親曾說過這家族傳說。祖母的伯母沒讀過書，把佛經抄得壞了，每個字像惡魔對付她，從此由祖母負擔抄經。祖母不願意，抄一次佛經得犧牲九十幾分鐘。後來，殺豬的男人看到祖母抄得這麼痛苦，自己來寫，大字不懂幾個的他，竟然安靜抄寫，某天抄著抄著竟然伏在桌上死去。祖母的伯母很難過，親友安慰說這樣沒病痛的死掉是福報，才寬心。可是我能想起的記憶，是祖母教我在這桌上練習英文單字。桌子有我和她的記憶。

「現在幾點鐘？」母親沒戴上隱形眼鏡。

「兩點。」

「好吧！去睡吧！」母親說，「這不是鬼魂寫字，是蛀蟲。」然後她把一本雜誌丟向那張桌子，魔鬼聲停了。

「蛀蟲，妳怎麼知道。」

「妳住過木頭老房子就會懂的。總之，趕快把老家具丟掉。」

隔天我回家，等公家單位來收家具。他們遲遲不來，我在客廳等待。老桌子臨窗，陽光照在木紋，發出迷人色澤，那些光澤似乎是用清潔液將桌子的陰霾都擦乾淨了，而桌腳的蛀蟲發出像是搖晃安樂椅的聲響。我曾在這張桌上練習錯誤的英文字母，我記得祖母為了訓練膽量，要我出門去問外國人。我膽子小，不敢問K怎麼念，亂掰發音。K是king（國王），配圖是皇冠，我憑著皇冠頂端的尖狀，聯想到「刺蝟」而把這個讀音的平仄消除了即可。祖母讚美，摸著我垂下來的頭。

此刻，陽光直照在桌面，強烈的光斑折射，像是一條記憶之河裡的金沙閃閃發亮。這記憶包括有一次祖母在桌邊跟我聊了好久，她不要我做功課，專注跟她聊，數次流淚看我、摸我臉頰，令我想掙脫她緊握的手。現在想想，那是我們分離前的最後談話，她急切的想跟我多談，我卻很煩。

家具回收部門沒有來，我打電話去問。

仍是那個跑過來、氣喘吁吁的中年男人，說：「我們做事很負責，絕對有派人收呀！」

「沒有，我等了很久。」

「不可能，妳給我妳的住址，我確定一下。」他拿出資料核對我的訊息，然後說，「是妳打電話來取消的。」

「我在家裡等你們來，不可能先取消。」我有點怒。

「我們這邊的紀錄是，妳今天早上十點來電取消，打來的電話號碼與住址跟先前的一樣。」

「不可能。」我掛上電話後又說了三次。

我確定取消電話的不是我，也不是母親。我們只有在家討論丟掉家具，也就是說，除了我與母親，家裡還有第三人，是「那個人」打電話取消的。我想到此渾身冒著疙瘩，是誰在這房子，她在哪？目的是甚麼？我想破頭時，蛀蟲的聲響再次迴盪，我小心的靠近書桌，判定蟲聲從哪裡發出來。我貼近每根木頭，尋找可能位置，最後我下判斷，這聲音是從放在桌子下的老箱子冒出來，比較像是一個老女人在裡頭盡情的磨牙打呼聲。

竟然是這個聲音幫助了我。

當廖景紹脫去我的內褲，在客廳趁我酒醉強暴我時，這種類似女人磨牙的聲音響起，越來越大聲。廖景紹嚇著，亂敲打桌子或箱子阻止，然後老家具震動起來，幾乎著魔似搖晃。

廖景紹嚇壞，倉皇的奪門離開了。

*

我受到侵犯後，不知道昏沉了多久，醒來時人躺在客廳沙發上，太陽穴有點醉痛，身體很誠實的告訴我剛剛發生了甚麼事情，那些感覺從四肢慢慢的爬進大腦。我感到下體有些痛，手腳沉重，而大腦只想著一件比痛更痛的問題：我怎麼會這樣子，今夜真糟。

過了約幾分鐘，我看見有人坐在不遠處的沙發，在窗外透進來的霓虹光中亮著輪廓。我想他不是廖景紹，不是母親，而是祖母。我強烈感覺那就是她，在腦海被時光沖淡的影子驀然出現，使我喊出聲：「阿婆。」

「是我。」對方用客語回答。

「妳哪時來的？」

「有一段時間。」

我抬起頭，看見她身子有點駝，臉在黑暗裡難辨，她跟我記憶中的模樣變化頗大，或者說我從來沒有好好記得她。我問：「是不是家具搬來那天。」

「沒錯。」

「我沒有發現妳。」

「妳不是沒發現，只是不敢確定。」

「妳一直在家裡。」我深吸一口氣。

「對。」她也深吸一口氣，「我不是鬼，還活著，妳可摸摸我的手，感覺我的存在，不過我想妳現在很累，我可以走到妳那邊嗎？」

「好。」

祖母走過來，她撞到桌邊或箱子蓋之類的，發出聲響。她坐在我身邊，抓住我的手緊握。她的皮膚看似乾豆腐皮，觸摸卻平滑。豆腐皮是熱豆漿表面凝固的薄膜，曬乾後食用，那是祖母喜愛的食物，她將之燙熟後沾上便宜的山葵醬，兩人挨著小板凳，坐在有陽光的窗下吃，那是我第一次吃到山葵，眼淚直流。這時我摸祖母的手，有股委屈從喉嚨衝到了眼眶，眼淚直流。

「那是妳男朋友？」祖母問。

「不是。」

「認識嗎？」

「我想應該是幼兒園園長的兒子，他開車載大家回家。」

「所以他不是妳的男朋友。」祖母再次強調這句話，看見我搖頭後，問：「妳會覺得不舒服嗎？」

「有一些。」

「妳想要怎樣做？」

「不知道。」我腦袋渾沌，陷在宿醉與情緒的纏亂中，不知道下一步要怎樣做。而猝然與祖母相遇，雖給我稍稍安穩，但對事件也沒有太明確想法，「我真的不知道。」我重複說。

「要不要先睡一下。」

「妳要離開嗎？」我真怕祖母走了，我現在需要人。

「不會。」

我起身找手機，說：「我要打給媽媽。」這幾年來我們吵吵鬧鬧，但大部分的事會彼此商量。她會給我意見。我手機按下電源，從光亮的螢幕找到母親的電話，撥了一分鐘才接通。

「現在幾點？」母親說。

「兩點。」

「妳不會是滑手機遊戲時，誤碰到回撥電話吧！」

「媽，我被欺負了。」

「發生甚麼事？」

「強暴。」我把來龍去脈說一遍，除了祖母忽然現身客廳這段。我感到電話那頭的母親很無措，甚至搗著手機回應床邊的男友發生了甚麼事。多年來，每個週末她都會到男友家過夜。他們維持工作與情侶的關係。母親也很少談論她的私人感情。

「妳跟廖景紹不是男女朋友？」母親凝重說：「我看到妳臉書上，曾放過幾張兩人的合照，那是曬恩愛吧！」

「不是，那是一群人的照片，妳沒注意到。」

「或許我覺得你們很登對，才會只注意到你們兩人而已，說不定你們現在可以成為男女朋友。」

「怎麼可能，都這樣了。」

「聽我說，那可能是男生表示『我想跟妳成為男女朋友』的方式。」

「媽，妳有沒有站在我的立場想。」我提高音量說。

母親停頓一會兒，「抱歉，電話裡不好談，我現在就回家去，我們當面談一談比較好。」

我掛斷電話，在母親回來前的半小時，我的視線回到祖母身上，好奇她這幾天藏身在家中哪裡。祖母說她藏在那個隨搬家公司搬進來的木箱，這樣說起來很奇怪，一個身體能摺疊進與身體比例不符的空間，但這就是她的本事。這幾天來木箱是她的房子與床鋪，她待那夠久了，聽到家中一舉一動，時間夠的話，她會多待一段時間。

我想這幾天家中短少的食物，應當是祖母的傑作。祖母說她不是鬼，可以不吃不喝，但是寄人籬下，得像鬼一樣偷偷摸摸生活。她趁白天大家外出時，出來活動，煮飯菜吃，打開收音機聽，洗個澡；衣服洗好後用脫水機脫乾，晾在通風處快乾。

祖母翻閱我的書櫃書（她對她的偷窺抱歉），注意到我對日本旅遊與偵探小說比較著迷，但事實上卻想成為貴金屬金工設計師，這來自書櫃上的幾本相關書籍被翻皺了，做足了重點畫線。祖母也打掃家裡，把比較髒的地方清乾淨，在沙發縫找到我幾個月前遺失的項鍊，我以為它掉在某個婚禮場合。祖母的打掃不表示她有潔癖，而是多活動可以在大家回家前將自己摺進木箱，早點入睡。她可以睡很久，像動物整晚縮在洞穴裡睡覺。

「妳一定有翻我的抽屜。」我讀偵探小說，卻不會對日常的細微變化，而疑神疑鬼到有外星人入侵。但這時我合理懷疑祖母動過抽屜。

「沒錯。」她很誠實，「讓妳討厭我了。」

「有些。」

「有些而已？」

「我沒有甚麼天大的八卦，但不喜歡被偷看。」

「我實在手賤，忍不住看了。」

「妳為什麼回來找我。」我想知道，在今夜看似甚麼都搞砸，所有錯誤都來的荒謬時刻，離開十幾年的祖母為何回來了。

「我要死了。」

「死了？」

「我是個一腳踏進棺材的人了。我得了肺癌末期。」

「所以回來找我。」

「就是這樣，我曾經有過很快樂的日子，就是與妳生活的那段日子。我覺得死之前有責任，就是回來看看妳，這樣比較安心。」

我們熱淚盈眶，彼此相視。那些曾有的情感連結，使我察覺未來的日子更重要了。忽然，祖母起身打開木箱蓋，一腳踏入，另一腳接著縮進去，我看見她的身體像洩氣似癟進那狹小的空間，沒有留白，身子塞滿在小木箱，展現貓兒天賦的藏身功夫。我以為祖母不習慣無言而淚流滿面的尷尬，才回去木箱，事實上是母親回來了。她開門進來。

我的眼淚是為祖母而繼續流，嚇得母親趕緊為我流淚。她把提包扔地上，走來抱我，「寶貝，對不起，我今天應該在家的，不然妳不會受傷。」她淚水流一陣子，才說：「我很抱歉在電話裡那樣說，我是關心妳才直接說的。」

「我了解。」

「妳看看，我們跟廖景紹熟，他媽媽是幼兒園園長與最大的股東，我們家只不過是小股東。可是，這不代表她兒子就能這樣欺負妳。他們母子確實令人不喜歡。」

「妳不是很討厭她？」

「我沒討厭，只是不欣賞他們財大氣粗的模樣而已。」

「這不是一樣的意思？」

「不一樣，聽我說。」媽媽沉思一下，「妳確定被廖景紹欺負了，我聞到妳身上都是酒氣，妳確定了？我這樣說不是要誤解，只是想確定妳不是酒醉的狀況下想像的，而是真的發生。」

「是真的，我醉了，可是身體還是我的。我感到有人壓著我。等我比較有意識時，他已經走了。我的內褲沒有穿著……」

母親又沉思了一會，「要不要打電話給廖景紹？」

「為什麼？」

「我想知道他的想法。」

「他有甚麼想法？」

「聽我說，廖景紹有沒有來我們家，調閱社區的監視器就行了。當然，我想知道這件事他要怎樣負責。這件事不好處理，廖家跟我們有些關係，不是不能撕破臉，而是廖家很刁鑽。」媽媽沉思一會兒，說：「可以用手機上的錄音側錄我們的對話，不是嗎？」

我看著母親，有種奇異想法，她的焦點仍是如何與廖家周旋，她在這節骨眼仍想著要在人事糾結中奪得優勢。母親是幼兒園的原始股東，曾經擔任三年的財務，後來被以「挪用財務」的名義拔除，她的親信也陸續在幾年內被各種方式砍掉。媽媽說，這是超級賤人邱秀琴——也就是廖景紹的媽媽搞鬼，把不同派的人汰換，將幼兒園搞成一個人指揮、眾樂器亂打的交響樂團。媽媽被拉掉職務，是當時被檢舉在幼兒園以他人名義分散營業稅的方式逃稅，不是挪用財務。但是這種事除了「內鬼」外，誰會知道，況且檢舉函在她離職後就沒了。此事對媽媽來說是陰影。在這樣的狀況下，她仍想藉機復仇。我心火燒起來，冷冷看著母親，可是她沒有看到我的怒氣。

媽媽拿去我的手機，翻廖景紹的電話，她拍著我示意別擔心，撥出電話。手機開啟擴音系統，幾乎就要轉入語音留言系統時，接通了。

「莉樺，我想我可以解釋的。」廖景紹搶先在那頭說，「有些事情其實沒有那麼複雜，妳知道的。」

「你說呢？」媽媽代替我回答，而廖景紹沒發現。

「我說？我能說甚麼。哈、哈、哈。」他發出詭異笑聲。

「？」

「聽我說，妳不用擔心甚麼。哈、哈、哈、哈。」他繼續笑。

我知道廖景紹緊張時，常會發出這種詭笑。

「你說呢？」母親問。

「哈、哈、哈、哈，妳有不舒服嗎？」

「沒錯。」

「哈、哈、哈、哈，我・愛・妳……」廖景紹很緊張，「聽我說，我其實喜歡妳很久了，妳不是也喜歡我？」

母親看了我一眼，拿起手機說：「廖景紹，我是阿姨。莉樺剛剛已經告訴我了，你這樣做是錯的。」

那個緊張得哈哈大笑的廖景紹，轉而生氣的說：「根本沒有，妳們不要誣賴我。」然後掛斷。

客廳不安靜，有甚麼不安在各種家具的縫隙間流出來，有種尖銳的聲響就格外清楚了，那是桌子的蛀蟲聲，像是沒有顏色的歌曲要躲進我的心房。窗外的招牌燈關了，手機螢幕燈熄去，客廳完全擰乾了光亮。我感到冷寒，一種雞皮疙瘩從灰燼裡冒出來的無奈，火也燒不掉。

*

事情發生後，隔日早晨我沒去上班。

幼兒園的請假系統很難騰出多餘人力支援，請假被同事形容為「從一堆檸檬皮擠出一杯辛酸果汁」，可想而知，我得使出渾身解數才行。我成功了，直接跟園長解釋，我早上在浴室昏倒，送醫急診。園長「喔」的答應。十分鐘後，我的手機Line群組湧入二十五筆的戰略性慰問，提示音像爆米花響不停。我也貼病照回應，不用美肌神器就是一副重病臉了。

我的病照是真的，背景是教學醫院的宣導看板與候診區椅子。我是來性侵驗傷的。我很緊張，腋下有汗液的黏稠感。我知道緊張會存在，無論下一步該怎樣走下去，都被媽媽以「驗傷備而不用」的理由給說服來醫院了。

「我看見那個女人了。」母親突然說，但是視線沒離開手機螢幕。

「甚麼？」

「她像個鬼魂一樣在客廳走。」

我的緊張心情被轉移到這話題，說：「妳是說阿婆吧！」

「昨天晚上發生『那件事情』後，我們不是又睡了，天亮前我又起來，看見那個女人就坐在客廳的椅子上，端端正正的靠著木桌寫字。我嚇一跳，再怎麼眼花也不可能看錯有個人在那裡的事實。而且她不理我，靠著木桌寫字，我瞬間覺得這個人是真的，她非常喜歡寫字，那幾年我們住在一起時，她常常靠著桌子寫鋼筆字，一筆一筆寫。我看見的模樣就像當年，一點都沒變，只是背影比較蒼老。」

「真的嗎？妳真的看見了。」我驚訝的不是母親看見祖母，而是祖母現身的意義在哪。

「是真的看見。」母親說祖母的輪廓很清楚，拇指與食指的獨特握筆法，筆桿與虎口的距離，筆尖在白紙的刮滑聲都令人想起甚麼。母親又說「那女人」愛用鋼筆抄《心經》之類，一抄就像吸毒一樣沒完沒了，所以確定眼前的「那女人」是誰。母親說，她在「那女人」後頭故意咳嗽，「那女人」都沒有停筆回望。她心想，這傢伙說不定真的是女鬼，便大膽往前幾步，想瞧瞧女鬼寫甚麼，那是無法理解的畫面，筆尖滑過的白紙竟沒有字跡，女鬼寫無字天書。母親再仔細看，確定女鬼不是抄經，是寫心情，隱約看出她在寫「以前的妳偶爾開心，現在妳應該天天開心」。母親強調，這句子分明不是指導她未來的金句，而是指責自己過去的生活不夠快活。

「然後，我退了幾步。」母親說。

「妳嚇跑了？」

「不是嚇跑，而是被激起憤怒，轉身到房間拿手機衝回客廳，要把女鬼照下來，po到臉書上讓大家評評理，那女鬼憑甚麼教訓我。」

「照片呢？」連我都好奇。

「妳看。」母親秀出臉書頁，一則被修改成「以前那老女人偶爾感恩，現在那老女人應該天天感恩」的貼文，獲得八十幾人按讚，是母親多年來經營網路人脈中的可觀收穫，勝過那些吃吃喝喝的餐點照。

可是照片空無一人，我瞪大眼看，貼圖的客廳照一派空蕩，只有淡薄的光影浮動，看不出有人臨案寫字。

「所以見鬼了。」母親點開貼圖，放大，空無一物，她笑著說：「手機真是照妖鏡，連女鬼都怕，po上網她就更怕了，跑了。」

這不是一場緩和氣氛的俏皮話，也不是母親亂掰的撞鬼見聞。然而，祖母為何突然從木箱跑出來寫字，且又被母親遇見呢？這太詭異了，一切被形容成客廳怪譚。

進入診間，我心中不再想解開這疑惑，取而代之的是緊繃。年輕女醫師得知我性侵驗傷之後，沉默了幾秒，輕輕點頭，表示及早告知可以優先處理，可以免除候診。但接下來令我徬徨無措，她說，按規定，進行性侵驗傷後得通報警政與社工系統。這意謂走入官司。我沒想到要走這步，看著母親，希望依賴她而獲得甚麼決定。

「那就驗傷吧！」母親說。

「這好嗎？」這不是我愛的答案。但是無論她怎樣說，我都覺得不妥，又想依附她的決定，顯然我尚未準備好面對下個挑戰。

「我會陪妳走過這關。」母親眼神篤定。

這眼神無法化解我的猶豫，而且僵持一分鐘。這一分鐘的診間陷入各自找事做的忙亂，護士假裝整理物件，看到實習生開門送病歷時，主動衝過去幫忙從推車拿來成堆的病歷。而年輕女醫生用夾雜英文的言詞，拿電話筒說話，似乎是打發尷尬的時刻。

「這次聽我的。」母親用命令口氣說。

「那我怎麼辦呢？」

「女兒，我們不能被廖家白白欺負，這件事不能就此結束。」

憤怒有兩種，一種是滋生力量對抗外來的挫折，一種是逆來順受而沒有任何掙扎。我目前所處的是後者，原因是遭到冒犯的彷彿不是我，是母親。因為母親向女醫生陳述當晚發生的事，委屈得掉淚，以便讓醫生了解我的身體哪裡可能受到傷害。母親代言了我在半醉半睡間都搞不清楚的噩夢。她說出來的，來自我跟她說過的，而我淪為點頭——我想搞清楚自己為甚麼這麼委屈得不敢反抗，甚至變成了傀儡。

女醫生檢查了我頸部、下顎，這些容易遭施暴者以手肘抵壓，我的手腕可能被施暴者扼緊受傷，而大腿內側可能因強力頂開而留下瘀青。這三處之外，又仔細檢查胸部、背部與髮叢下的頭皮，都沒有可疑的瘀傷。母親甚感意外，她動手在我的左臂下方發現一處紅斑痕，要求女醫生攝影取證，並且對女醫生在驗傷單上記錄的斑痕大小討價還價。

接著，我躺在診床，女醫生分別拿三根棉花棒在我的肛門、外陰部取證。令我再度緊張的是子宮頸採證的內診。女醫生一邊解釋不會痛，一邊用消毒布覆蓋在我M字型張開的大腿間，之後我感到冷物鑽進來，俗稱「鴨嘴」的窺陰器在鑽進下體三分之二之後轉為水平，慢慢撐開，棉花棒很快伸到我的子宮頸取證。我雙腿顫了一下，這種五十歲以後的女人都不想體驗的類似子宮頸癌抹片檢查，我感受到了。真的不會痛，只有細微的軟物碰觸身體深處的哀嘆感。不過「鴨嘴」取出時，闔上的塑膠嘴夾傷了陰道壁，像握著刀時被人拉開刀柄那樣痛。我發出了叫聲，雙腿緊縮，身體劇烈的往上拱。

「妳太不專業了。」母親指責女醫生。

「抱歉，這是我第一次處理驗傷，有些緊張。」女醫生愣在那，眼眶有些微微濕潤。

「算了，太差勁了。當初想這種事情要找女醫生較妥當，不然我們去找隔壁診間那個老男醫生不是更好。」

護士過來緩頰說：「我們下次會注意。」

「見鬼了，這種事哪有下次。」

*

那年夏天，祖母從客廳木箱爬出來，正式出現在家裡。

從醫院驗傷回來後，我告訴母親，我要多個人陪伴，好度過官司的關卡，這個人是祖母。我跟母親說，「妳之所以能見到客廳的『那女人』的幻影，並不是偶然的，是有心念才能再見。」

「拜託，那是雜念。」母親駁斥說，「我的口頭禪是見鬼了，但不表示要見鬼，我不想要見到『那女人』。」

「我很想念阿婆，真的。」我說。

「我們十幾年沒見面了。」母親沉默一會兒，說：「好吧！見鬼了，除非她有甚麼通天的本領，說來就來。」

我起身走向木箱，打開沒有從裡頭上鎖的箱蓋，秀出裡頭摺疊得好好的祖母。母親嚇著，眼睛泡在還沒有適應夢幻般空空蕩蕩的無神，她抓頭髮，深深嘆氣，把胸中任何一絲不滿的情緒都呼出來，大叫：「這下夠我受了。」

當然是匪夷所思，祖母也是。

箱裡的祖母安靜無語，她的身子整齊的摺疊，雙腳跨過肩膀，貼在耳際，雙手繞過屁股，全身像擠進瓶子的梅乾菜般欠缺空隙。她的眼睛還靈活，睜著，在擠壓的臉龐上流露出無限的意外。木箱霍然打開，沒有任何的預期下，曾是婆媳的關係在如今重逢後完全是病態的不適應。

祖母把身子解開，頭探出木箱，首先發難的說，「我都聽到了，妳講我甚麼都聽到了。」

「我也看到妳了。然後呢？」母親抽起菸，以往她會躲在陽台抽菸，現在她緊張得顧不得在陽台或客廳了。

「我沒有漏聽一個字、一句話。」

「聽起來非常糟。」

祖母說：「妳沒有講過我一句好話，妳要是待那箱子裡夠久，自然就會聽到多少的壞話。」

「我講過妳甚麼壞話？」

「我沒有忘，只是想聽妳再說，不過，妳放心，我現在修練好多了。或許妳再說一次，能讓自己好過點。妳可以從我以前有多麼吝嗇說起。我承認自己曾經是那樣子的，這很真實。」

「那些事非常小，沒甚麼好說的。」母親抽口菸，兩頰猛力抽而癟了，露出不安。

「說吧！說出來妳心裡好受點，講講以前的舊帳吧！」

母親多抽口菸，現出一副何必畏畏縮縮的模樣，火力全開。她說，她坐月子時，祖母把朋友送來的禮物三挑四撿的拆開來，能用的拿走了。比如誰拿的日本水蜜桃禮盒以孕婦忌冷被拿走，誰送的毯子又以嬰兒不適用拿走，又嫌誰送的施巴、貝恩、麗嬰房的嬰兒沐浴保養禮盒不是整套。然後，娘家送的金項鍊等黃金飾品不知道被祖母拿到哪去，說是保管，結果變成私吞。

「這是真的，還有呢？」

「還有呀！」母親乘勝追擊，說祖母規定三天洗一次衣服，衣服都快孵出黴菌了，害過敏的她跟空氣奮鬥很久。她又說，冰箱一天規定只能開五次、冷氣機只有夏天全身冒大汗時才開、晚上十一點前關燈睡覺、每天花費控制在五百塊之內、存款簿常常被檢查提款量。

「還有電話規定只能講兩分鐘、看電視還要算時間、開燈只能開幾盞，還有嗎？」

「當然還有囉！」母親忽然心生警惕，轉而說：「都講完了。」

「說完，妳心裡會好過點。」

「沒這回事。」

「有個故事是這樣的。」祖母朝我瞥來，「這世界上有種嬰兒，他們出生時仍帶著前世的靈魂，直到八、九月學會說話時，才失去這靈魂。這傳說就是學會說話前的小嬰兒具有『聆聽樹』的靈魂。」

母親原先的冷漠表情忽而轉暖，劃過一道淺淺微笑。這微笑稍縱即逝，要不是我的視線落在她的臉龐，不會發現那笑意如此薄，瞬間翻過，又恢復應有的冷漠。

「聆聽樹？」我示意說下去。

「當我們有生活上的打擊而無法宣洩時，會往樹林去，找到一棵有樹洞的大樹，把自己的不滿往洞裡說，直到心情變好，自己快樂起來，然後用泥土填滿樹洞。」

我聽過聆聽樹。這故事廣為流傳，到底從哪來，已無從考究，總之勵志書常出現的橋段，我可以在圖書館找到十本以上的相關書籍。這則故事的意義，與其說是樹收納了人類痛苦的秘密，不如說是人在尋找這株樹的路途上被森林的能量治療了。

祖母說：「聆聽樹總有病死的一天。這種樹助人無數，功德圓滿，菩薩讓樹轉世成人。樹木轉世成為小寶寶，其實還保有聆聽樹的特性，學會了說話才斷絕樹魂。於是，那些還不會說話的小寶寶，成了大人們吐露心事的對象。」

「然後呢？」我說。

「妳就是聆聽樹。」祖母說，「妳絕對想不起來那些還很小的事了，但是我們還記得，那時妳媽媽常對妳講話，妳爸爸也是，妳是他們的聆聽樹。」

我的臉頰掠過微笑。母親沒有說過此事，如果祖母今天沒說出來，勢必煙散了。這則往事給我一些想法，即便我過了頻頻纏問「秋天為甚麼落葉」、「大象的鼻子為甚麼這麼長」的幼兒期，度過吃健素糖或葡萄乾會大罵「去死吧」的國中少女期，或每天戴耳機拒絕聆聽世界的高中時期，這都無法抹滅我可以找回聆聽的能力。我太常急著開口要別人聽我說。

「我現在修養較好，有了聆聽樹的功夫了。」祖母點頭說，「我覺得我越活越像小嬰兒了。」

「那我呢？」母親提高音量，「我甚麼都不是，沒有修養面對一棵樹，甚至看出妳這棵樹的修養。」

「看來我沒有能力展現更高明的修行，但是我有聆聽的能力，至少目前能聽完而不生氣。」祖母說。

「好吧！妳有樹的修行，不代表我也要有。我很確定，我們不能活在同個屋簷，這太危險了。妳不會瘋，但是我會的。」

母親下了結論，無論祖母練了天大本事的縮骨功或聆聽樹，未來仍無法改變兩人關係。這源自於她們過去的紛爭，人生無須為此遷就，拔出土的蘿蔔再怎麼貼心的塞回那個坑，仍無法成長下去，甚至死亡。母親願意退讓，暫且搬到男友那邊住，讓祖母與我同住。

「但最主要的原因是。」母親離開家門前，說：「妳一直認為我害死了妳兒子。我在妳眼裡永遠是兇手，是吧！」

*

我在警局，等待幫我做筆錄的女警回來。

祖母在我身旁，撥弄佛珠。她念一遍佛號，右手拇指便掐一粒木質佛珠。我注意捻動的念珠，日光燈將掌中的暗影襯出一滴活光，時光一秒一秒的死去，又一秒一秒的復活，往復之間，不是荒蕪，也沒有更多期待。

我看著佛珠撥弄，緊緊的摳自己的指甲，一次又一次，反覆不斷。這幾天我又恢復摳指甲的爛習慣，用拇指摳食指，把指甲邊緣的肉摳爛，指甲也被撕成齒狀，也會用牙齒去啃，傷口碰到水就痛，得用透氣膠帶纏住。但是沒有解決問題，只要時間靜下來，我會被非常低沉的聲音呼喚，產生撕指甲的衝動。

祖母跟我說，有些事情就像冬天的乾燥皮膚，越抓越癢，最後把皮膚抓破也不能止住癢。轉移心念，會是好方法，她將手中佛珠送給我。

我婉拒了，沒有宗教信託，也無須借助其他的精神繩索。

「我信基督，也信佛。這跟信甚麼宗教沒有關係，跟信仰有關。信仰是心中乾乾淨淨的，沒有太多煩惱，而且還相信人的價值。」

「妳很會說話。」

「這不是會說話，是體悟。要是說我變得會講話，是幾年前我去社區大學旁聽，遇到一群頭髮又灰又白的人，他們腦袋能發光，討論甚麼議題，每個人都能講出一畚箕的哲理。」祖母捉住我的手，將念珠掂付在我掌中，「妳握握看，空說甚麼信仰價值都是看不到的，手中有東西填滿，腦中的價值也踏實了。」

我握著佛珠，沒有感到盈實，也沒有覺得信仰重要。於是祖母說，人世間的事物像是餐桌上食物，妳得吃下去才能活，但是不曉得哪些是有營養而讓人成長，哪些是無用的，一種食物裡同時有這兩種。信仰是餐桌禮儀上的筷子，用筷子夾一片災難，用筷子夾起一片傷害，用筷子夾起一道快樂，然後再夾起一盤悲傷。使用筷子是讓自己面對人生時更優雅。這不是要吃相好，人生不是表演給別人看，是讓自己更從容。

「就留下吧！」祖母說。

佛珠是台灣肖楠製，色偏暗沉，有繚繞雲霧的剎那靜止紋路。木紋裹著光澤，顯示主人戴了很久，時時摩娑。我將佛珠戴在手腕，沒有從容，但心中多了一股滋潤的情感。

這時候，巡邏完的年輕女警回到派出所，以洩氣口吻說「終於下班了」。她值班與加班約十二小時，臉上哀感，彷彿從河流爬上岸後怎樣抖身子都無法甩乾的老狗。她將配槍繳庫，回座撳下桌上電腦的電源鈕，趁開機時間，衝去廁所把憋了好久的尿意解決，然後回來上網查詢在手背抄寫的機車車號，大喊：「果然是贓車呀！可惡。」

「又遇到鳥事嗎？」一位男警走來問。

「學長，我巡邏時，看到前頭有個人騎機車晃來晃去，很可疑。我跟了一段路，越看越可疑，在紅燈前停下來時很猶豫要不要按警笛、闖紅燈去抓，但心中想第一次抓人真的很怕，那是我這輩子等過最久的紅綠燈，原來自己還是這麼柔弱的，不適合當警察。」

「請妳的主線幫忙呀！」

「我看到那傢伙，跟蹤了一下，跟一起巡邏的主線分開了。而且M-Police（掌上型電腦）在主線身上，所以不能查出贓車。」

「女天兵呀！」男警說，「算了，人沒抓到沒事，如果妳沒確定他騎贓車前就追他，要是他出車禍，責任算妳頭上。冒險跟保險，差一字，搞錯，妳要花一輩子的學費。」

那位在警分局門口值班台輪值的警員，這時走進派出所，打斷了男女警員的對話，說：「學妹，人家來做筆錄的，是性侵案件。」

「性侵」字眼，害我的隱私在外人前曝光，心頭一抽。從進入警局開始，我知道踏入警察體系裡，得像是進入教堂的告解全盤托出。我和陪同的祖母低頭找婦幼隊，在傳統的印象中，這單位像醫院的婦產科收治所有的婦病。婦幼隊警員以業務轉移為由，要我們去偵查隊。模樣看起來像黑道來臥底的偵查員，用八卦口氣問，「是阿嬤妳，還是少年的被人強（姦）了？」問完才說照最新指示，由派出所接管業務了。派出所男警察說，性侵筆錄由女警負責，而女警還在線上巡邏。我們在警分局上樓下樓，抱怨應該像醫院在走道貼上色條的指示動線，從哪走到哪都很清楚。然而，到了派出所才發現女警還在路上，我在椅子上等到恍神，聽到「性侵」才又回神。

女警把目光往我這看，兩手合十祈禱，突然用淡淡鼻音說，「我已經七小時沒吃飯了，以為執完勤可以休息。所以，我可以吃碗泡麵再做筆錄嗎?泡麵是我的宗教，我的神。」

「拜託，學妹妳嘛幫幫忙，人家等了一段時間。」男警不悅。

「妳先吃個泡麵吧！」祖母說，「等妳有了體力，才有能力幫我們。」

「我們可以也來碗泡麵嗎？」我說。從進警分局到目前為止，我跟祖母已經等待很久，需要補充能量。

「這是我的廟，眾神都在。開廟門囉！」女警起身，打開後方不遠處的內務櫃鐵門，秀出裡頭分層擺放的泡麵，從日韓台各地特色，到麵條口感、辣味、海鮮、牛肉、雞汁等各家品牌都擺放整齊。我選了豚骨拉麵，祖母挑來撿去最後選了跟我一樣的。女警強調沖泡業務由她來做吧，撕掉收縮膜，撕開醬料包，一邊走一邊哼搖滾樂團「草東沒有派對」那種帶有機油味的重音跳躍，用不鏽鋼壺從飲水機拿來沸水注入，一股鹹辣的氣味席捲開來，我的味蕾朵朵綻開，在警局久候的不耐與荒涼也鬆懈了。

「發明泡麵的人，應該得諾貝爾和平獎。」女警說。

「嗯！」我回應。

「這種東西三分鐘就可以吃，又快又方便，所以時間要掐很準，太早吃的話麵條硬，太晚吃，泡得又肥又軟，欠口感。」

「嗯！」

「如果這世界上的任何戰爭、街頭鬥毆、搶劫殺人、家暴，或自殺，要是大家先停下來，自己給自己三分鐘中場休息時間，坐下來，看著注入熱水的泡麵慢慢膨脹，像果實在陽光下長大，像小孩慢慢成長。然後決定怎樣拚下半場，說不定，事情都改觀了，甚麼都不會發生。要是這樣，發明泡麵的人會得到諾貝爾和平獎。泡麵就會被選為全世界的教宗，叫做紐斗（Noodle）教宗好了。」

「啊？」

「其實，我小時候的願望是當『耶誕婆婆』，每年平安夜駕著麋鹿雪橇，發給全世界的小朋友泡麵。泡麵是全世界最簡單的料理，注入熱水。全世界的小朋友一起在耶誕夜吃泡麵，大喊紐斗萬歲，開動。」

「嗯！」

「三分鐘，人生最棒的等待是三分鐘，專注在呼吸，凝視泡麵，靜下來，所有的煩惱都可以拋卻了。」

「謝謝。」我聽懂女警的言外之意了。

開動，我們安靜的吃泡麵，偶爾發出窸窸窣窣。泡麵的高油高鹽讓飢餓瞬間暫停，靈魂與思緒回來了，我們順利進入筆錄程序。一問一答的過程，女警不時翻閱筆記本，以歉然的口吻說，「我是第一次做這種筆錄，有點小緊張，要看小抄。」或許是那碗泡麵開始在身體發酵，人生難關來時，三分鐘的中場休息系統啟動了。緩慢的、清晰的，將人生的不堪在沒有太多的情緒下說出來。

「在事情發生時，妳有沒有反抗他？」女警問。

在那場似夢非夢的傷害中，任何光景都無法歷歷在目的呈現，即便塵埃般的小拼圖都掉落在酒精的迷糊中。

「我不確定。」我遲疑回答。

女警停下手中敲擊的鍵盤，將眼神從電腦螢幕轉過來，她關掉錄音筆，提醒的問：「那妳有說出很棒、很好、很舒服嗎？要是有，代表這是合意性交，表示妳同意這件事。」

「我認為沒有。」我堅決表示。

「有，妳有說。」祖母突然插話，現在大家的目光焦點放在她斑白髮絲掩蓋下的臉龐。

「那恐怕告不成。」

「不是的，我是說，她有說不要。她說了好幾次，而且從頭到底沒有說過很好、很棒。」

「阿嬤，妳怎確定？」

「沒錯，妳有講話反抗，只是妳忘了。」祖母篤定看著我。

「那好，我知道了，我們從頭再一次錄音與記錄。」女警打開錄音筆，敲動鍵盤，電腦的螢幕浮現一字一句的繕打紀錄。

*

阿勃勒盛開之際，我離開了幼教工作。

阿勃勒栽在白沙坑旁，初夏的黃花串串，垂掛枝頭，微風不斷迎送，又落下斑斑的黃金雨瓣，點綴在白沙坑特別美。這種樹卻被小朋友稱「豬大腸」，因為果莢是長條狀，漆黑色。他們會跟在某些人的後頭，喊「你掉東西啦」，然後高舉果莢，對回頭的人說「你的豬大腸從屁股掉出來啦」。連外賓與園長也遇上過這種把戲。

這把戲與說法，都是由小車發明。這小傢伙還因此鬧出了意外，把成熟的果莢剖開，用黑膏狀的果肉煮了鍋「巫婆湯」，邀了幾位小朋友喝，傳說可以練成皮卡丘發電的「十萬伏特」功夫。但是，要是誰洩漏口風，保證像美人魚變成化糞池的泡沫。

阿勃勒的果肉味甜，吃了會輕微腹瀉，但是無毒。放學後，十幾個連蒙古斑都還在的小屁股在自家廁所啪啦啦噴不停，卻不敢提「巫婆湯」，深怕自己變成馬桶裡拉出來的黃泡沫。家長認為是腸病毒送醫。醫生說，腸病毒跟拉肚子較無關，研判是食物中毒。

家長在Line上怪罪幼兒園的食物處理不慎。園長開了家長說明會，寫了兩次道歉信，仍找不出病源，把廚娘藉故革職以平息眾怒。肚瀉的小孩對那次的「巫婆湯」藥效與自我保密功夫都很滿意，鬼扯到「布丁與泡麵同時吃會拉肚子」的傳說。但是，小車對我吐實了，他從來沒有對我保留秘密。

七月的某個週一，阿勃勒花綴在枝頭，也墜在白沙坑。小朋友在樹下玩沙坑尋寶遊戲，看誰先挖出深藏在裡頭的「小小兵」。帶隊老師說，挖到地球另一端的美國也要找到「小小兵」，不然不能休息。童稚的歡樂聲不歇，他們最喜歡沙坑尋寶了。

小車把鏟子一扔，大喊肚子痛，往廁所衝去。

我瞥見他把找到的「小小兵」私藏在口袋，顯見上廁所是詭計。我跟上前去觀察。

小車跑過廁所，往倉庫而去，不費勁的打開那道用三個阿拉伯數字組合的密碼鎖。鎖頭只是消極性阻擋，密碼就刻在大人高度的門框。三年前，幾位小朋友把倉庫內的白板墨水塗滿自己與學校後，才添加鎖。

我從窗玻璃往內瞧，只見小車忙著在灰塵浮躍的倉庫，東翻西找，也許找神祕空間好藏死口袋的小小兵，製造它被沙坑吞噬的傳說。

「需要幫忙嗎？」我走進倉庫。

小車看見是我，卸下防禦，繼續找，「豬大腸在哪？」

每年春季，我們會先採擷成熟的阿勃勒果莢，貯藏在倉庫，可供小朋友用在美術剪貼簿的立體拼圖，或裝飾布告欄的邊框，或用平行的兩條粗線纏繞成鐵軌模樣，總之用途很多。

「布告欄上的那幾根裝飾品，是被你拿走了嗎？」我問。

「對啊！」

「你已經拿到好幾根了，還要更多？」

「對呀！」

「用途呢？」

「我要做一鍋新鮮的巫婆湯，很大的一鍋。」

「巫婆湯，這要幹甚麼？」我想起往事，提高警惕。

「秘密，不能說。」

「你不是甚麼事都跟我說。」

「人類偶爾有秘密也很好。我爸爸常常罵我媽媽說，妳亂看我手機，妳不尊重我的隱私。」小車皺著眉頭說，「隱私就是秘密，爸爸有秘密，我也有。有秘密的人會長大，沒有秘密的只能當小孩子。」

「唉！小車，你長大了。」我看著他，心想不久他將從幼兒園畢業，進入國小。這之間的變化對幼兒來說並無太大落差，但小車有明顯變化，他減少許多笑容，轉變成了自我防備。

「這樣好了。」他抬頭對我說，「我們玩交換秘密的遊戲，我們交換一個心裡的想法，很公平的。」

這是小遊戲，我能應付自如，答應了。

「甚麼叫強暴？」他問。

我心頭揪緊，這問題很難回答，而且衝著我的成分居多，「你從哪裡知道這個詞的？」

「我媽媽說的。」

「她怎麼說？」

「不是她跟我說的，是她跟別的媽媽聊天時被我聽到。她說學校的『蛇窩』發生了強暴案，真是太可怕了。」小車說。他所說的「蛇窩」是教師辦公室，學生們對它的解釋是「老師像毒蛇聚集的地方」。

我又遲疑了幾秒鐘，思考該不該回答。

「甚麼是強暴？」他又問。

我深吸一口氣，說：「每個人會穿內褲，遮住尿尿的地方，那是人的隱私，也是人要保守秘密的位置，不能被別人摸，也不能掀開來被別人看見。」

「所以，亂摸別人、亂看別人的雞雞，就是強暴。」

「意思不一樣，但很接近了。」

「那我們小男生尿尿時，都會看到別人的雞雞，也會去摸別人的雞雞，能叫做強暴？」

「不是這樣的，你們是在玩耍。除了你們小男孩不懂事在玩鬧，除了爸媽洗澡時碰到你尿尿的地方，其他人是不能亂摸那裡。亂摸不能算是強暴，亂摸是猥褻。」

「亂摸是危險？」小車把猥褻理解成音近的危險，弄得我不知該笑、還是該糾正之際，他說出更驚人的內幕，「我被危險了，好危險呀！」

「怎麼說？」

「大黃蜂危險了我。」

「發生了甚麼事？」我嚇一跳，廖景紹怎麼會猥褻小車。

小車說，廖景紹有幾次在他們游泳課時，偷偷用橡皮筋射他們的雞雞，幸好距離遠，橡皮筋失去勁頭。然後又趁他們換衣服時，廖景紹沒穿泳褲，跑來叫他們快一點，不快點穿上內褲，雞雞會飛走。小車反問，你也沒穿呢！廖景紹卻說它長大了，不會飛走，自誇這是「順便讓小雞雞們，看看大鵰的入門儀式」。另一次，小車換衣服太慢，沒穿內褲的廖景紹走過來催，轉身走時，用大鵰打到他的臉。

「他不是故意碰到的吧！」我小心詢問。

「他也跟我說不是故意的，可是一邊說對不起，一邊笑，哼！看起來就是故意的。」小車想起此事，生氣的擦著右臉頰，彷彿有汙穢擦不掉。

我對小車所言沒有疑慮。廖景紹是游泳教練，對小車的行為已失格了。這件事小車老早可以跟幼兒園反映，可以向父母反映，可以跟其他老師反映，可是他沒有，顯然這件事在他最本能的想法就是廖景紹與他的遊戲。然而，近日的甚麼事使他對這件事改觀了——我肯定是跟我有關。

「我被危險了，也被強暴了。」小車說。

「怎麼了。」我擔心的問。

「大黃蜂用他的雞雞打到我，原來是強暴。」小車繼續用手猛擦臉，把那搓得紅通通，「我上網查過了甚麼叫強暴，我還偷偷拿媽媽的手機看Line了。」

「你知道了？」

「我知道了，妳．被．強．暴了。」小車咬著嘴唇，用一種比自己受辱還悲傷的眼神說：「大黃蜂太可惡了。」

「所以你找出豬大腸是要幫我復仇。」

「我要把蛇王、大黃蜂趕出幼兒園，讓他們肚子拉爆掉。」小車說著，哭泣起來，淚珠滑過青嫩臉龐，「我查過網路。在古代，有個女生差點被強暴，結果只是被摸到手，她就嫌自己的手很髒砍掉。在印度那些國家，被強暴的人會被壞男人殺死。在台灣，被強暴的人會離開大家，躲到別的地方。」

「不會都這樣的。」

「沒錯，網路上都這樣寫，妳會離開這個幼兒園，覺得自己很笨，會躲到很遠的地方，每天一直哭一直哭。然後，我就看不到妳了。」

「不會都這樣的。」我也哭了。

「把大黃蜂與蛇王趕出去，妳就能留下來了。」

我的淚水氾濫，完全無法凝視小男孩。這世界上到目前為止值得喝采的，是隨著傷害而來的浪潮中，仍有溫暖的心意，不時的落在我手上。這讓我知道，路再遠都可以走下去。

*

如果要體驗地獄，捷徑是進入地檢署。

半個月來，我為了法律程序奔波了好久，上醫院驗傷、派出所做筆錄，接著到地檢署的偵查庭把原委再說一遍。吳檢負責我的案子，年紀大我約一輪，看起來像是中午路上提著塑膠袋買便當的普通男人。他問話很快，不像女警做筆錄時抬頭看人，要我跟上腳步。

吳檢對細部過程以放大鏡的方式檢查，比如問「廖景紹先脫我的裙子，還是衣服」，我有沒有「幫他口交，或他幫我口交」，或「有沒有用助性的按摩棒插入我的陰道」，「中途有沒有換姿勢」，「交合過程幾分鐘」。我回答，那時已經喝醉了，沒有太清楚的記憶，但是就如筆錄與自述狀描述的，我有肢體反抗與嘴巴說不要，這種反抗也無法阻擋事情發生。總之，偵查庭訊問一小時，我又加深那次的負面經驗，尤以吳檢的刀鋒訊問，像是吹響的警笛，令人脊背抽緊，在冷氣強的房間，腋下與額頭不免冒汗。

事後每每想起這件事，凡是聽到救護車或警車鳴笛而過，彷彿吳檢傳訊，不由得坐下來深呼吸。猶記，在偵查庭結束之前，平板臉的吳檢突然眉毛一翹，補問：「妳那時是處女嗎？之前有性經驗嗎？」

我楞了，不知如何回答。

這時，始終低頭用鍵盤紀錄庭上對話的書記官，停下手邊工作。

書記官使用快速紀錄的「追音輸入法」，鍵盤類似傳統的功能手機系統，一個按鈕有多個注音符號，一次可以按三個鈕，比如「我」的注音「ㄨㄛˇ」可以同時以三鍵輸入。庭上的對話筆錄，立即透過我前方的電腦螢幕呈現。這時，螢幕紀錄停下來，停在輸入狀態的放大字體框：「處女嗎？」

這問題是吳檢為自己、還是為案情訊問，即便是後者，意義在哪？在等待時刻，一旁的法警瞪我，似乎勒索我的答案。吳檢終於不耐煩了，敲了敲席桌，催促我回應。

「檢察官先生，這問題很難回答。」我說，並回頭看著陪同的社工員。社工員聳聳肩。

「叫檢座就好。」法警看著我，眼神銳利。

我反問：「這問題跟案情有關？」

「我叫妳回答就回答，妳是處女嗎？」吳檢拉了兩下黑底鑲紫邊的衣袍。那是象徵尊貴正義，要罪嫌悔罪的顏色。

我一時語塞，「這很難回答……」

「好吧，別說我逼妳說。」吳檢拿著醫院驗傷單，說：「這上頭說妳的處女膜，有八點鐘的撕裂傷，卻沒有說是陳舊傷口或外力造成的新傷口。不然，妳回去醫院再驗。」

想到驗傷過程，我不願回去，馬上說：「不是。」

「做過幾次？」

「甚麼？」

「不要每次要我來解釋問話的用意，好嗎？妳就直接說。」

「約一百次。」

「同個人？」吳檢瞪著我。

「不是。」我低頭。

「幾個？」

「三個。」

「有一夜情？」

「沒有。」

「我會傳喚廖景紹。」吳檢退庭前說，「傳票很快會送到他家。」

那是末日審判的經驗，審問的不是上帝，是撒旦，用死神鐮刀抵在妳脖子上勒索答案。如果有選擇，我不會皈依任何宗教，不希望死後還得被甚麼單位審查罪責，即使被神以目光「無言審問」而看穿都令人不舒服。

當我離開檢察署，神經仍很緊繃，步伐僵硬，腋下濕了。陽光下，蓊鬱明媚的烏桕行道樹好美麗，它們靜立，它們嫩綠，它們無言卻又說盡了夏日情意。看到這些樹，我內心才稍稍平撫，眼淚終於放心的流下。如果沒有溫熱的眼淚提醒我，我還以為尚未脫離冰冷的地獄。

吳檢會傳喚廖景紹。廖景紹是悶茶壺，連他媽媽都不知道提柄在哪。他接到傳票後，情緒才加溫，心不在焉坐著、失魂落魄吃飯、闖紅燈的開車，然後煩躁的望著傳票上的開庭日期，卻還在人前裝成闊小開。如果了解連內褲等私人物都是由他媽媽買妥，就知道廖景紹是標準「媽寶」，等到事情無法收拾才由園長媽媽接手。這火焰會很快燒遍幼兒園，而園長是滅火器性格，開了得把整罐的情緒氣泡噴盡。但是到底是救火，還是助長火焰，無人知曉。

就在小車誓言幫我報仇的隔週，火焰終於燒到幼兒園，瀰漫低氣壓氣氛。風暴核心來自休假三天的園長，她十點左右來到，怒氣沖沖，先是訓了一頓大門警衛，不是睜眼看報紙、就是閉眼偷睡覺，年底乾脆跟保全公司解約。然後，她發現一樓大廳的新蜘蛛網不是去年萬聖節的裝飾品、展覽牆上那張她略微翻白眼的成果照片沒撤下來、辦公桌上的招財萬年青快枯死了，最氣的是她上禮拜割掉的眼袋沒有人稱讚，怒想：幼兒園的教師都是飯桶膿包了嗎？

於是，園長趁十點半的下課休息，拿起廣播麥克風，召集全園區的教職員集合，親自示範如何用丟掃把的方式打蜘蛛絲、又如何把萬年青折斷、再如何把翻白眼的照片撕碎成一百片，最後指著自己的眼袋，說，「妳們呀，該認真觀察這世界上的美好，包括在我身上的一點一滴變化，而不是將這裡的美好破壞，將這裡的美好拆毀。」

園長邊氣邊說，眼線被淚水泡糊了，唯獨眼袋更浮出了。大家很清楚她花了五萬割掉眼袋的新聞，這種事在Line傳得很快，哪家醫院、哪個醫生、哪個價碼都有，還有人先見到了術後的樣子而給了負評。

大家安靜無語，低頭看著彼此鞋款，好像是鞋類選美賽。有幾個人還挺真誠的巴結，來勁的悲傷，鼻孔抽動，尤其淚水夠配合，蹦蹦跳跳得掉下來。大家都捏著自己的手，裝悲傷。

「妳哭啥洨（甚麼）？妳是哭爸呀！」園長用台語大罵。

那位哭的女教師聽到被指責，說：「我只是想到這美好的環境被破壞，好可惜。」

「這不值得妳在哭爸哭母。」園長提高音量，「這裡能哭枵①的只有我。這裡毀了，我會埋

①因肚子餓而無理取鬧，罵人語，音近靠妖，khàu-iau。台灣閩南語。

屍在這。而妳們會留下來嗎？會嗎？妳們只會落跑。」

「園長，我們會陪妳的。」講話的是最資深的教師。

「算了，妳們回去工作。」

「我們留下來陪妳。」幾位女教師附和，但仍然搞不清楚這女強人的脾氣怎麼在今天崩潰了。

「妳們不走，那好，我走就是了。」園長不回頭的回辦公室，留下一臉錯愕的教職員。

園長關在辦公室，中午不出來吃飯，偶爾傳來玻璃杯重摔地面的破裂聲，偶爾爆開尖銳的哭泣聲。小朋友謠傳「蛇王」正在修練像電影《蝙蝠俠》中的小丑變身功夫，泡在化學藥劑裡折磨自己。然而，我隱約感受到園長的怒意是針對我來的，她只是在眾人前面憋著鼻息行事，等時機一到，刀劍出鞘砍爛我。果不其然，到了下午三點，我的手機傳來訊號，園長要我到辦公室。終於到了針鋒相對的時刻了。

園長梳過頭髮、臉化過妝，遮掉倦疲的容貌，更顯得五萬元割掉的眼袋是亮點。她深深陷在牛皮沙發，與平日坐三十公分、挺直腰的高貴坐姿不同，顯得她的身體多麼疲憊。

「我說年輕人呀！玩來玩去，滾來滾去，怎麼玩都可以，但是怎麼可以誣賴別人，是吧！」園長指著椅子，要我坐下。

「我沒有誣賴誰。」我提高警覺。

「我哪說過妳誣賴，別對號入座。但是，我想妳誤會了，景紹這個孩子，他是好人，沒做過壞事。我記得，他讀國中時，我載他上學。他半路看到一條病懨懨的狗，怎麼說都要救牠，跑下車，脫下外套抱起狗，催我去動物醫院。這孩子好仁慈，天氣這麼冷，他不給自己多著想，寧可自己受凍，也不要狗受凍。這樣的人將來即使成不了才，也不至於去害人，對吧！」

「嗯！」我認同，心裡卻想著，母子之間最大的距離是謊言。廖景紹跟我提及抱狗的事，卻充滿權謀。他說，那天學校考試，想躲也躲不掉，恰巧看見路邊有隻病狗，總算找到擋箭牌可以不用上學了。廖景紹又說，他青春期，不，是整個人生，都在跟「某個女人」玩誠實與謊言的躲貓貓遊戲。如今「某個女人」就在我眼前。

「我希望，妳能拉這孩子一把。」

「我沒有能力。」

「可以的，只要妳伸出手，向檢察官撤告，一切都可以從頭開始。在這關節點，或許妳年紀還太小不能了解、聽不下去，這怎麼說呢！好吧，我換個方式說好了，我誠實跟妳說，我真的喜歡妳，一直希望妳跟景紹之間，是情人關係。情人床頭吵、床尾和，不是嗎？」

「我們不適合，現在是，以後也是。」

「好吧！緣分沒了，也不用撕破臉。上禮拜五，這孩子突然要我陪他去地檢署，他一路緊張兮兮，最後才跟我說，他跟妳有非常大的誤會。」

「我沒有誤會他。」

「有。」園長大吼，嚇壞了我，氣氛瞬間凝重。在沉默幾秒後，她的大吼取得了說話權，眼淚再度滑過眼袋，說：「聽我說完。」

事情是這樣，園長在往地檢署的路上聽廖景紹說完，緊張死了，緊急聯絡一位律師朋友。

律師維護廖景紹的清白，認定是誤會，吩咐他在偵查庭上面對檢察官訊問時，無論如何，一律說「保持緘默」。律師隨後會趕來。結果，檢察官單獨審訊廖景紹，以「犯行確定」的嚴厲口吻審訊。在外頭等候的園長隔著厚重的門，能感受裡頭的不安，還聽到檢察官大聲咆哮：「你講了十八次保持緘默，當我是甚麼！我陪你玩到底，你再保持緘默，我羈押你。」這嚇得廖景紹說：「……你……要保持緘默。」結果被法警上銬帶走。檢察官花兩個小時寫狀子羈押，刻意耗到禮拜五傍晚，把人與偵查卷宗送到法院。這讓廖景紹得被關到禮拜六早上才由輪值法官開羈押庭，無逃亡之虞，當庭釋放。

我現在懂得園長的焦急與不安了。廖景紹被羈押一夜獲釋，對園長是莫大打擊，急著尋求和解。這也令我對吳檢刮目相看，先前的無理冒犯，現在有稍稍寬釋了。

「我剛剛跟妳媽媽通過電話了。」園長說，「我們溝通很久。她覺得，這一切應該是誤會，沒有想像中的複雜，但是仍要問問妳的想法，要尊重妳的意思，是吧！」

「誤會？」我懂了。

「當然是誤會，景紹沒有惡意，而且妳別無選擇。」她希望用立可帶把發生的事塗掉。

我懂了，進辦公室前便轉換成靜音系統的手機，總有來電震動的聲響。我現在滑開螢幕，顯示有五通來自母親的未接來電。

園長搶話：「我跟妳媽媽的想法一樣，希望妳跟檢座說這之間有誤會，趕快撤案。真的，不信妳可以回撥給妳媽媽。」

「條件呢？」

「甚麼？」

「妳們談了甚麼，要是妳沒給她條件，我媽媽不會退讓。」

園長從深陷的沙發爬起來，走過來，用「不愧是賊女兒才懂得老媽詭計」的眼神看著我，微笑說：「妳媽媽非常能幹，很優秀，我希望她回來幫忙，財務長這工作很適合她，對吧！」

「還有呢？我媽很優秀，很能幹，不只談這條件吧！」

「當然。」

「說說看，我想知道。」

「三十萬元的和解金。」園長比出三根指頭，說：「我可以裝在愛馬仕的『凱莉包』給妳。」

「我媽媽真的只有這樣說？」我很明白，在母親的觀念中，我在這場官司是進可攻、退可守的好籌碼。

「不信，妳可以打電話給她。」園長再次指導我，「妳們不能再拗蠻，尤其是妳，我講難聽點，醉茫茫給人幹也不會痛，是吧！」

我的腦袋轟隆的響起，簡直是被陽岱鋼猛力轟出全壘打的棒子擊中。那醉茫茫的身體被侵犯，或許沒有很痛，甚至沒有意識到甚麼，但真正的痛是有人踩上妳的身體凌駕睥睨，操縱妳、解釋妳、要妳別無選擇的承受一切，還命令妳要是不能接受這些條件就滾開這圈子。那個人就是園長，站在我眼前，用冷冷眼神看著我。

這眼神讓我想起柳川河堤外的殺狗事件。柳川是水泥河川，有個特殊的「溝中溝」結構，在平坦的水泥河道中製造寬約一公尺的水溝。平常水流小時，這水溝負擔疏導流水，雨季來臨時，由水泥化的柳川排洪。這條水泥河道，很少人會下去走，但有個人常常在那遛狗，河道上充滿了他們的垃圾，狗屎與菸蒂。這個主人不太搭理那隻黑色的混種狗，有時候把未熄的菸蒂彈向狗。殺狗事件大約是在我九歲，我獨自穿過柳川橋，聽到橋下傳來沉悶打擊聲，有點像在打冬日曬著的棉被，我探頭看，看見主人用球棒打狗。黑狗沒有慘叫，是主人用繩子緊緊套住牠的脖子，腳踩住狗脖子附近的繩索，黑狗在地上不斷扭動身軀被打。那支棍子最後往狗頭揮，非常用力，我聽到骨頭碎裂的聲音，黑狗便安靜躺在水泥河道上，血濺開來，很濃的血。我猛地緊張，肩膀拱起來，摳著指甲，看著死狗的眼睛往橋上的我看來，那麼透徹的眼可以裝下藍天，現在只裝下死亡與眼淚。主人打根菸抽，把煙吐出來，往上瞧。我在那縷往上飄的濃煙中，看到他冷冷的眼睛瞪來。我再度嚇到，連跑走的力量都沒有，看著他把死狗踢進柳川，看著他從河岸階梯走上來，看著他沿河畔人行道走來。在過程之中，他都用那雙冷冷的眼睛盯著我，直到這雙眼跟我距離不到半公尺。我不知道為什麼，連逃跑的勇氣都沒有，像浴缸被拔掉栓子一樣，全身力量被恐怖漩渦抽走，還發出尖銳的嘰嘰聲。那雙冷冷的眼睛是兩個漩渦，瞪著我，他用手拉開我的上衣，伸手用力捏了一下我的奶頭，說，「這麼小，比狗的還小。」然後離開。我在橋上站了很久，腦袋充滿恐懼。

現在，這種恐懼再度瀰漫我的體內，而且變成強大的憤怒，出現低血糖的顫抖與無力，我狠狠瞪著園長，雙手掐著指甲，用失去理智的聲音跟她說：「我希望妳也被強暴。」

現在瞬間失去聲音，掉入安靜。

「我希望我沒聽錯。」園長說，用冷冷眼睛看我。

「我正在體驗那種痛苦，希望妳也有。」

更安靜了，只剩彼此的眼神逼視，然後園長說：「強暴，不就是每個女人要走過的路。」

「……」

「哪個女人的做愛，每次都得到自己的同意。」

「……」

「妳阿嬤、妳媽媽、妳自己，連我家族那些女人們，都會經歷被自己男人硬幹的時候。」

「……」

「不要以為我沒被強姦過，而且不是老公之類的人，是爛人，妳的願望我已經完成了。」園長冷冷的說，「我忍過去就好了，不像妳拿來逼人。」

這時園長的手機傳來陶子的歌聲當來電鈴聲，不斷重複「啊！我是白痴是呆子，是個只會嚷嚷的膽小鬼」幾句詞。這首來電鈴聲專屬於母親的。園長的冷刀目光仍插在我臉上，我的臉是她的砧板。她沒有回頭的後退，拿起桌上的手機，通話：「我正在跟妳女兒談，她同意了，這件事敲定，來，妳跟她確認。」

我接下遞來的哀鳳手機，瞄到螢幕上的母親代稱是**賤人一號**，我說：「妳談妥了？」

母親在那頭說，「這不是逼妳，是不想讓妳受苦，接下來要到法院奔波。我想事情能早點結束，讓妳早點回到正常生活。」

「媽，我也想回到正軌。」

「是呀！女兒，大事化小，小事化無。」

「但是，妳談的條件不好，那是因為妳不夠賤，只能夠當個對人家嚷嚷的膽小鬼。」我的憤怒沒退去，反而越來越高亢，還聽到母親驚訝的回應，也瞥見園長冷冷的眼神化成怒焰，並且聽到我以下的對話後，臉色脹紅爆炸。我說：「媽，妳應該更賤，因為妳在這支電話的代號是『賤人一號』，要不愧這個代號，妳得要求三百萬和解金，然後回來當園長，不是嗎？這是妳最想做的大事業。」

「甚麼，妳開甚麼玩笑。」

「我來真的。」我關掉手機，遞還給園長，「我媽媽的想法很簡單，要她回來當園長，不然免談，而妳自・動・離・職。」

園長隨著我強調的「自動離職」，怒火噴發，把那支價值我一個月薪資的手機，重重摔地上，斡旋也摔碎了。在碎片迸裂之後，窗外傳來各種紛擾喧囂，孩童的哭鬧聲占據幼兒園，值班教師衝進來說「全部的小朋友都拉肚子」，才結束這次冷得找不到終點的談話。這幼兒園是對立的地盤，有人得離開，那是我，離開這個快被八卦、耳語與無奈溺死的低氧環境。

我離開園長辦公室，回座打包物品回家，離開這間瀰漫稚嫩哭嚎與不安的幼兒園。小朋友亂跑，廁所擠滿了人，每間廁間排五、六人，一個水桶可以五個人輪流用，大家巴不得把屁股亮出來。小車與高年級的幼兒跑到沙坑挖洞，嘻嘻哈哈的蹲在那狂拉，笑說沙坑終於變成貓砂了，老早想這樣。

我端著物品，走過中庭那鍋午後的仙草蜜點心，黑甜湯汁裡肯定摻有其他特別的東西。
小車的復仇完成了，而我的失敗來了，唯有離開此地。
這世界的黑暗已經成形了。

第二章

七個女人與一條狗

那年夏天，像所有的夏日一樣溽熱，不同的是我離職了，陷入前所未有的困境，而且我與母親的關係生變。那通「賤人一號」的斡旋電話撕破母女關係，母親要我和祖母快快搬走，她想從男友那邊回到家，一個人獨處冷靜，好好思考，她的人生接下來應該要怎麼做。

「我的人生該怎樣做？」這句話更糾纏在我內心，此時我不論做甚麼事都亂了章節，往往找不到方向，生活失去節奏：我睡慣的床要躺三小時才入睡，天未亮便起床看著樓下的早餐店忙碌。我放在烘碗機的法國馬克杯不見了，找了很久竟在烘碗機角落找到。我失神的用護手膏刷牙，用牙膏洗臉，對著鏡子發呆的時間很長。重看美劇《花邊教主》，深深厭惡貴族學校的爛八卦與賤愛情。進電梯關上門卻忘了按下樓鈕，直到它啟動後停在六樓，拿槍衝進來的帝國風暴小兵出現，問我怎麼哭了，然後把所有的戰利品送給我。

我又坐電梯回到屋內，從口袋掏出三顆掌葉蘋婆的種子、一把鑰匙環、五張名片、兩個文具小鐵夾，與無數瑣碎之物。有個約兩公分大的愛心木片是一年前被帝國風暴小兵勒索去的，是我從幼兒園園遊會買來的，當時的我臉上都是快樂、陽光與微笑，往越來越幸福的道路前進，相信有能力搬走每顆絆腳石，樂意在電梯裡被帝國風暴小兵勒索。現在的我，失去某種自己說不上來的幸福，害怕寂靜，而且無法忍受自己。

「走吧！現在是出發的時間了。」祖母說。

「去哪？」

「反正就是離開這就行了，我會安排。」她打了通電話給搬家公司，接著回頭對我下通牒，「半小時後出發，出發是新的開始。」

「只有半小時？」這麼短時間，我無論如何也整理不出行李，給我半個月也無法達成。況且母親要我離開是氣話，這些年來我能體會她每句話底下的冰山意涵，她絕對不是要我搬離，或至少是在暗示祖母快滾蛋。

「妳應該這樣想，自己現在總算有半小時，好好整理自己想帶走的東西，不是能帶走的東西。」

「我每樣都想。」

「那些東西都有排序吧！十樣東西，妳就拿十樣最想要的物品，不用太花時間。」

「好吧！」我轉頭回房整理。

「也可以再少一點。」

「不可能了，我出門上班都要帶一堆離離落落的東西。」

「很多都是安慰用的，大部分都是沒用上，對吧！」祖母說，「這樣吧！拿八樣東西，搬家公司快到了。」

門鈴響了，祖母開門迎接，然後回頭對我大喊：「人家已經到了，拿三樣就好。」

門口站了五個老婦人，和一隻老狗，是那群上次將祖母遺產搬進來的銀髮族。她們走進客廳像回到自己家，兩人坐在沙發，打開電視，為著要看鄉土肥皂劇還是胡瓜的綜藝節目吵嘴；有個老婦打開冰箱門，檢查水果種類，然後自顧自蹲下來吃芭樂，一邊嫌水果硬，一邊對吠著的老狗說她只是蹲下來沒事。還有個老婦終於找到廁所，卻找不到出來的門似的在裡頭和痔瘡奮鬥。那位有酒窩的婦人則和祖母在陽台聊天，不說話時，只顧看天，時光安靜的流過兩人身畔，凝視藍天就堪安慰了。

光勸這群人別弄壞遙控器、冰箱門與馬桶，我就不能專心打包行李了。最後在祖母的催促下，我將平板電腦、一組萬用化妝品、三本存摺，和四十八套衣服打包妥當，讓那些老人勸我說仙女也不用帶四十八張人皮。她們品頭論足的拿出我愛的四十套衣服，我微笑報答時，她們卻把這些塞回衣櫥了。

祖母回到客廳，下令：「**死道友**，休息夠了，把東西搬走吧！」

從進門開始，我看得出她們和祖母的關係非同小可，互稱「死道友」這種古怪稱謂，互開玩笑又帶點齟齬。我也意識到，祖母是她們的領頭羊，少說話、少動怒、少歡笑，但眾人幾乎聽從。所以祖母下令離開這裡了之後，馬桶沖水聲響起、未啃完的芭樂放口袋、唯有電視節目在胡瓜的笑哏拖延兩分鐘後才關掉。大家起身幹活。

「這台電視機多少錢？」有位阿姨問。

國際牌三十二吋液晶電視，附視訊盒，畫質清晰，值我一個月半的薪資，「四萬多元。」我說。

「確定是妳買的？不是妳媽的。」

「沒錯。」

「我們兩人幫妳搬走。」阿姨要求跟她爭節目的老人幫忙。

我猶豫不決，至少這台電視不在我的行李中，更不想帶走這龐大體積的東西上路。

「帶走。」祖母果敢的下令。

在激烈掌聲中，那台液晶電視的線路被拆了，由兩位老婦挾著走，未收妥的電線拖在地上。我大喊不行搬，卻擔心要是有人踩到電線，那台電視絕對會在地上展示它複雜的破片，只好上前整理幫忙。

「我要馬桶。」另一位阿姨說。

「拆。」祖母說。

拆馬桶的阿姨走進廁所，不顧我的反對要拆免治馬桶的溫熱便座，因誤觸按鈕，沖水棒隨著馬達聲伸出來，噴出水，將她整張臉弄得狼狽，卻沒弄髒她的笑容與蹩腳的技術。我又動手幫忙了。

「冰箱呢？我也要。」某位阿姨敲著冰箱門。

「我們搬不動。」祖母阻止。

我鬆了口氣。那位阿姨卻被靈感擊中腦門似，大喊：「冰箱有菜有水果，甚麼都有……」

「搬走果菜就好。」

這次離家，家中又被搬走一組法國瓷盤、兩台立式電扇、四個抱枕，與一堆吊環之類小飾品。祖母詢問與她在陽台賞景的酒窩阿姨，有沒有缺甚麼。幸好未獲回應。我想，這下我得在Line上好好跟母親解釋，家中不是遭竊，而是我暫時拿走了——這理由既牽強又荒謬。

把大門關上時，我鬆口氣，終於讓這群老蝗蟲走出來了，卻發現剛剛不捨離家的心情沒那麼濃了。

關門前，祖母問那位酒窩阿姨：「怎麼了？」

「我要客廳牆上的那幅掛畫。」

那是粉紅色小熊，掛了二十幾年，是我三歲畫的。當時我有一隻非常喜愛的粉紅泰迪熊，也以為自己有一天會變成小熊，可是我沒有變成熊，變成了悲傷的小孩。

所以那隻熊，牠離家出走了。

*

祖母年輕時，身材苗條、臉蛋微圓、手指屬於彈琴的細長型，有雙眼皮和梨窩。我遺傳她的這些特徵。尤其是雙眼皮，右眼明顯外雙，使得右眼的眼幅較左眼大。在一張我五月大的照片，她一手托過我的背，一手替我洗髮，用臉盆幫我洗客家傳統的大風草①藥浴，能驅風邪避寒。我五歲時，祖母秀出這張照片，指出我的笑容堪比我正在吃的冰淇淋，那是我首次吃到便宜的小美冰淇淋，對這種滋味與譬喻熟記在心上。

我長大後，遍尋這張照片而無斬獲，它像冰淇淋融化蒸發了，只留下一些甜蜜蜜的糖漬在我心中。我知道這張照片沒有消失，它藏在世界上的某個角落，由祖母珍藏。那張相片中，祖母看鏡頭的表情，跟目前我的容貌相似，有迷人的雙眼與梨窩。我與祖母相視，從時間河流的概念來說，我臨水照見年老的我。

我是在目前這間大房屋找到這張照片，在倉促間找到。如果在一間三十坪大的住屋，或許花幾天可以找到。但是以這間大房屋來說，另當別論，別說運氣，連碰到運氣的機會都沒有，因為這間大房子有一千多坪，大得恐怖，在夜晚起雞皮疙瘩似找不到廁所尿尿。說明白點，這是廢棄游泳池，而我在這間廢棄泳池的一隅，找到了那張照片。

游泳池位在市都心邊緣，外頭看似大型的鐵皮屋，座落在四周是鐵皮工廠與大片農地之間。十幾年前，休閒文化興盛時，有人集資蓋了游泳池，經過兩年榮景之後，卡在交通不便，加上附近的地下工廠排放難聞的廢氣，泳客驟減，而壓垮泳池營運的最後一根稻草是：有個少年溺死之後才被救生員發現，迫使老闆在官司與賠款壓力下，關門了。

載我來的那輛T3直接開進廢棄游泳池，穿過被拆掉的閘口，來到挑高十八米的室內棚。麻雀叫聲迴盪，陽光從窗口大片灑入，觀眾看台上的曬衣架晾著老女人的衣物。這場景太過魔幻了，但擺在眼前，她們住在無水的泳池底，以簡單的隔離板，區分出個人生活空間，像IKEA那種開放展示房。這間廢棄泳池還有項違規商業行為，地主鑿井，偷抽取地下二十公尺的水，比水公司便宜一半的價格供應附近的地下工廠，所以泳池有許多超大型的不鏽鋼水桶。我看著池底的隔

①菊科植物，艾耐香，較常用於婦女坐月子的沐浴藥草，是極富客家民俗色彩的藥用植物。

間，以及反光的大水桶，像噩夢般的環境。

她們從我家搬來的戰利品，放進泳池。接上電源的電視機從節目中發出胡瓜的大笑聲。免治馬桶坐墊安裝在十八間泳池廁所中的一間，某位阿姨馬上脫褲子獨享。搶回來的青菜由某位阿姨很快煮好，放在法國瓷盤，然後她拿著鍋鏟敲擊塑膠桶，喊開動。廁所走出來的阿姨，臉上得意，順著直徑一公尺的管狀滑水道滑下去，伴隨小小驚呼，落入一張柔軟的泡棉床墊。是的，今日太夢幻，希望往後沒有太多驚喜了。

晚飯後，睡覺前，我將住在這裡的阿姨們，簡單介紹：

護腰阿姨：在我家翻冰箱的那位，脊椎曾長骨刺，開刀後復發，需要長年穿戴護腰，動作慢，在團體負責煮飯、開車與雜務。傳說她年輕時，當過小虎隊的伴唱女郎，素有「卡拉ＯＫ女皇」之稱。

黃金阿姨：那天在廁所蹲很久、後來拆走免治馬桶坐墊的人，著重外表，常在臉上塗上厚重的白色粉底，據說她母親是日本人，戰後留台。大家知道她常被痔瘡所苦，她從來不承認。至於我為何叫她黃金阿姨，先賣個關子，留待後頭解說。

假髮阿姨：第一天來我家搬東西時，她整片假髮歪了，故稱之。她在飯店工作，擔任房務整理，偶爾帶回餐廳食物，給大家打打牙祭。

回收阿姨：那天，她和假髮阿姨在我家爭著看電視，喜歡講冷笑話，喜歡做資源回收，常把瓶瓶罐罐帶回家，等待好價錢再賣。大家不喜歡她的冷笑話與瓶瓶罐罐，以及偶爾很濃的香水味。

酒窩阿姨：那天在我家陽台和祖母看著天空的人。她在社區擔任派遣的清潔工，對每個角落的髒汙有強烈的敏感，嗅覺異常靈敏，常打噴嚏。她喜歡觀察這老女人團，把靈感編入她的戲劇表演裡。

還有一條老狗，眉毛與體毛摻雜了白毛，身上包著繃帶。有時會叫，聲音低沉，是護腰阿姨養的。狗的名字叫鄧麗君，但別妄想叫牠唱歌。

*

從護腰阿姨談起吧！我是被她開瓦斯鈕的聲響吵醒。

說此之前，我苦難的熬過半夜，這也得要細說呢。我有認床習慣，躺在新環境，往上是幾乎看不到屋頂的超大空間，覺得像躺在釘床，還有人拿鐵鎚往妳胸口敲打似的。孤獨一人最難熬，我的胸口鬱積沉悶，覺得自己到哪都是多餘的，活得很累，又睡不著。我想我到底是怎麼回事，精神備受折磨，失去自己的工作，又得離開家裡。我在床上被自己的翻動快煩死了，輕輕翻身，怕床被壓得嘰嘰叫，隔間的祖母來敲門關心。

我不知道躺了多久，起身爬出游泳池家，沿著池邊不斷走，企圖消耗內在的沮喪。我真想喝得爛醉，酒害了我，也唯有它能再把我毀了，然後用含糊的哭腔抱怨，想講甚麼就講，不用考慮宗教上的造口業。但是我極度清醒的領受折磨，不知道要罵誰，自責是最好的懲罰，胸腔的憤怒快滿出，我敢說自責產生的怨氣使我像是飽滿的人形氣球了。我持續沿泳池邊走，胸口汗濕，有點小喘，但就是沒有睡意。

我坐在泳池的觀眾台階，空蕩蕩無人，「死道友」陸續起床，走到角落用夜壺尿尿。到廁所很花腳程，這是最好方式。她們的尿聲在夜裡顯得大聲，可以聽到各種夜壺材質的撞擊聲。我在看台坐了好久，回到床上，看著屋頂，腦海閃過一些沒有意義的畫面，怎麼就想到了那個柳川的殺狗事件。那隻被踹進河裡的死黑狗順著洶湧的溪水往下流。我順著階梯走下河道，跟著狗屍往下走，我不知道為何這樣做，可能目擊狗被打死又不出聲，自責愧歉。我沒有撈屍埋葬，只是內疚的想陪黑狗一段路。可是我發現我流血了，左胸有片血漬，滲出T恤。那是狗血，是殺狗的男人走過來，用髒手朝我的衣服內摸乳頭。我突然感到汙穢，胸口被火燙到似，蹲下身來用柳川的水洗掉血漬。柳川之水很髒，像是一條巨大的濕抹布，把都市的悲傷、苦難與汙穢擦掉後，擰出來的髒水，我用這樣的水洗胸口上的血漬，要洗乾淨是不可能的事。我感到此身潔淨是緣木求魚，把T恤脫下來，擦乾血漬與髒水，把衣服丟到水裡，它在靜水池打轉，與黑狗屍體一起朝下游流去。我一個人裸著上身站在河道，車流聲與水流聲突然喧譁，傍晚的蝙蝠亂飛，那年我九歲，有些甚麼一去不復返了。

我大約幻想黑狗屍體又順水流了五公里才入睡，然後被打開瓦斯鈕的聲響吵醒，「咑咑咑！砰！」點火聲嚇得我睜開眼，驚慌得以為自己是一隻順著髒水而去的狗屍，想掙扎起來卻沒有生命了。天好亮，湛湛藍天，陽光好到不行，屋頂橫梁有麻雀啾啾鳴叫，這是個不美好的日子，把生命角落的陰暗都逼出來了。

我躺在床上，又輾轉了十分鐘才下床，卻找不到手機，平日我把它當作起床鬧鐘，放在伸手可及的範圍；今日它出奇安靜，竟是失蹤了，不知道在哪。現代文明最大的焦慮是起床後找不到安慰的奶嘴——手機。

我從臥房走到廚房，這之間沒有曲折通道，繞過幾道高約一公尺半的簡易隔牆就行了。廚房位在泳池的邊牆。護腰阿姨說，她們平日的早餐是饅頭夾蛋，有人會配半碗的維他命丸與憂鬱藥「百憂解」，有人喝葡萄糖胺飲料，有人喝自己的尿。今日為了迎賓，她願意開火做一份雜菜瘦肉粥。

「我比較喜歡百憂解。」我懶懶回應，忽而睜大眼：「誰會喝尿？」

「尿療法，小心搞破銅爛鐵回收的那位，她有這個癖好。」護腰阿姨聳聳肩的說，「對了，妳的東西在快鍋裡，一直嗶嗶叫，應該熟了。」

我奮力的扭開扣緊的快鍋柄，傳來熟悉的起床鈴聲。手機躺在快鍋裡。我看了手機時間，它響了一小時。

「它快吵死大家了，卻吵不醒妳，我也不懂怎樣關掉它，只好把它關在快鍋裡。」

我滿是歉意，滑開手機看，除了洗版面的長輩圖，沒有其他重要的Line訊息。那個我工作六年的幼兒園教師，因我的官司風暴，退出群組另組了Line，獨留我。身為現代人最大的不安，是取回手機後發現自己被隔離在眾人之外，沒人願意跟妳講話。倒是我在臉書加入的「月亮杯」不公開討論社群，不少人詢問價格與用法，今後起我有更多時間回應了。我是月亮杯的愛用者，它是高級醫療級矽膠的杯狀物，能放入陰道，盛裝經血，取代衛生棉條。這種東西簡直是女性福音。

「手機真不是東西，沒看到時找得要死，找到後又看得憨神。」護腰阿姨站起身，走到冰箱拿食材，然後對那隻老狗說，「哀哉！手機不是查埔人（男人），不用整天黏牢牢，是吧！連鄧麗君也一輩子沒結婚吧！」

「狗會結婚？」

「我說的鄧麗君是歌星，連鄧小平都愛聽，她一輩子都沒有結婚。妳們這些少年人應該很少聽鄧麗君的歌了吧！算了，早餐好了，吃吧！」護腰阿姨把早餐送過來，低頭說：「妳很喜歡馬桶通便器呀！」

我抬起頭說，秀出手機裡的照片，「這是月亮杯，不是通便器。」

「那就是酒杯喔！很漂亮。」

「也對，有人第一次用時，會拿來把裡頭裝的血喝下去。」這是實話，但我很難再跟護腰阿姨多聊月亮杯了，這叫世代差異。這就像護腰阿姨能唱鄧麗君所有的歌，而我只懂得這名字。

我不說了，不久她換個話題纏著我，問我哪時要回家。我說，在這裡認床難寢，確實有點想念家中那張床。她立即拍胸脯，要是我回去把睡慣的枕頭拿來，塞點曬乾的茶葉渣，保證睡神會保佑，一覺到天明。然後，她看著我不說話，臉上堆滿笑容、皺紋與期待。這時她身後的冰箱壓縮機響了，傳來嗡嗡聲，我思路也嗡嗡的轉通了。護腰阿姨之所以期待回去，是想搬我家的雙門冰箱，取代眼前的立式商用冰箱。商用冰箱是小吃店常用，冷藏小菜、啤酒或可樂，無法分層冷藏食材。於是我用依順的表情說：「我家電冰箱每到夜裡都會嗡嗡響，比妳這台還要吵，妳知道為甚麼嗎？」

「不可能，妳家那台是靜音的冰箱呀！」

「那是二手貨。」我繼續說，「兩年前我從舊貨市場買來的。每天夜裡會響很大聲。我請懂機械的朋友都弄不好，又請了懂塔羅牌的朋友卜卦，她說前個主人把家裡的病死貓放在冷凍庫，不肯下葬。這電冰箱會響是貓在搞怪。」

「這種歹物（凶物），我都不怕。」

「真的？」

「我都不怕這種的，好啦！我跟妳講，這個游泳池會廢掉是有原因的，有個小孩淹死在這。每日暗時，他會在這裡走來走去，沒講話。只有我看到，我昨天晚上就看到他坐在看台上，亂抓頭髮，眼睛白白的。」

我渾身打哆嗦，比手機的震動模式更嗆，原來昨晚狼狽的我被看成鬼了。護腰阿姨覺得沒甚麼好怕的啦，她認為世界上令人害怕的是鬼、老女人與沒錢，要是常常與這三樣共處就習慣了！而且，有鄧麗君保護她，根本不用操煩有鬼還是沒錢。然後，她把鄧麗君叫過來，用手溫柔的摸老狗的脖子，直到愛意傳遞飽滿之後才收手。

「牠怎麼了？」我注意到老狗的腹部綁著繃帶，像護腰阿姨的束腰，難不成老狗也有骨刺或脊椎方面的毛病。

「牠破病了，唉！醫生講沒效了。」

「甚麼病這麼嚴重？」

「癌症。」護腰阿姨揭開老狗的繃帶，露出難堪畫面，一團粉紅色的突出腫瘤從老狗的肚子露出來，比較像是熟壞的愛文芒果，因為腫瘤不斷流出膿血與透明液體，才不得不用紗布包裹。我這才懂老狗的早餐盤為何比大家豐盛了，花椰菜汁、水煮蛋與雞腿肉，配上褐藻錠。病狗也有好狗命，我重重嘆了氣。

護腰阿姨誤以為我是憐惜狗，重重感謝我之餘，差點流淚。她說她愛死這寶貝呀！偏偏神明不愛，讓老狗的胸腔內長出肺癌，巨大腫瘤擠到肚子，害牠無法好好呼吸，走起路就喘，睡覺只能側邊躺。

老狗的頸部、大腿等處，都有凸起的轉移小腫瘤。這種胸腔腫瘤是大型狗晚年常罹患的，而且狗齡年邁，胸腔手術是大刀，鋸開狗肋骨可能會引起心律不整、呼吸困難等，所以護腰阿姨也怕狗死在開刀房，對我說：「狗太老了，怕開刀就沒了。」

「接下來呢？怎麼辦？」

「按怎？」她突然眼睛一亮，說，「妳會開車嗎？」

「會。」

「是手排車喔，就是外頭那輛。」她指著那輛福斯T3。

「不會。」

「沒要緊，阿姨保證教到妳會的。」她帶我來到泳池的T3停車處，驕陽將它烤得像剛出爐的麵包，彷彿是摻了木屑的德國黑麵包，又熱又硬，要費一番勁才能打開門。

有一張厚紙板擱在方向盤。我知道有人會用來遮陽，免得方向盤燙手，但是紙板上用麥克筆寫著「禁止吳春香私下單獨開車出門」，筆跡是我祖母的，帶著她略微陽剛的鋼筆字。看到警語令我尷尬。

我暱稱為護腰阿姨的——吳春香抓著車頂把手，艱困爬進駕駛座，小心保護脊椎不會像撒下熱水的義大利麵散開，卻把厚紙板猛往後座扔，說：「現在，我們一起開車啦！載鄧麗君去迌迌，牠心情會很好。」

「對吧！寶貝。」她又對鄧麗君撒嬌了，

*

到了下午四點左右，護腰阿姨開車前往市區，要把其他的阿姨們載回交通不便的游泳池。她在違章建築林立的工業區小巷鑽，然後駛上十米道路，一路望著後視鏡或兩旁動靜的時間超過了直視前方的時間，而直視前方時，眼睛又沒有拴緊在眶裡，總是亂瞄。

「妳……找……甚麼嗎？我好緊張。」我擔心發生車禍。

「唉，妳也發現了？」

「甚麼？」我也亂轉頭瞄，被她傳染了「頭部過動症」似。

護腰阿姨四顧，要我注意某輛紅色三菱跑車是否在跟蹤，或某台賓士的隔熱窗後頭是否有人凝視，不然就是那一個三葉機車騎士會不會拿出球棒來砸窗。如果我說沒有，她說我沒有觀察。如果我說有，她叫我再注意；然後我眼睜睜看著被懷疑的車輛離開了視野，啥事都沒有。護腰阿姨有些神經質，要是不發作就生活寂寞了，這種人的最大樂子是開車，但方向盤多轉一撇就是意外，難怪阿姨們禁止她私下外出。她瞥到我的異樣眼光，於是推託說，「有一群人會對鄧麗君黑白來，怕牠給人綁票。」

「為甚麼要綁架一條狗？」

「不是綁架一條狗，是綁架鄧麗君。」護腰阿姨強調，並解釋：「也不是綁票啦！是我擔心別的車子撞我們，害鄧麗君受傷，對不對，寶貝？」

後座的狗搖尾巴，叫了兩聲回應，接著又多叫了幾聲。後面的幾次吠聲較低沉，像嘴裡嚼著話，這令護腰阿姨遲疑一下，車速減慢，轉頭對狗說：「妳是看到『伊』了嗎？」

「『伊』是誰？」我問。

「就是……哎呀，這台車是事故車，撞死過人。」

「那妳敢買？」我嚇到。

「出廠新車買不起，二手車還是貴參參，買不落去，還是撞死人的車，比較便宜。」

「真的？」聽到這種事，在大熱天仍威力無窮的令人直冒雞皮疙瘩，「那有發生甚麼靈異事件嗎？」

「時間不對時，雨刷亂動、後車蓋掀起來、大燈閃來閃去，還有，妳要往右邊，車偏偏往左；要往左邊，車老是往右。更奇怪的是它常常發不動，要念阿彌陀佛才行。」

我的心再度往下涼一截，「現在不會出事吧！」

「這台車撞死的是一位阿嬤，這是結緣，我們叫這位阿嬤是『伊』。她住在這台車上，有保佑我們，妳免驚。我們買車之後，怪事很多，請道士來灑淨，但是淨一淨會讓『伊』沒地方住了，就叫道士不用淨了。這台車是『伊』的家，住車上隨我們四處趖來趖去。到了晚上，有賊仔來偷車，『伊』就會按喇叭嚇走賊仔喔！」

我冷靜呼吸。身在鬼車，比搭錯車更驚險，我心中念幾聲佛號，期盼「阿嬤鬼」別臨時起意，大搞創意，我可是膽子小。幸好護腰阿姨轉移話題，回到疑神疑鬼的覺得有人跟蹤上，我們在小街轉了幾圈，搞得我頭暈，彷彿被「阿嬤鬼」掐住脖子。我要護腰阿姨開慢點，她說來不及去接大家了。可是，等我說鄧麗君也暈車了，她又怪起我不早點說，然後放慢車，轉彎時提醒老狗。

車子停在小公園旁，還未停妥，在飯店負責清潔的假髮阿姨衝出來，自行開門上車，抱怨今天慢了十六分半，得記護腰阿姨的點扣錢。她翻出記事本，在某頁把累積至今的舊帳數落一遍，就在她拿起筆要記錄今日缺失之際，被護腰阿姨故意開上了填覆差勁的人孔蓋惡整。車子打噴嚏似般高跳，假髮阿姨的帳本噴出窗外，所有小仇恨成了馬路垃圾。

「車子我在開，可是馬路不是我開的，一路紅燈又塞車，對不對，我的女兒鄧麗君？」護腰阿姨辯解，並獲得老狗吠兩次回應。

「妳也開慢點呀！我的東西飛走了。」假髮阿姨抱怨。

「坐在車上的人要開慢點，可是，每個等車的人卻嫌車子開得太慢。我不是三太子，兩隻腳踏風火輪，一路風神走。」

「妳要早點出發呀！」

「我很早就出發了，要注意一路有人跟蹤！」

「那……有人跟蹤嗎？」假髮阿姨緊張說。

「有，有人跟蹤，對不對，鄧麗君？」護腰阿姨提高音量，照樣獲得應聲蟲老狗的兩聲回應。「好佳哉！我開車像蛇鑽，把他們『拜託』了。」

「啥咪叫『拜託』他們了。」

「擺脫。」我插話解釋。而護腰阿姨不斷自豪自己如何神勇的閃過車陣，用大轉彎，配合輪胎摩擦的青煙，把尾隨的黑色車輛狠狠「拜託」了。我聽了，忍著不笑，護腰阿姨的鬼扯功夫見鬼了，一個掛護腰、膝關節退化、在時速五十公里中以老花眼看路標要花三秒，而看後視鏡超過二秒就暈的七旬老婦，怎麼可能表演好萊塢電影的絕活，而這樣也能把另一位老婦騙得一愣一愣。鄧麗君多吠了幾聲，聽起來不是附和主人，是取笑假髮阿姨好騙。

車子往下個地點，搭載在社區擔任清潔工的祖母和酒窩阿姨。然而，我心中的疑惑沒有前進到下一個點，反而在原地打轉：這六個老婦共屋生活，絕對不只是排遣寂寞、互相扶持，還有個更需釐清的目的，那是甚麼？她們比較像是個秘密組織，進行某項神秘活動，得防著誰追蹤，或者說逃脫誰的掌控。這之間的曲折讓我摸不著頭緒。

我遇到怎樣的老婦組織？我困惑。從搬來和這群阿姨們住，她們從未跟我多談她們的過往，我僅知，這群老婦原是獨居，緣分到了而同住屋簷下，護腰阿姨負責居家伙食、開車接送上下班，由其他五位「死道友」補貼她金錢。無怪假髮阿姨以老闆的姿態數落護腰阿姨，要檢討這、要檢討那，好剋扣錢，進而加深了兩人的不滿齟齬。

搭載到祖母了，她與酒窩阿姨上車，馬上說：「今天我們找到一個『玲瑯鼓』②了。」

「真的？」

波浪鼓是甚麼，我想這絕非字面的意思，因為一群老婦不會對六歲兒童的玩具有興趣。我轉頭詢問祖母，卻被她打斷。她的眼神告訴我，現在不是插話的好時機。

酒窩阿姨說：「我跟『玲瑯鼓』遇到好幾次，很確定，他快熟了。」

「差不多還有多久可活？」

「六個月。」

「六個月啊！剛好……」

「那我們還要做一票嗎？」護腰阿姨問。

「莫。」假髮阿姨首先發難反對，表示太危險了，目前已被盯上，要是被捉到就完蛋了。

「要。」護腰阿姨贊成。

唉！兩人又爭執起來，老女人的吵架看似溫溫吞吞，但都是針灸扎死穴，酸到心坎。護腰阿姨說人不能嘴上說不愛錢，手又伸得很長，拿到錢又留給兒子。假髮阿姨反駁，總比養條母狗

②童玩，即波浪鼓。

好。等兩人吵夠了發洩夠了，祖母才喊停，說幾條命在開車人的手上，她不想癌症還沒死，先死在路上，「這件事，留到晚上大家在一起時再研究。」祖母說。

「幹，恁祖嬤現在要去哪裡？」護腰阿姨被吵架分心，沒注意路況。

我們是要去榮總醫院把看糖尿病的黃金阿姨載回來，卻開上了高速公路聯絡道，得繞一大圈路了。

「害了。」護腰阿姨大喊，說：「『伊』來了。」

「又是『伊』。」阿姨們大喊。

只有我在狀況外的大喊：「誰？」隨即想起她是附身在車子的「阿嬤鬼」。現在鬼魂出現在車內了，我看不到她在哪。

「伊來了，大家坐好來。」護腰阿姨說罷，手中的方向盤不聽使喚的抖著，全車陷入不安與驚恐。下一秒，護腰阿姨大叫，方向盤往右轉，車子衝過高速公路聯絡道的塑膠防撞桿。折彎的塑膠桿刮過車底盤，傳來恐怖聲。全車發出蒼老的尖叫，閉眼領死，然後車子竟然從北上聯絡道硬切入相鄰的出口匝道，我們又回到了平面道路。

護腰阿姨大笑，鄧麗君吠了兩聲叫好。

*

關於演戲，我想到的是幼兒園的劇場遊戲，帶著小朋友邊跳動、邊遊戲。更多時候，我想到的是「蛇窩」裡非常懂得人際攻防戰的教職們，這更像演戲，人人都有機會拿到金馬獎最佳導演獎、男女主角獎，或終身成就獎。但是真的要我站在舞台演戲，算了，這很難。

這群阿姨滿能演的，我指的是舞台上的演戲。她們每晚會花一小時排戲，為的是半個月後的巡迴演出。我曾在游泳池的邊牆上看過兩年前的演出海報，以版畫呈現一張大嘴裡含著爐灶、爐火與爐具，鼻孔冒柴煙，線條很有藝術感，戲碼叫《廚房》。護腰阿姨常把那次演出掛在嘴角，自豪演活自己。其餘的人認為護腰阿姨演甚麼都像自己，乾脆每回都有廚師角色，台詞連年一樣，只要諧星開口都能引起台下笑聲。「而且在她口袋放大內褲，當手帕。」假髮阿姨笑著說，惹得護腰阿姨生氣大罵。

今年的主角是黃金阿姨，她話不多，化妝倒是花了不少時間。她缺少演戲細胞，講話像呆頭鵝，一字一句像鵝叫，非常硬邦邦。擔任導演的酒窩阿姨在今天排練時，八次阻止黃金阿姨靠近排練場旁的小木櫃，用吼的、用拍手叫她離開那個惡魔箱。於是接下來的二十分鐘，大部分的人失去耐性，連脾氣最好的回收阿姨都耐不住性子的雜雜念，她們都在抱怨黃金阿姨越演越像木頭人。

「去吧！拿出撒旦。」酒窩阿姨終於失去耐性。

黃金阿姨打開小木櫃，拿出便利商店買的威士忌、可口可樂與可爾必思，倒入馬克杯，當作調酒。調酒比例看似隨興，實則像護腰阿姨拿勺子舀沙拉油、醬油、鹽巴下鍋那樣職業性準確。

黃金阿姨小酌兩口，完全換了個人，聲音收放自如，走場順利，演到哭就落淚，演到笑是陽光的沙文主義分子。護腰阿姨認為演戲不該作弊，抱怨歸抱怨，她仍好奇的偷喝了調酒，淡淡酸味，像喝糖醋魚的醬汁湯，又抱怨起這樣能喝她以後拿餿水煮湯就行了。

排演結束，大家沒給掌聲，卻猛點頭肯定。黃金阿姨尚未退戲，坐在舞台上的椅子，說著說著，又哭又罵，訴苦自己多悲慘，僅剩的存款被女兒偷領，母親留給她價值三十萬的田地，又遭兒子變賣。她說，連家人都會背叛，總有一天輪到自己背叛自己就是世界末日了，這世界太秋條（猖狂），還好她是保險櫃，肚子裡的黃金沒人能偷走。

祖母拎著剩下的半瓶酒，給黃金阿姨灌上一口。黃金阿姨回報微笑，倒在舞台睡去，被幾位阿姨抬走。

酒窩阿姨大喊：「這一幕很好，加進戲裡。」

「是抬人？還是人倒在舞台上。」

酒窩阿姨輕咬嘴唇，說：「抬人這段戲可以長點，大家抓手抓腳的抬，讓人看起來軟趴趴；不過拉好點，不要把人抬傷了。」她想不出來這段戲有甚麼深刻意涵，但是張力十足。

「我的人生沒甚麼意涵啦！」黃金阿姨睜開醉瞇的眼，發表看法。

「這句話很適合當台詞。」酒窩阿姨記錄下來。

「妳過來幫忙。」黃金阿姨用手招呼，問：「幫我嗅一下，我這塊老肉是熟了嗎？最近我心頭緊緊，腰骨親像要散去，感覺要見佛祖了。」

酒窩阿姨把鼻子優雅的靠近，發揮好鼻師功能，久久才抬起頭：「我看妳活跳跳，活到一百二十歲。」

酒窩阿姨低頭聞的動作，加深了我的印象。她的嗅覺異常敏銳，我來游泳池的第二天，她數次問了我：「妳還好嗎？」我後來才驚覺這句話的背後意思，這女人能聞出我月經的味道，卻發現我沒有更換衛生棉。酒窩阿姨的嗅覺靈敏到，能鑑別死亡的味道，這是老女人團的傳說。我不想在這裡多解釋，這謎我留待後頭解釋。

「慘了，人生最慘的是，活那麼久，口袋沒錢。」黃金阿姨說。

「有啦！妳肚子有錢。」

「那是死錢。」黃金阿姨所謂的死錢是指藏在身邊不願利用的錢，說完她揮揮手，走到廁所。廁所對黃金阿姨來說，比酒精更能安慰自己，因為她是隻「金雞母」，能生出黃金珠。為此我私下叫她黃金阿姨。

據說，黃金阿姨的娘家經濟能力不錯，她不顧反對，嫁給三流的男歌星。男歌星婚後努力的跑紅包場，賺了一筆錢，在嘉義買了透天厝。黃金阿姨也生了二男二女。男歌星後來跟女舞者拍拖，把房子偷賣掉，和女舞者到台北同居，留下妻子與四個兒女在沒有殼的家鄉。黃金阿姨心有不甘的追到台北，帶了四個小孩來動之以情，把每個紅包場都翻遍了，最後在萬華找到人。兩個女人為男人大打出手，陷入街頭鬥毆，四個小孩在騎樓下哭出這輩子最無奈的淚水，心理的傷害已影響往後的婚姻觀。黃金阿姨最後輸了，她的鄉下平底鞋，敗在對方台北女人的高跟鞋武器。黃金阿姨哭著怪女舞者拐走丈夫，女舞者也哭著怪黃金阿姨不會拴住老公，也怪自己綁不住男人。男人到台北後又跟別人跑了。

黃金阿姨大感悲憤，覺得人生沒希望，果真「愛到卡慘死」，跑到某間便宜得沒窗子的旅社自殺，她是守財奴脾氣，死也要把財產留在身上，把身上的金戒與金項鍊吞下肚子自殺。自古相傳要是想死就「吞金」的方式沒有搞死她，反而讓她心靈無比寧靜，原來黃金在體內流動很療癒，大叫起毛好（感覺棒），直到清晨的一幕她才警醒：隔壁房客燒炭自殺，搬出來時被她看見。死者的臉扭曲，好恐怖，像是拿來打老鼠打壞的拖把。愛美的黃金阿姨從此斷了自殺念頭。

從此，她有了吞金的習慣，把家中的金飾拿去銀樓鍛造成每粒兩錢重的小金丸，當成治療憂鬱症的百憂解吞下去，隔日從糞便找回來。吞金到底是守財奴保管死錢的樂趣，還是吞金自殺的重生喜樂，黃金阿姨說不上，總之每日黃金滑過了胃囊、小腸之後換大腸，按摩內臟，讓她精神特好。她持續增加黃金吞量，直到壓迫腸胃下垂送醫，醫生赫然發現她的X光照片上布滿三百個小白點，沿著消化系統排列，尤其腹腔更多，像是霰彈槍擊中。醫生得知是吞金後，轉診到心理科看診。十之八九被轉診到心理科的病人都被判定「情緒失調」，黃金阿姨瞪大眼對醫生說：「你說我這是自殺傾向的憂鬱症嗎？」醫生再度客氣說是「情緒失調」，戒除吞金即可。

「假痟啦！」黃金阿姨走出診門，抱怨她吞金就是以自殺法治療憂鬱，她不想讓肛門活得太閒，然後對著待診區的病人說，「你們誰的憂鬱藥可以回收，重複使用？」

眼見黃金阿姨到廁所「挖金礦」，假髮阿姨對我說：「她呀！真感謝從妳家拆落來的洗屁屁機。不要看她滿腹肚是黃金，其實她很虯儉，嫌吃飯要錢，放屎也要錢。」

「上廁所哪要花錢？」

「要衛生紙呀！她嫌要花錢買，我看她是用手擦屁股，再去洗手。但是洗手也要水錢呀！」

幾個人笑起來，愈說愈起勁，把魚尾紋笑得快焦掉了。祖母拍手兩聲，要大家將注意力放在她這邊，說：「人就這樣，誰不在這裡就說誰。大家都在時，甚麼屁話又都不敢說。」

「妳不知啦！」回收阿姨說，「她在便所，攏嘛自己一個人講大家，不知道雜雜念甚麼。」酒窩阿姨解釋：「她不是數落大家，是慢慢算金丸啦！照她的性格，少一粒都不行。」

「是算一粒，念一聲阿彌陀佛。」有人說。

在眾人笑聲中，我可以理解，黃金阿姨為甚麼視廁所是人生要塞，也能想像她淘金的過程：她會用麵攤燙麵的不鏽鋼撈網裝排泄物，上下甩動，去除大部分的雜物，挑出黃金丸。至於外出，她攜帶超市用來裝水果的細孔塑膠網備用。黃金阿姨這輩子可以錯過很多事，錯過婚姻、錯過公車、錯過至親最後一面，錯過兌換統一發票的截止日期，但不會錯失一粒黃金丸。

*

現在，我來談談酒窩阿姨。

酒窩阿姨和祖母的關係匪淺，她們是戀人，錯過了半輩子才相遇。

酒窩阿姨有段維持三年的婚姻，與十五年逃亡生活。她開輪胎工廠的丈夫用她的名義開空頭支票，遭到通緝。她展開逃亡，卻在第十年發現丈夫早在報紙刊登「警告逃妻」為憑而在法院訴請離婚，另娶有錢妻子。她憤而投案，驚覺上帝開玩笑，「票據犯」在她逃亡的第二年廢除，不用坐牢，卻陷入債務泥淖。她沒子女，選擇獨居，白天在賣場、超商或連鎖鞋店工作過，夜晚在名氣不高的劇場兼職演出，每季演出的薪資，不足支付每月房租，卻是她十幾年來的精神支柱，並累積三十餘位女粉絲，參加過這群粉絲的婚禮或喪禮，其中一位是我祖母。兩人在一起後最大的幸福與哀傷都是同件事：沒有婚姻關係，卻願意堅持對彼此的愛而直到另一方的喪禮。這是她們的哲學。

祖母叫酒窩阿姨為「查某囡仔」，意思是年輕女孩。對六十餘歲的女人叫這綽號，肯定是祖母看見了酒窩阿姨的少女心靈。她們的相遇過程是：酒窩阿姨在台中第五市場給一位老婦挽面，為的是方便上舞台妝。挽面是用一條細線透過老婦的兩手與牙齒叼咬，形成剪刀般攪力，拔去臉部細毛。酒窩阿姨坐在騎樓，襯著磚牆，閉眼挽面，清晨陽光打在她略施而有助除毛的大理石香粉，在細繩按壓皮膚的攪動中，香粉淡淡揚起。

祖母倚著牆，熱眼看著酒窩阿姨小巧的鼻子，在陽光下美得像日晷呈現暗影移動，時間晃了過去，心中留下的是「遇到對的人」的衝動。她嫌時間怎樣都不夠用，想辦法喊停，最好的方法是認識酒窩阿姨，卻開不了口搭訕。她們都是五十幾歲的人了，所有青春的修辭在四十歲前掉光了，可是對愛人與被愛的衝動從未衰老過。

酒窩阿姨嗅覺靈敏，聞到味道，她曾在其他帶著愛慕的女粉絲身上聞過，但是祖母的味道更濃，於是她第一次不顧挽面老婦告誡，在香粉翻飛中睜眼，不過是讓祖母看見她那雙細長的單眼皮眼睛在晨光中綻放。

這讓祖母不得不開口的搭訕，說：「喔！」

「甚麼？」

「喔！」

「然後？」

「喔！」

「妳說甚麼？」

「喔！」

「喔甚麼喔？」

「啊！」

「妳的鈕扣好看，可以送我一顆嗎？」酒窩阿姨是鈕釦迷，專門蒐集古怪與看得順眼的小傢伙，這場對話便由她展開了。

「啊？」

「帶我去買妳那種鈕扣好了。」

酒窩阿姨的話題，使她們在一起，過程就像一朵絲瓜花決定在盛夏盛開，或是小石頭卡在鞋底的縫隙離開。沉默的絲瓜花只選在烈日下綻放，石頭與鞋縫卻在卡對後一路響不停，這是來自彼此最初的念頭相同：「她是好人呀！好人就該一起。」

這兩個年紀、教育與性別都不對勁的人，沒有馬上變成戀人，是從朋友關係慢慢加溫。酒窩阿姨有高職學歷，卻是少一條筋的少女性格，迷迷糊糊，愛演戲卻不是渾身抖著演戲細胞。我祖母是反應快的聰明人，像是下象棋可以很快想到二十步左右的路數，但是舊時代的女人被傳統限制，讀完小學就行了，她要是現代女性絕對拿到博士，要嘛是大學教授，要嘛是某中型公司的CEO。她們決定在一起，源自失敗者的相濡以沫，往黑暗方向流動。那天酒窩阿姨講到自己的逃亡生活，很省錢，買一袋五公斤的農會米，配豆腐乳與醬瓜。每月水電不會超過基本費。她愛面子，不去領教會或宮廟的免費便當，卻會撿發票對獎。她知道女人當街友的感受，要是有天能成立一個女人共居團，該有多好。她說著說著，淚水就流下來。我祖母很感動的去碰了那行眼淚，摸著她臉頰，沒有被撥開。那是很親密的接觸，她們終於來到這一步了，決定在黑暗潮流裡共同往某一端移動。她們無法想像那端有什麼困境，擁有下二十步棋子般能力的祖母也不曉得，但是她們牽手了，一個人走比較快，兩個人能走比較遠。

之後，酒窩阿姨搬來與祖母同居，另有我的曾祖母一道生活，並在她面前保持得像是好朋友的關係而已。這三個女人的共同生活，之後加入了別的阿姨，這些人共同生活的初衷很簡單，老女人可以彼此照顧，老男人只會孤獨死。儘管一群老女人的生活觀、習慣與脾氣不同，最後磨合了，來自領頭羊祖母的睿智。女人團發展出小型的養老院規模，共生共活，每個人仍得付費，均攤房租、水電與雜項。要是誰已經不行的話，像是中風或嚴重失智，大家也無須扛起甚麼偉大的責任，送給安養院就行了。我的曾祖母就這樣進入安養院。

酒窩阿姨最神秘之處，不是如何躲過十年票據犯的亡命生涯，或她每年環島演出的戲碼規劃，是她的鼻子被撒旦摸過，聞得出死亡的味道。她對死亡的譬喻是：水果熟了。

酒窩阿姨的認知是，人生不過是在櫥紅的水果，在風雨中日日膨脹，時間到了，會散發果香，接著過熟腐爛，招徠果蠅，最後蒂落而墜地。當然也有些水果尚未成熟，在開花或幼果階段就遭遇風吹落或鳥類啄食，這是意外，像是人未必都會走到壽終正寢。

「也不知道哪時開始，我漸漸可以掌握這種味道。」酒窩阿姨說，「精確度很高，那種味道像是水果熟過頭，有時帶點冰箱味，一種死亡的味道。」

「死亡的味道？」我問。

「上帝的眼淚。」她第一次動用這種譬喻，場子裡的人都安靜，「愈來越接近上帝的眼淚的味道。」

身為天主教徒的酒窩阿姨用此譬喻，很生動，卻古怪難解。她說，一般人的印象是死亡由撒旦管理，然而《聖經》中的撒旦是引誘人吃了蘋果而離開伊甸園，不管死亡。死亡過程由大天使沙利葉處理，但是由上帝的眼淚定奪。當上帝把慈悲的淚水滴在哪個人身上時，死亡變成前往天堂的祝福，由大天使執行。

佛教徒的祖母完全認同這說法。佛陀教會她不要有太多執著，包括對宗教的執著，於是她會跟酒窩阿姨上教會、吃聖餅，在胸口畫聖十字，會在嘴邊念哈利路亞，可是她還是佛教徒。在她的觀念，觀世音菩薩是會三十三變的易容高手，上帝也是菩薩變的，說不定鄧麗君這隻狗也是，花朵與樹木也是。所以酒窩阿姨講的天主教死亡義理，祖母猛點頭同意。可是其他人都說這太浪漫了，哪有用眼淚在活人身上做標記，然後請大天使用GPS定位系統去找。祖母猛點頭，抬頭看到酒窩阿姨瞪過來，猛搖頭。

我則帶著遺憾說：「那妳也嗅到我阿婆身上有上帝淚水的味道，怎麼沒有早點發現呢？」

祖母有到醫院檢查病況，卻沒有再回診看報告，她覺得酒窩阿姨的嗅覺從來沒有失誤。上帝，或說菩薩的意旨沒有甚麼好質疑的。

「那是因為我們天天生活在一起，我失去警覺，就像要聞出自己有口臭一樣難。直到我在那天晚上睡覺時，猛然醒來，聞出那種味道從她身上來，整個人嚇壞了，哭不停。」

「實在是嚇死人。」祖母說，「晚上被人的哭聲吵醒，看到她在那一直哭不停，還以為見到鬼。」

「還說咧！還不是被妳的打呼聲吵醒。」

「我是會打呼，但有那麼吵嗎？」

幾位阿姨插話救援，說祖母的打呼還可以，卻諷刺像是青蛙、蟋蟀、公雞或蟾蜍叫聲，像草叢音樂會。祖母強調，她大聲打呼是排毒，把心中的鬱結趁打呼時釋放，所以她的心胸很大。大家都唱反調不認同。

「打呼是宣示『睡權』，就像女人尿尿也是。」祖母深入解釋。

「這樣喔！然後呢？」大家冷靜下來。

祖母說，女人坐馬桶，就該輕鬆放尿，可是當大家在意尿尿太大聲時，通常是有男人在附近。這時女人怕尿尿撞擊馬桶發出太大聲，尿得緩慢，弄得尿道很火大又很痛。祖母又說，男人尿尿像放水，還用力擠出個高亢的屁聲宣示：「恁爸就在屁股裝喇叭。」當女人辛苦的地方是，連上個廁所都不能痛快，那是因為還顧忌男人。

這說法給大家歡樂，尤其假髮阿姨更是火上加油，她說當年男方到她們家提親時，她到隔壁間廁所尿尿，怕尿太大聲嚇壞男方，把手伸到胯下緩衝，先尿在手裡才不會太大聲。護腰阿姨說她以前尿尿先沖水，掩蓋尿聲，現在她尿尿被誤以為在用蓮蓬頭洗澡，反而很自在。回收阿姨說馬桶不好上，她都蹲在浴室間的地上尿尿。大家說這跟「尿權」沒有關係的。回收阿姨說，蹲著尿才知道自己能尿多遠，不像老男人用滴的滴個半死。

大家笑了，暢所欲言，最後由祖母再次重申：女人可以跟男人一樣自在尿尿，也可以自在打呼。

「打呼太大聲是生病，這沒有甚麼好得意的。」酒窩阿姨的眼角還有淚，那些歡笑沒有趕走她對祖母罹癌的悲傷。

「妳這樣哭也是生病。」祖母皺著眉頭。

「妳哭得更慘。」

「有嗎？我剛剛不是笑得很大聲。」

「我是指那天晚上，我聞到妳身上的味道，」酒窩阿姨把話題拉回來，她要把話講完才行，「可是妳睡得很熟，還打呼，我叫醒妳跟妳說，妳哭得比我還要慘。」

「是呀！」祖母點頭，「哭過就好，我的難過一次清掉。分好幾段哭，不如一次哭完，像尿尿一次給它超大聲，對吧！」

大家不敢笑，但是心裡多了淡淡的輕鬆，感受到祖母是想把難過趕快上架曬乾，也趕快下架。難過像海水會曬乾，留下的鹽巴是更持久的悲傷，這是祖母處理人生的態度，悲傷是孤獨的，最終由自己外帶獨享。可是，酒窩阿姨未必這樣想，使得感情的天秤微微傾斜。

「結果那天晚上，我們談論以後要怎麼辦，講著講著，妳又睡著了。」酒窩阿姨強調。

「不然咧！累了就睡。」

「還有心情睡覺。」

「原本睡不著的，反正死的時候可以睡到飽，沒想到躺著睡不著，坐起來談話就睡著了。老症頭。」

「妳常常這樣子，沒精神聽人講話。」

「常常？」

「有時候。」

「有時候？」祖母聳聳肩的反駁，「那天是我們第一次半夜起來講話，怎麼會說『有時候』。」

「一次就夠受了。」

火藥味又濃了，眾人不得不打斷祖母與酒窩阿姨的小拌嘴。不過，酒窩阿姨反而更難過，數落大家不懂她的心情，枕邊人遇到癌病是歹事，任誰都不安。祖母則暗示酒窩阿姨哭夠了，沒事哭那麼久會傳染給大家。現場氣氛有些沉，窗外的蟲鳴就大聲了。

大家沉默很久，祖母只好大喊「排戲排完了，解散」。從廁所出來的黃金阿姨嚇到了，手中的幾顆黃金丸掉出來，在地上悶跳，一個閃眼就不見了。她驚叫的趴在地上，一顆也不能少的去找。一時間女人們都趴在地上幫忙，像鴨子翹著又胖又可愛的大屁股，讓鄧麗君叫了幾聲，像是大笑甚麼。

了。

黃金阿姨緊張兮兮的說，鄧麗君是不是妳偷吃了。狗不回答。接下來幾天夠她跟狗屎奮鬥

*

在台中舊城區邊緣，有棟六層樓的住商大樓，酒窩阿姨與祖母被清潔公司派遣來打掃。這住宅當初是搶手貨，但是建商倒閉之後被拍賣，幾年前的大火與姦殺案讓這裡變成地獄般髒破，有能力者已搬遷到新重劃區購屋，留下來的都是租賃戶、吸毒犯或低收入戶。住最久的住戶是第一批購屋，他們老邁，不少是獨居老人。酒窩阿姨發現其中一戶是「玲瑯鼓」，這塊老肉要熟了。

這個「玲瑯鼓」住在A棟四樓。祖母要我做件事，告訴裡頭的獨居老人，他要死了。這件事難就難在這，我可以按門鈴送掛號、送快遞、送回饋鄰里的小禮物，或者說抱歉按錯門鈴。但是很難說我是死神派來的使者，送上電報：你快死了，喔！對，請在這一欄簽收。

「為甚麼跟他說？」我問，這令人不解。

「我們靠這賺錢，說了妳也不相信，先去做就是。」

「這能賺甚麼錢？」我越來越多疑惑，除了向他人說「人生賞味期」要過期了，還要收高額的電報費，這有甚麼道理。

「跟我們在一起，妳就要工作。妳不喜歡這工作沒關係，沒有要妳喜歡，但人就要工作。做工有挫折，沒有哪項工作是乾乾淨淨的沒挫折。工作就是老闆要妳做，妳就做。我就是妳的頭家，派妳去跟『玲瑯鼓』說。」

「我做不來。」

祖母點點頭，把國宅的子母車垃圾桶推到馬路邊，由稍後前來的垃圾車收取。她抱怨有些人就是討債，把分明可回收的瓶瓶罐罐進扔垃圾桶，待會來收的環保隊會罵上幾句，於是她的工作之一，就是用鐵棍戳破家用垃圾袋，拿回回收物。

「妳知道沒這樣做，會怎樣嗎？」

「罰錢。」

「沒錯，環保局會不斷來稽查社區垃圾桶，給警告單子，要是不能改善就罰錢。」

「罰錢就會改善了，到時妳也不用趴在這撿鐵罐子。」

「台灣就是很狡怪，裝鐵窗防小偷，把自己關在籠子裡就沒事，就像那個甚麼動物，對了是鴕鳥，會把頭藏在沙子裡。社區有些人不想做資源回收，提醒也沒用、警告也沒用，而且抓這些人也不能派人整天守在垃圾桶旁邊。所以這些人照樣亂丟，最後環保局來罰錢，罰金反而由社區公共基金出。社區管委會又覺得抓違規的人很麻煩，就請我來將每袋垃圾內的鐵罐之類撿起來，這行為不是跟鴕鳥一樣。而違規的人照樣不做回收，亂丟。」祖母一邊說，一邊趴在垃圾桶邊，用鐵鉤從成堆髒物中勾出一袋賣場的塑膠袋，裡頭的回收物有飛盤、塑膠足球與獅子面具。祖母說這可能是媽媽在跟小男孩吵架後，一氣之下丟掉的。

祖母把回收物分類回收，才說：「那個人的人生，就像這袋垃圾。」

「哪個人？」

「就是『玲瑯鼓』，那個熟掉的人呀！要是我們告訴他快要死了，說不定能幫助他撿回他還能用的東西，像是朋友呀！時間呀！」

「是這樣的呀！」我有點懂了。

「他是獨居老人，一直窩在那房子裡，大概死掉前也不會有變化。妳去說個話，說不定會讓他有個變化。人生不過是在資源回收，不管平常做得零零落落或加減做，該丟的就丟，不該丟的等到時間到時也要丟了。」

「是有道理，但是對那個人有用嗎？」

「有用的。」祖母與我合力，把另一個垃圾桶從社區推出來。她說：「每個被醫生判刑只有半年生命的人，生活都會有變化，很快會知道生命中的優先順序要重排了。不管治療或是不要治療，要趕快行樂或去跟誰告別，會重新排過，這是過程。」

「可是……」我要去宣判死刑，真難。

「還有甚麼可是，選擇權在那個人身上，妳只是去打開開關，這樣好了，我可以陪妳去，不過妳來自己開口。」

這還是令我困擾的工作，怎樣告訴別人「你只剩半年可活」這樣極具威脅性的騷擾呀。醫生憑藉的是儀器診斷、醫學涵養與良知，診斷病狀，而酒窩阿姨的超能力嗅覺，憑藉的是甚麼？真的有上帝的眼淚？為何她要越俎代庖，替上帝傳死訊，這違背她的信仰嗎？這疑惑困擾我，而且我驚覺我才剛加入這女人團，還沒有實證酒窩阿姨是否有超能力。

但是有項事實是，死訊降臨，會迫使一個人開始做起人生的資源回收，你會發現甚麼是最重要的，甚麼可以鬆手，而甚麼價值又是可以用腳重重踢走，祖母就是。最好的證明是，她從人生的垃圾桶把我撿回來了，在此之前我不曉得自己被遠方的某人愛著。不被知曉的愛即使再珍貴，都不夠動人。愛被親臨的祝福，從此存在，所以祖母在死前回來找我。

「妳再回去醫院，我就幫忙。」我提出交換，此時說再恰當也不過了。這也是我想提攜的祝福。

「我說好幾遍過了，X光照了，醫生說有奇怪的白影子。」

「回去醫院再看看。」

「有回去呀，我做了胸腔穿刺，甚麼電腦斷層檢查，正子掃描，做了一堆檢查了。」

「醫生怎麼說？」

「就沒回去醫院看報告了。」

「為什麼？」

「醫生的報告，不會比『牽手（伴侶）』的鼻子來得厲害。」

「妳還是要回去聽醫生的報告。」

「身體是我的，怎樣我最清楚，看我有時咳得嚴重就知道結果。」

「還是要去看醫生呀！」我有些氣，祖母跟那些老病人一樣，總是自己當起醫生告訴自己該如何。

「我知道妳的用心，但生病是事實。我沒有回去醫院看報告，但醫生打電話來問我是不是到別家醫院治療了。我說沒有，也不會回醫院。醫生很好心，要我一定要再回醫院治療，哪家大醫院都行。我祝福這位醫生，他是好人。」

「如果我幫妳，」我跟祖母打個商量，「妳要回醫院去。」

「不回去了，我看太多這樣得癌的老人，身體的零件都老得差不多，回醫院用毒藥（化療）殺癌細胞，最後都提早走了。」

「妳是對阿姨的鼻子有信心，還是對醫生沒信心。」

「當然是牽手的，她沒失手過。」

「好吧！即使阿姨的鼻子這麼厲害，我也希望妳去醫院回診，算是我對妳的請求也好。妳不是說人生就是做資源回收，回去醫院，說不定那個好醫生能幫妳回收甚麼，好不好。」

「這樣我就考慮了。」

*

不管烈日風雨，某個NGO（非政府組織）志工送早午餐便當給弱勢的獨居老人，按門鈴直到有人應門，不然會擔心人是否在屋內死亡。這棟舊城區邊緣的住商綜合大樓也是NGO的關懷重點。

祖母的計畫是，一旦NGO志工送完午餐，她們鎖定的「玲瑯鼓」的戒心會降低，願意出來應門。這是因為獨居老人像寄居蟹，除了固定時間開門、指定時間出門購物，其餘時間蜷縮在家，天塌了也不願意開門。不少獨居老人甚至視別人的援助為恥，不接受便當救濟，病痛吃成藥，痛到不行才求救，最慘的莫過於安安靜靜的死去，腐爛成屍水。祖母解釋，NGO跟這些老人密切互動，他們送完便當後，可能回頭吩咐某些忘了交代的事情，使獨居老人願意開門。

商綜大樓很破舊，沒有正式的管委會，由幾個老住戶義務幫忙行政。他們最忙的工作在三年前結束了：寫存證信函、跑法院來面對一群不願意繳管理費的居民，最後不了了之，這讓有繳管理費的人也不繳了。社區支付給的清潔費，是管委會還能運作時攢下來的，很微薄，祖母與酒窩阿姨不用做得太認真，倒是很認真在找社區的「玲瑯鼓」。這是她們專門找舊社區打掃的原因。

大樓電梯壞了，沒錢修，用模板封死。我、祖母、酒窩阿姨走逃生梯，那混雜著尿騷味、壁癌腐爛味、水管破裂滲水的潮濕味，還有一股老男人專屬的體悶臭。梯間堆滿了意想不到的雜物，鞋櫃、漂流木與各種鐵罐，一台二十年前的金旺機車鎖在牆角。我看到一個五十公分高的骨灰罐。祖母說這是某戶與鄰居爭奪公共空間的「恐嚇物」，裡頭裝有自己爸爸的骨灰，我有點嚇到。不過，我們要找的「玲瑯鼓」就是這骨灰罐的主人。

門鈴壞了，我輕敲門，不久加重力道，門後傳來博美犬的叫聲。那扇門拒絕了我們五分鐘，門把才轉動，慢慢開出小縫，露出了凌亂客廳，都是被狗糞髒汙的塑膠地墊、紙箱和雜物。人呢？只有小狗興奮叫著。赫然，有雙眼睛從低處反擊我，埋藏在他層層疊疊的抬頭紋底下。那是一張貼近地板的老臉，被堆置物偽裝了，當下很難辨識。

我看著低角度的那雙眼睛，內心的涼意下滑，講不出話。站在我身後的祖母與酒窩阿姨也保持沉默。我們無語，深怕自己開口，會輸在莫名中，然後被這扇門關上回絕。

一分鐘後，門全開了，露出一個匍匐在地上的老男人。他頭髮灰白，大腿被惡魔之手折成荒謬弧度，有點嚇人，蒼白的臉上布滿像是毛筆汁的老人斑，他卻笑著說：「進來吧！我等妳們很久了。」那隻博美犬持續叫著，可能會永遠叫下去。

我的涼意更濃，要是老男人回絕就算了，不是，他以闊別老友的姿態歡迎我們，令我摸不著頭緒。身後的祖母輕戳我的背，要我走進蒸溽的住家，那有種尿急之下誤入男廁而兩排十餘個面向尿斗的老男人轉頭看妳的尷尬，房內充滿男人老肉的體臭味。

「坐吧！厝內很亂，希望妳們能找得到膨椅（沙發）來坐。」趴在地上的老男人說，語氣很客套。

現在我可以認真觀察眼前男人了，他腿部受傷，左大腿向內凹陷，呈現黑褐色，那裡肌肉不見了，而新長的皮膚又薄又沒有毛細孔，包裹大腿骨。他失去腿部支撐力量，坐在滑板移動，也就是為什麼他應門時從地板處看人。他年老的身形縮水，給人《魔戒》哈比人咕嚕的聯想。

咕嚕老人的客廳像強颱過境，看不到沙發，它消失在十餘年來堆積的發霉雜物，要整理不如再來一次強颱吹乾淨。咕嚕老人看出我們的困窘，乘滑板滑過雜物間的通道，用力朝垃圾山推開，露出一塊早期用毛筆寫的楷體鋁皮看板，從上頭「印章雕刻開鎖」顯示這曾是老人的工作。我們坐上鋁皮，發出劈劈啪啪的細微聲，像坐在大冰塊上。

「擱等我一下嗎？」咕嚕老人說。

「我們可以等到下午一點鐘，然後要開始工作了。」祖母預估只剩半小時能耗在這，然後又要回去社區清潔。

「我很歡迎妳們來。」

「多謝。」

「給我時間洗身軀，我想把自己洗淨氣（乾淨）。」

「沒問題。」

咕嚕老人乘滑板到浴室，滾輪滑過磁磚縫發出刺耳聲。博美狗的敵意叫聲減緩了，舔起碟子裡的水。我們以為會很快適應房內的臭味，但一切就像才剛進來時強烈，擺脫不了。喝完水的博美狗又大叫了。我提高音量問祖母，發生甚麼事，為何老男人跟我們裝熟，客氣不已。祖母聳聳肩，她也摸不著頭緒，從進門就不對勁，這老男人是她見過最古怪的底棲生物，比眼前充滿敵意的博美犬更難解，要不是三個女人結伴而來，她會撒著雞皮疙瘩逃跑。

咕嚕老人洗好澡，乘著滑板出來。他裸著，身體老皺，咕溜滑著，像是一隻放大十萬倍的精子溜出來，三個女人不能接受這畫面，屁股下的鋁皮激烈的發出碎冰聲響。我們還能忍受的是，這老人沒敵意，即便他的老皮膚像是ＸＸＬ尺寸的雨衣堆在腹部與屁股。

他滑進髒亂的寢室，雜物堆到天花板，說真的，我們還沒有發現床的線索在哪。咕嚕老人翻弄很久，忙著找某樣東西，不是他的記憶不牢靠，就是雜物太多找不到。堆得很高的雜物突然崩落了，把老人壓得沒線索——福爾摩斯也很難破案呀！我們把他從雜物堆拖出來，那件洗好的

ＸＸＬ號皮膚又髒了。我嘆口氣，深覺獨居老人最大的哀感是不懂得斷捨離，溺死在自認為寶貝的垃圾堆。

我最後找到咕嚕老人想要的黑色紙盒。盒裡有套老舊，但洗得乾淨的深藍襖衣與紅呢帽，一雙繡梅花紫色功夫鞋，老人不費勁的鑽進這套衣物，一切像是回到母體，身體泰然。

「這攢（準備）好好的衫，現在可以穿上了，我等了十年。」他說。

「看起來很大範（高雅）。」酒窩阿姨讚許他容光煥發，像是獨居十五年來首次出門訪友的模樣。

「這是事實。」

「但是，歹勢，時間有點急，我們要工作了。」祖母再次提醒了下午的清潔時間。

「我明白。」咕嚕老人拿起筷子，將桌上便當裡的殘餚吃起來，「這是我最後一餐，我一定要食飽飽。」

這句話令我有種錯覺，咕嚕老人吃完餐便行將就戮，此生無憾。我們無言相視，心中卻浮起答案。這團謎的線索可以拉到從進門那刻開始，咕嚕老人將我們看成「前來帶走他靈魂的鬼類」，這正是他期待已久的拜訪。但是我們對這假設仍有遲疑，得多些探問才行。

「你等我們多久了？」我將陸續給一些保險絲般的問題，燒斷就停問。而且過程中獲得祖母的暗示再問下去。

「十年。」

「這壽衣……」

「啥咪壽衣，是老嫁妝。」咕嚕老人沒有生氣的意思，「妳還沒有生毛發角就出來見習，要學學妳旁邊的尊長。」

「這老嫁妝。」我回以歉容，小心提問，「你攢幾年了？」

「十年前籌備好了，有時間就拿來洗，三年前卻放到不記得，一直放在盒子裡。」

這符合我的設想。祖母對我點頭肯定，我卻搖頭，因為不曉得下一步問話的計策。幸好咕嚕老人埋頭在便當，飽食一頓當作生命的句點。我們也藉此獲得喘息的空間，迎接下半場。

「你知道我們是啥人？」酒窩阿姨發問。問得高竿，我們都想知道咕嚕老人如何看待我們三個女人。

「我馬上看迵過（看穿）。」

「喔！你是第一個看出來的。」祖母提高音量，打蛇上棍的問，「繼續講下去。」

咕嚕老人的眼神多了光芒，「幾年來，我們老人之間有一種蹊蹺（古怪）的傳說，有兩位六十餘歲的痟查某（瘋女人），特徵是有酒窩。我相信他們講的就是妳們，我一眼就看出來。」

「高明，你的朋友怎麼說。」祖母稱讚。

「他們說，這兩個查某佯顛佯戇，但是跟你講話後，人就死了。」

「喔！」

「大家都講，這兩個老查某是牛頭馬面的化身，誰看到她們，免講啥咪有的沒有，反正穩死。」

我們忍不住淺淺的笑。咕嚕老人把我們看為異類，但是越說越荒謬，把祖母與酒窩阿姨視為死神。從任何角度看來，獨居使人過度幻聽，他這種豐富的聯想，使我宣布他的死訊時不會有太多壓力了。

「我得先做一件事。」咕嚕老人把飯盒與筷子放下，招手把博美犬呼喚過來。

接下來，出現令人懼怖的畫面，而且很快……

博美犬跳進咕嚕老人的懷裡，承受主人愛撫，卻無法撫平牠對我們激烈的敵意。那敵意是我們搶奪了牠多年來與主人獨處的時光，那敵意在牠黑瞳孔瞬間燃燒，然後熄滅，轉而流淚，而且小狗理解是怎麼回事似的慢慢死去，慈悲的闔上眼。

這是因為，撫摸博美狗的老人突然抓住牠的脖子，瞬間勒緊。牠不叫，踢著四肢，身體抖動，閉上眼睛流淚。這一切來得太快，我們來不及反應，直到小狗快死掉了，三個女人才衝上去解圍。

「給牠死。」老人大喊：「給牠先死，不然牠會吃了我……」

*

衝突平息了，平靜下來。

這屋內明明是白天卻昏暗，明明有窗卻封死，安靜下來了，只剩下整天播放的電視綜藝節目傳來笑聲。獨居老人最棒的家人只剩下電視，永遠對你講話，整天沒停過，一個節目換過一個，所有角色奉承的要你笑，不像真實世界的路人沒表情。

博美犬處於昏迷，電視主持人卻笑得很誇張。咕嚕老人剛剛要勒死牠，要不是我們阻止，小狗已經喪命了。如今博美躺在滿是雜物的桌上，尚未甦醒，桌子的塑膠墊有長年的油漬而黏黏的，讓人以為小狗被蒼蠅紙黏牢不動。要是牠不快點醒來，便永遠睡著了。時間每分每秒過去，對大家都是煎熬。

咕嚕老人對自己的魯莽感到悔意，往前一步，輕拉著小狗的前肢。牠沒有反應，前肢軟趴趴。咕嚕老人輕喚幾聲，忍不住哭泣，撫摸狗肚皮。

世間充滿神奇，如果懂得訣竅的鑰匙在哪便可以了。酒窩阿姨伸手，抓了咕嚕老人的手壓在小狗胸口，她自己則俯身，用手圈住狗的口鼻，吹氣之餘，施力對狗做胸外按壓。重複幾次。

博美睜開眼睛，凝視天花板，胸部緩緩起伏。下一刻，牠翻身，靠近咕嚕老人臉龐，用舌頭擦乾他悲傷的淚痕，不覺得主人是蓄意掐死牠的兇手。旁人都感受到濃濃的情意，雖然他們上一刻差點死在對方手裡，下一刻在彼此手中得到關懷。

「妳是菩薩。」咕嚕老人說。

「我不是菩薩，也不是牛頭馬面，我們是人。」祖母說。

「救了狗，就是菩薩。」

「反正，做菩薩會比做牛頭馬面好多了。」祖母點頭說，「假使菩薩跟你講一件歹消息，或許你比較能接受。」

「菩薩總是帶來好消息。」老人說。

「是歹消息呀！你剩下半年可活。」

「……我還要半年才會死。」咕嚕老人沉默幾秒，「又要撐半年呀！怎麼不是現在死掉。」

「你可用半年來整理自己心情呀。」我說。

「整理心情？妳真是心理健康的人。」他嘆氣說，「剛剛我認為妳們是牛頭馬面，馬上帶我去死。現在妳們變成菩薩，多給我半年的時間。要拖磨半年，真是歹消息。」

這席話令人哭笑不得，可以感受咕嚕老人死意甚堅，一位對未來沒希望的人，每天最期待死神來敲門，他內心的腐敗風景，倒映在他的雜亂無章的生活空間。死亡，是他生命最棒的寄託。

「那也不用掐死小狗呀！」

「我是怕我過身了，沒人發現，狗沒東西吃，會吃我。」

原來是這樣！三個女人埋在心中的疑惑被挖出來，雖無奈，也是事實。不少老人在家中過世，遭到陪伴的狗兒啃蝕，最後是發出難聞的屍臭通知隔壁的住戶報警。這些狗兒太餓了，將死者吃得體無完膚，甚至啃得身首異處。遭人發現時甚至變成一攤被拆散的樂高積木白骨。這種新聞常出現，大家在激烈論戰之後淡忘，直到下個事件再度掀起「誰要負責」的口水戰。咕嚕老人自認死期已到，親手殺了博美，帶牠走，免得遭到啃食。但是，看見陪伴的忠犬斷氣模樣，立即甦醒，譴責自己的無情殘酷。

「這條狗這麼小隻，牠很有靈氣，不會吃掉你。」我看著博美漸漸恢復生氣了，但是沒恢復到對我們兇的狀態。

戲碼。

「是好伴，但是太憨，沒有靈氣。」

「有靈氣的狗不會吃人，會在主人破病倒下時，跑去叫人來救。」

「甘是真的？」

「牠眼睛有靈氣，你抱看看，更有靈氣。」我出於讚美，加速了主人與狗的感情。

咕嚕老人抱緊狗，親吻牠，情感很濃，即便外人也看得出來那種小狗有能力演出忠犬救主的戲碼。

「我們有一條狗叫鄧麗君，很有靈氣，只要我們有人倒地上，牠會大叫其他的人來救人。你這隻狗也有靈氣，看到有人倒下去，也會大叫。」我把鄧麗君特技說出來。

「好厲害。」

這是真的，只不過鄧麗君的反應不是本能，是經過訓練。鄧麗君這警報器是會移動的，見到有人蹲下，會去觀察，如果有人倒臥，馬上大叫著。無怪乎，我與這群女人相遇的那刻起，總覺得老狗對蹲下的人疑神疑鬼，原來牠在盡責。「死道友」曾要訓練新狗替代，考慮鄧麗君的心情而作罷，於是老女人有時醉倒，讓老狗有點事做的叫著。

想到這，我對咕嚕老人說：「你會放下這種好狗，安心離開？」

老人沒有回應，只有抱著狗傳達了他們的情感，才說：「那也是沒法度，人總有離開時，不是牠先走，就是我先走。」

「我來這照顧牠。」

「目的？」

「我們來這裡不是沒原因，相信你有聽過『往生互助會』這制度，這是我來的目的。」我大膽的說出「往生互助會」，這是進入咕嚕老人家之前，祖母跟我解說的奇特組織。

「我參加過了。三年前，繳了會費錢給互助會，說甚麼過身了可以領到一筆錢，但是我還一直活著，花錢沒底，親像拿錢丟水沒聲。」咕嚕老人說。

「原來你知道了，那好講。」

「往生互助會」類似籌措資金的標會，會員以老人為主。這最初是善念，會員定期拿出一筆錢，挹注死去的老人治喪費與幫助遺族，沒想到變調了，發展出不同金錢遊戲的「往生互助會」，帶著賭博性質。有些偏差的「往生互助會」，老人入會不用繁瑣的體檢證明，入會後，早點死就領比較多喪葬費，要是剛下注就斷氣是最大贏家，憑死亡證明書到互助會的櫃檯領錢。

世界上任何東西都可以轉換成資產與遊戲，包括死亡，只要有人願意擔任組頭。「死亡互助會」的老人們被壓縮成一枚籤，放在籤筒，由死神捻出一枚死籤後，類似「恭喜你死了，去領獎」的遊戲。這是金錢遊戲，賺錢的門道就來了：誰擁有死神的慧眼，幫快要死的老人多下幾倍籌碼，絕對賺錢。

酒窩阿姨有死神鼻，涉足了「往生互助會」的金錢遊戲。她們需要錢，維持「死道友」的共居共食的運作。這對天主教的酒窩阿姨是折磨，天賦異稟，卻墮落的用在邪魔歪道。她最後願意做的原因是，這種老人共居團體在台灣各地陸續成立，從「往生互助會」獲得的利潤可以幫助她們，祖母是推動這種生活的重要發起人，並幫助她們。她們都是老女人，通常是地位低、經濟能力差的人，但想住在一起生活。

在我的想法裡，像咕嚕老人這樣獨居在家多年的人，應該沒聽過「往生互助會」。但是他卻說，三年前，被唯一的朋友以老鼠會方式拉進去，繳納了半年月費，以為能得到一筆治喪費，但是死不了，想著那筆治喪費自己又吃不到，乾脆停了，氣得朋友再也沒有拜訪。

「現在，你可重新投保『往生互助會』，把錢留給你的狗。」我說。

「我沒錢了。」

「我們可以出錢，你免煩惱。」祖母說，她臉色發白，有些不舒服，但頻頻對我示意沒有關係。

「你是來賺我的死人錢。」

「事情不是這麼歹聽，但是也差不多。」祖母咳了幾下，說，「我們有幾個老人團體共同生活，有些人經濟不好，假使你同意，我們會多投幾個單位，多拿一些錢。但是我們不拿沒良心的錢，可以幫你的喪事辦得穩當，也可以照顧你的狗兒子下半輩子。」

「我活了一世人，從來不會為別人著想，過去是這樣，目前也這樣。」咕嚕老人說到此，安靜不講話，只有電視傳來粗暴的笑聲。博美叫了幾聲，使咕嚕老人轉頭看著牠無邪的臉，才說：「但是妳們願意照顧牠，我絕對願意給妳們用我的名字投保『往生互助會』。」

「感謝。」我說。

「不用謝我，我是絕情的人，妻子兒子目前沒有進門來看我，他們一定很恨我。我後半生孤絕一人，一定是現世報，只剩這隻狗是我的親人，牠一定要活得好好的。我過身時，牠要能給我哭兩聲就夠了，能有後代哭是幸福的。」

「我知。」

「一切拜託了，感恩。」咕嚕老人從滑板上爬起來，趴在地上對我們深深一鞠躬，「要幫我照顧狗兒子。」

*

我終於將祖母送到醫院了。

她從咕嚕老人手中搶回被勒昏的博美狗時，胸部撞到桌角，額角汗珠與不時的咳嗽是身體的警訊。她的忍功使她很鎮定，還能跟咕嚕老人談話，直到對方同意投保「往生互助會」，身體才鬆懈，起身時，晃幾下，倒在鬆軟的紙盒堆。這些是咕嚕老人飯後清理的上千個便當紙盒，堆疊整齊，成了接下祖母病體的最佳捕手。

我叫了救護車送醫。祖母沒有回絕，她將僅剩的力氣用來面對咳嗽與急喘呼吸，幸好救護員給予氧氣面罩，她舒緩了。在急診室，醫生幫她吊點滴，老一輩的人認為吊一袋生理食鹽水是靈丹，能把身體打點好。恢復精神的祖母吵著要出院，她不想身在這種屠宰場，病患到處躺，走廊也塞滿病床，而且急診大門永遠像一張怪獸嘴巴不斷吞進來各種古怪的傷患。但是，醫生堅持要等驗尿驗血報告出爐，判讀之後再決定。

X光室的放射科醫檢員將坐輪椅的祖母推出來，不過幾分鐘，得到訊息的醫生走過來。他說，祖母的胸腔X光片有白色陰影。我告訴醫生，祖母胸部撞擊桌角，會不會引起內出血。醫生說，白影不是胸腔出血的創傷反應，而且病患意識目前很好。

「是肺腫瘤。」我告訴醫生祖母的病狀。

「比較可能，但沒有辦法就肯定，要轉到胸腔科去做一些檢查，像胸腔穿刺或電腦斷層攝影。」

「她在這家醫院做過了，但沒有回診看報告。」我把醫生拉到角落說話，希望以他的專業說服祖母就醫。

醫生回到開放式診間，上網查詢祖母就醫紀錄，邊想邊用左手敲桌面，最後才說，祖母的狀況需要多觀察，那就留診到明天早上，明天下午可以去胸腔內科門診，他會請護士先幫忙掛個號。

我聽了大喜，想拿出手機和醫生自拍，貼臉書昭告。但我是臉書孤兒了，被孤立在眾人之外，像女鬼活在熱鬧的社群網路。不過我深信，跳出網坑，栽在一堆老女人坑，是我這輩子最奇特的遭遇。

到了下午四點，那台T3停在急診室外，四個女人橫成一排，走進診區東張西望，有的掀開隔間簾往內看，有的低頭瞧那些病患的臉。忽然，假髮阿姨高舉被太陽曬得仍有餘溫的洋傘，朝二十公尺外一隅揮去，一路上的人連忙閃開，因為隨後四個女人像炮彈打來，圍住祖母，把切好的水果開往她的嘴巴餵，殿後的護腰阿姨提著保溫鍋，獻上她精燉的香菇雞湯與菜飯。

祖母說她還好，不餓。幾個女人吵著「妳都這樣，勉強吃點好了」。祖母被逼了半碗飯就攤手，幾個女人便從口袋拿出碗筷，蹲在地上，嘻嘻哈哈的把剩下的當晚餐，喝雞湯啃雞塊，吃得簌簌響，好像雞還活著。這又是老女人們的誘吃計謀得逞，祖母把剩下的半碗飯吃完，喝了碗湯，吃了些菜，成了急診室病患中最靠近出院的模範臉色。

「能吃就是福。」回收阿姨說，「吃得下就沒病。」

「沒病就出院了，妳看這氣場不好，只有賺到錢的醫生臉色最好。人在這待太久，沒病也會破病。」護腰阿姨說。

「不行。」我斬釘截鐵說。

「我都沒病，可以出院了。」祖母一天都不留，她剛剛跟一位得到退化性關節炎、心臟病、高血壓的八旬老病患聊天，留診三天了還排不到病房。她要是留下來就得在走廊病床過夜。

「過夜就過夜，我陪妳呀！」酒窩阿姨也贊同我的偷渡計畫，要挽留祖母到隔日下午的門診。

「不要啦！」

「可是醫生說要留診一晚，觀察久一點。」我說。

「好啦！大家作伙住下來，隨便找個地方睡，別嫌棄喔！」回收阿姨要大家圖個好位置躺下。

大家吆喝起來，說要在地板鋪上紙板、四色牌備妥、鍋碗撒出來。酒窩阿姨要大家離開，這不是旅遊勝地，不要喧鬧，這裡的每位病患都在病難中掙扎，多一絲笑聲就給他們增加一分折磨。護腰阿姨說，她懂了，大家早點回家吧！把柔情蜜意留給這兩位「牽手的」，多留一分鐘，遲早忌妒心會發作碎裂，給醫生縫好了也沒有另一半照顧。

大家覺得有道理，把碗筷塞進口袋，保溫鍋提上路，一路橫過診區，還對年輕帥氣的醫生努上媚眼。我跟著離開。酒窩阿姨會照顧祖母的，這一夜即便沒有太多話聊，也有更多握手獨處的機會。

我們約明日傍晚來醫院載她們。

＊

在護腰阿姨的要求下，我陪她去看密醫，他叫賈伯斯。

現在，我理解護腰阿姨為什麼贊同祖母昨夜留診了，這有助她今天早晨的就醫——祖母嚴密管控她的開車里程數，每日據實抄填，防止她亂跑。一個女人能跑到哪？今天我見證了。

我坐上車齡二十多年的T3，從發動那刻開始，我總有車子的某個零件壞掉的錯覺，或許就是駕駛，她的技術會在關鍵時刻壞了。不過我很快感受到，那是來自祖母的監控，她用麥克筆在車上寫滿警語，比如在後視鏡邊寫上「注意左右來車」，在排檔寫「下車拉手剎車」，在大燈鈕寫「下車關掉」，在方向盤寫「這是正的」，讓駕駛分辨打到第幾圈。祖母這樣寫是防止護腰阿姨大意，因為車子發動後，我感受那些警語字也說話了。

我看見駕駛座上方的遮陽板寫著「禁止轉身拿東西」，我不懂意思，車子行駛後，我轉身看著後座的鄧麗君。牠雙眼純真看來。我想，那也許是防止護腰阿姨分心看顧狗兒。想問個明白時，她停妥車子，催我下車。我終於回到平坦的世界了，真好。

護腰阿姨將鄧麗君放在編織的花籃內，提起二十餘公斤的傢伙，這對腰部受傷的老女人可能是致命一擊。她卻迎頭痛擊，提了就走，身子嚴重歪一邊。

密醫診所位在市都心旁的鄉村小徑，是農舍，前院搭蓋遮雨棚，排了十幾位病人，門口還停了一輛給行動不便者搭乘的復康小巴。我看到某種宗教自虐儀式的景觀，有兩個人不斷用背撞牆，發出巨響，這種民俗療法好像用肉體當鎚子在拆房子。還有人赤腳站在斜板拉腳筋，他一邊保持平衡，一邊表情痛苦。我實在不想多提有人用鐵刷拍打背，或打手臂直到瘀血，這種民俗治療以自虐肉體而喚醒靈魂。來了這麼多人，我想應該會排隊一陣子，不料回收阿姨走來說，快輪到了，然後從護腰阿姨手中拿到五百元的排隊費。她一早騎腳踏車來掛號，今日賺足這筆就夠了。

診間不大，牆上掛著用竹片畫的神農大帝的圖像，畫裡裱裝著一封看不清楚內容的信。密醫坐在藤椅上，打赤腳，穿汗衫，手肘放在褪漆的桌角，空氣中有濃濃的漢藥味。神醫看見護腰阿姨進門，用中指不斷的弄點她，有種「等到妳來了」的意味，鏗鏘說：

「一定是肺．癌．喔！」

「夭壽準，神．醫．呀！」護腰阿姨興奮大喊，像中了樂透，她還沒坐到椅子，就頒發到了癌症保證書。

我真不敢相信，密醫亂猜病情，來看腰傷的護腰阿姨卻好快樂。這樂得密醫在炫耀，說他八年前看出「林檎（lin-goo）偷吃一嘴」的賈伯斯得到胰臟癌，寫信去提醒他。他敲著身後裱框內的那封信，說這是被退回來的，賈伯斯肯花三年學會中文就會活下來。他說完，再度敲著裱框被他敲出汗點的地方，似乎在教訓賈伯斯的固執與愚蠢。

據說是這個傳說，大家叫這位密醫是賈伯斯。

接下來，賈伯斯幫護腰阿姨把脈，不時點頭，又凝視她的眼珠，瞧她舌頭上的每根舌苔。密醫賈伯斯兩手上翻，掐指翻動，忽然十指停下，說：「這病有三年了，受苦了。」

「你講得對。」護腰阿姨的淚水摔下來。

「西醫一定講沒得醫。」

「是。」

「這麼大年紀，要開刀，剖割肉體，又要用毒藥（化療）將全身體的癌細胞毒一遍，這人哪堪得。」

「對。神醫！我今日來就對了。」護腰阿姨大喊，連外頭的病患都探頭來看動靜。她才又說，「我叫得真情，可以打折嗎？」

「真情沒二價。」

「也對。」護腰阿姨說罷，抬頭看我，重複那句「也對」，然後又看著鄧麗君，說：「也對喔！乖。」

多虧護腰阿姨看我，我心中升起暖意，並浮現答案：她是幫祖母問診。護腰阿姨的腰疾不是絕症，卻挺身為肺癌的祖母奔波，令人溫暖。不知怎麼的，我更想為祖母盡一份心力，或許民俗療法真的有效。這使得眼前密醫，如他身後的神農大帝放光芒。神農大帝沒經過國家考試，照樣救人，何況密醫的門診好多，看不出今天有誰是被醫死而上門求償的。

「醫生，你一定要幫幫忙。」我說。

「我這個人的醫術與醫德都給人呵咾（讚許）。別人我不敢說，來找我是妳們的福氣。」密醫隨手指了庭院的人，也不知道點了誰，說：「那個台北人，每禮拜來，要是我功夫下蕦，哪有人來。」

「神醫！拜託喔！」護腰阿姨高呼，像宗教中毒者。

「好，我開個單子，你們去外頭的櫃檯撿幾帖藥。」醫生撕下日曆，在紙背寫了十幾種漢藥。字跡像是兩歲小孩拿筆在自己臉上鬼畫符，看不懂，是商業機密，只有櫃檯能解密。

「醫生，我阿嬤吃這個藥，一天要吃幾帖……」我問。

「拜託，誰幫妳阿嬤看病？」護腰阿姨生氣了。

「妳沒有得肺癌，怎麼跟醫生說有得。」我驚訝問。

「這……」

「老實講，妳是不是早上起床才得到肺癌。」醫生篤定說。

「不是我得肺癌，是……」護腰阿姨往籃子裡看去，把大家的目光也帶往那裡的鄧麗君。鄧麗君無辜的看來。

我笑了，密醫則憤怒的說：「妳娘咧！妳帶狗來給恁爸滾笑。」

或許是真心遭到現實的顛簸，或許是「死道友」的演戲訓練，護腰阿姨才低頭，淚水便非常配合的掉下來，連鄧麗君也難過的低吟。她說：「牠不是狗啦！牠是我的女兒。神醫，拜託啦！」

「我是神醫，不是獸醫。」

「我知啦！但是久仰你是神醫，才帶我女兒來。」

「莫講了。」

「你要是醫好牠，醫術就更高一層，變神醫中的神醫，台灣之光咧！」她擦乾淚，認真看醫生。

神醫被戴上的光環，內心有說不出的舒坦，臉上卻凜然，說：「看妳真心真意，我就破例一次，平常我是不看畜牲的。」

「牠是我女兒啦！」

神醫幫鄧麗君把狗脈，看舌苔，兩手掐指就像是算鈔票，一下又是搖頭，一下又是點頭。搖頭令護腰阿姨難過，點頭令她大笑，她最後不斷高喊神醫。離開診間時，護腰阿姨拿日曆藥單抓了半個月的漢藥，花了近萬元，大方的把鈔票拍在桌上走人。

離開密醫診所，護腰阿姨開車前往大賣場，把鄧麗君放在大型推車上，買南瓜不忘對牠說這抗癌喔，買紅豆說要補血，買芝麻增強骨骼，挑蘋果醋中和酸鹼體質。又到藥品區，買深海魚油、黑酵母與維骨力，「都是買給妳吃的喔！」她對鄧麗君說，然後提醒我買些給祖母，一起買有打折。

開車離開後，我鬆口氣。不料，護腰阿姨要去好市多買一罐Nutiva有機初榨椰子油，一點六公升大罐裝，這種植物油對鄧麗君很好，對舒緩牠的癌症也許有效果。

「妳有會員卡嗎？」我問。

「沒有。」

「那怎麼買？」

「拜託啦！我在外頭顧著鄧麗君。妳混進去買，然後找個人幫忙結帳，好不好。」她又演戲了，苦苦哀求：「順便，也買個美式大烤雞吧！」

唉！我能說不嗎？

*

傍晚我們到醫院接祖母，卻撲了個空。

我在相約的大門繞幾圈，有一群吊點滴的老菸槍在那偷抽菸，我差點迷路在煙霧裡。我前往胸腔科門診，候診區坐了一堆人，沒有祖母。她也許去上廁所，也許先去吃個晚飯，因為排在下午的熱門門診通常會塞診到晚上十二點，台灣醫生都有勞碌命。

我急了，抓住出來叫號的護士，指著門口就診單中的祖母名字，詢問她的病況呢？護士以病人隱私拒答，我以家屬的焦急相求，她進入診間去翻閱病歷，開個門縫對我說：「她過號了，也沒有看診。」

怎麼回事？要是祖母獨自看診，半途脫逃是可能的，但總不可能連酒窩阿姨也脫哨吧！這出了甚麼問題，我好焦慮。一起跟來的「死道友」倒是樂觀，說這兩老人不會丟掉的，說不定在附近吃個浪漫的燭光晚餐，順便散步。至於為何不看診，大家沒答案，最後的結論竟然是這年頭的老人燭光晚餐只剩遺照前的白蠟燭與白飯。

我們晚上八點回到游泳池家，空蕩蕩、黑漆漆，只有抽水馬達聲，只有冰冷磁磚的凹陷大槽池。祖母與酒窩阿姨尚未回來。到了九點，大家失去耐心，但也只剩等待了。

忽然間，有組陌生的電話號碼打來，打破泳池家的寧靜，大家轉頭看我。我猶豫之後接起來。

「是黃莉樺小姐嗎？」這來自我不熟悉的聲音，男性。

「你是？」

「妳是吧！」

「你是誰？」我小心應答。

「說吧！妳到底是不是黃莉樺小姐？」那個男性提高音量，背景伴隨吵雜的聲音。

我掛斷電話，被搞得一頭霧水，對這種銀行借貸款的業務問話口氣搞得不舒服。不久，電話再度響起，又是陌生的電話，太奇怪了吧。猶豫了八響，我在「死道友」的催促下接通。

「抱歉，我的同學剛剛的口氣不是很好。請問，妳是黃莉樺小姐嗎？」這次是女性聲音。

「妳是？」

「我們遇到妳『阿婆』了，她在找妳。」她用客語說了那兩字。

我的心防一下崩潰了，點頭說是。對方一定是開手機擴音模式，聽到我的回應時，那邊有十幾個人大喊找到妳了，找到了，並傳來激情的掌聲，好像在這座城市有一樁美好的事發生了。

「發生甚麼事？」我問。

「妳阿婆下車時，給了我一張紙條，要我們找妳。」

「為什麼？」

「我們很努力阻止她被人趕下公車，但沒做好，很抱歉。妳阿婆下車時，撕下記事本上的電話號碼給我們的一位同學。可是電話號碼的末三碼糊掉了，我們分批打了四百多通電話，終於找到妳了。」

「謝謝。」

「妳阿婆說，她在妳以前讀的小學等妳。」

「謝謝，祝福你們。」

我再次言謝，淚水滑下來，感覺這都市的夜晚亮了起來，被某班公車上的學生們點亮了。

*

我的記憶，無時無刻不堅守那個傍晚時光，在第五市場旁的小學校。樟樹疏影下，草尖微褐，落葉淡淡且遲遲的冬季，風不冽，卻冷到骨子，我在那完成我的第一場喪禮，亡者不是父親。那是父親死後一個月的事了。

我對父親的記憶不多，我希望能複雜到像是大樹扎入土的記憶細根，事實只是像電線杆。記憶中，以小學二年級的我而言，父親像一座山，身形很高，手又粗又厚，有濃密堅硬的頭髮，爽朗的笑聲很刺耳。他有兩次以瘋狂大笑的方式將蟑螂趕出去，只因為我討厭打爛的蟑螂屍氣味。他常把我抱到書桌上，以便和他玩鼻子磨蹭的摔跤遊戲，直到我喊停。我父親是我專屬的玩具，可是他壞了。

他壞掉的那天，我還記得。祖母與媽媽不在家，只有我安靜陪他。他在客廳踉蹌，喝酒喝得唏哩嘩啦，用哭腔對我說著難解的內容，除了我，他看到礙眼的東西都摔破，花瓶、時鐘、電視等都在地上碎成銳片，他走過碎片，腳上與地上都是血。他怎麼了，心碎得不在乎肉體的疼痛。他抱著我。我發抖，以為我最後還是要被他舉起來摔碎了，可是他只是溫柔抱我，直到我不再抖。「把拔，你不要哭。」那是我重複最多次的話，那個男人的淚水卻流不停。

在我記憶剛發芽的階段，我對父親的記憶不會是大河，是細微支流。如果檢視記憶之河，我不記得以下的事：爸爸曾帶我去寵物店買的小鸚鵡「呆呆」，牠常躲在馬桶，有次被我誤觸水閥而沖走。我大哭，爸爸幾乎找人來掀開化糞池救鳥，被祖母阻止。又比如，有次我把筆蓋塞進鼻孔，也是爸爸帶我去急診室。這些都是祖母跟我說的。

我反而記得那些蠻荒地的小支流記憶，微末且發光，比如爸爸在人行道縫隙挖了顆黃色BB彈給我；他伸手到紅色欄杆內摸一隻剛出生的虎斑貓；他摘一朵茉莉花給我；他幫我綁鞋帶時，我凝視他的髮旋；他坐在沙發呼呼大睡，我在旁邊安靜畫圖的午後；他抓我的手，在我的塗鴉牆壁上，教我簽下名字筆畫順序的黃昏。往事不如煙，片段光景，反射著小河流的光斑，遙遙的、渺渺的，不由得令人難過。

爸爸被酒精灌壞的那天，他要我穿上美麗的衣服，帶著最心愛的粉紅色泰迪熊，開車去溜達。我穿上粉紅蓬蓬裙和藍T恤，臨出門之際，回頭去帶卷軸畫紙和六十色彩筆。畫軸中，有我與爸爸合作的連環漫畫，我展示最愛的一幅：父母為我在蛋糕上插滿了刺蝟蠟燭。爸爸為這幅畫流淚，仔細看我，像是看著童年的他自己，彷彿我臉上有他最珍愛的東西。最後，他吻了我，非常非常久，一度令我厭惡掙扎。

他獨自出門，半小時後，駕車撞牆死去，身體被壓扁在車內，方向盤插入胸腔。他是自殺，在台中港以高速撞上防波堤，現場沒有剎車痕與遺書。我有時會想，要是他自殺前沒有深情的凝視我，把我放家裡，不然我也會死在變形的車內，抱著泰迪熊，像揉成團的廢紙。

我在失去爸爸的房子裡又住上半年，才隨母親搬離。那半年內，我每日與祖母走路到校，沿柳川畔走，轉入市聲喧鬧的第五市場，才到學校。我們走得很安靜，她不時提到她兒子與我的互動記憶，深怕我忘記父親。我也意識到，家，被偷走了，因為時間是小偷，偷走一磚一瓦，最後光明正大的搶走親愛的人。爸爸自殺的原因是他知道媽媽外遇了，這是祖母在無意間吐露此事，她說得曖昧，我卻聽懂了，那一刻我真正長大。這世界上能毀壞與成就家庭的，永遠是同個屋簷下的人。然後，我努力忘記外遇這件事，媽媽不是好情人，但我是跟媽媽不是情人在生活。

在學校，我遠離婆媳之爭，卻又巴望回家後，爸爸在客廳蹺腿，準備跟我玩鼻子摔角。但是期待與失落每天在重複。我寧願待在學校，至少能幻想爸爸在家等我。在這間歷史悠久的小學，棒球是傳承運動，曾拿下美國威廉波特少棒冠軍，學校陳列最多的是哪位明星球員用過的球具，破損陳舊，每道刮痕像走上英雄之路所該有的傷痕。我最著迷的不是球具，是球賽照片。每幀照片停留在最驚險美妙的時刻，無論球員滑壘遭觸殺，或外野手後退十公尺撈到高飛球。這一切好像攝影師已經固定鏡頭，準備按快門，等球員與棒球自動的跳進鏡頭焦點。攝影師為什麼有能耐捕捉到神奇瞬間，就算我坐在路邊好久也目擊不到車禍。

我想法很天真，攝影師有種預言能力，預知事情會在哪發生，他只要將鏡頭對準那。這個想法得到實證是在一個午後。我看著窗外的操場，那有一群小學生在打棒球。他們不時歡呼，賽事越來越激烈。我對棒球的興趣不高，將目光焦點放在操場旁的一隻松鼠，牠趴在樟樹上，閒散至極，像右外野手等待一顆飛球落入牠的守備範圍。

我有預感，不久之後，松鼠會與棒球相遇。松鼠爬下樹，跳上另一株，晃動身體，蓬鬆的尾巴翹在身後，襯著葉間落下的夕陽小碎光。這時候，隨著遠方傳來的球員歡呼聲，一記外野高飛球迎向松鼠。牠沒有接球，是被擊中腦袋，掉下樹。我目擊到松鼠死亡。我以為是捕捉到好記憶，像是攝影師鏡頭固定，拍到獨家畫面。但我看到死亡，是悲傷。

外野手鑽入樹叢，找回遺失的棒球，高呼，你們看，我撿到甚麼。他拎著松鼠尾巴，彎身走出樹叢，臉上有著誇張的嫌惡表情，好襯托他手上的屍體。松鼠軟乎乎的，調子很冷，像凝固的淚。

中斷的賽事，被教練怒喊「比賽還在玩，你不撿球，是去撿屁呀！」的話拉回正軌。外野手倉皇丟下的松鼠，被一群小學生圍上來，他們討論松鼠死了嗎？牠怎麼這樣就死了。突然，有人闖進人牆，松鼠就不見了。是我把松鼠搶走了，九歲時的我撈不到柳川的黑狗屍體，現在卻有能力搶走死松鼠。我揣在胸口跑，明明是框子不小的校園，分明是同齡的面孔，卻山水迢迢找不到躲藏的角落。

我抱松鼠衝進廁所、衝進樓頂、衝進工具間，躲著跟來的學生，最後被教務主任帶回教室。導師與同學在演戲，佯裝甚麼事都沒有發生，這些三流演員演不來的是他們會偷偷投來眼光，瞧著我抱的死松鼠。演戲的目的很簡單，爸爸離開這世界後，我是導師多點寬容的對象，可以不寫功課、營養午餐挑食、課堂突然流淚或傻笑，即使上課衝出去撿死松鼠回來，都被赦免了。我安靜回座位，一位平日頑皮的小男孩氣得說：「我也希望我爸爸早點死翹翹。」然後他被導師吼去罰站。

松鼠放在我桌上，嘴角流出血，泛了一灘。我能感覺松鼠的血味，帶點硬邦邦的鹹味，等到我右側的同學發出一種噁心的嫌惡聲，我才發現我的嘴角也流血了。我不只摳指甲，還咬鉛筆，把筆頭嵌橡皮擦的鋁質啃得坑坑疤疤，而且啃下來咀嚼，把牙齦弄流血了。我覺得血腥味可以緩和心中的某種情緒，原來人受傷會流血這件事，是釋放情緒，血放乾了就不會有痛苦了。

導師用教具敲打黑板，好把同學們纏在我身上的目光解開，拉回數學課。教室氣氛冷冽，窗外站了三個駐足偷看的人，被躲在遠方柱子下的教務主任用手勢趕跑。我用衣服裹住松鼠，深深塞進書包，準備下課，然後鐘聲把所有人都趕跑了，只剩導師在講台看我。她保持微笑。

傍晚時，放學鐘聲響起，漫過圍牆，直到柳川。祖母從柳川走來，穿過第五市場，進入校園，由教務主任攔下她解釋一切。之後，祖母看見我坐在穿堂的洗石地板，餘暉在地上塗散，非常亮，她蹲下來陪我看書包中的松鼠屍。然後她把手伸出來，掌心在我嘴巴前展開，我便把嚼了上百次的鉛筆桿吐出來，摻了血的碎木屑，像乾巴巴的檳榔渣。鉛筆頭的那塊金屬片，刺進牙齦，祖母幫我拔出來時，血流出來了，疼痛感也冒出來，我感覺有隻啄木鳥在那幹活。

「妳在哪裡撿到這隻松鼠的？」祖母問。

「樹下。」我把嘴角的血擦乾。

「牠一直躺在樹下，被妳發現的嗎？」

「不是，是在樹上。」

「喔！那妳有看到牠從樹上跌倒，然後掉下來？」

「牠不是跌倒啦！」

「不然，牠怎麼掉下來？松鼠很厲害，如果不是跌倒，怎麼會這麼容易掉下來？」

「被球打到，牠掉下來。」

「喔！這麼剛好，妳看到棒球打到松鼠。」

「嗯！」

「妳可以帶我去看看松鼠掉下來的地方嗎？」

祖母細微的問話，帶出我的記憶。我們回到松鼠墜殞之地，鑽入矮叢，現場的草坪被踏得凌亂，沾了血漬，這是命案現場。祖母要我將松鼠放回地上，我不依，不願放回牠的受難地，緊緊守護書包裡頭的牠。

祖母沒有強迫我，她躺在沾血草坪，身體縮成一團，頭與膝蓋碰觸，說：「松鼠是這樣躺的嗎？」

「不是，牠不害怕。」

祖母翻身跪地，傾身向前，額頭觸地，像是虔誠禱告。她說：「會是這樣子嗎？」

「好好笑，松鼠不會跪啦！」

祖母翻身躺下，蹺二郎腿，兩手交叉胸前，說：「這樣呢？」

「這是爸爸蹺腳啦！不是松鼠。」

祖母四肢放鬆，大字攤開，說：「這樣吧！」

「對啦！」

「眼睛開開的？」

「對啦！」

「原來是這樣呀！」她凝視上方，不眨眼，安靜不語，完全是松鼠掉下的姿勢。她如此鬆閒，被我怎樣催都不起身，久久才說：「原來松鼠在這看天空，妳也躺下來看吧！」

我躺下去，樟樹叢被風出縫隙，天穹有彩色盤在洗手槽清洗後流動的妖豔水光，夕陽慢慢的漏光了，黑暗的版圖愈來越大，夜要來了，我們堅守著黃昏的美麗時刻。

「原來，松鼠跌倒不急著爬起來，就是要賺到這麼漂亮的景。」

「嗯！」

「松鼠喜歡這，我們就在這裡挖洞，把牠放進去，當作牠永遠的家。」

我點頭，眼淚滑下來，就是想起細微的記憶：人行道縫隙的ＢＢ彈、一朵茉莉花或塗鴉的白牆；或在市場買紅豆餅時，我仰望爸爸在陽光下的快樂表情，而他也是；我微笑告訴他「今天好快樂喔！希望天天跟爸爸吃紅豆餅」，他說他也是呢……。此後一輩子，那些細微的記憶如此輕微，拂不走的塵埃似漂浮，包圍著我。

於是我鬆手，讓松鼠滑出胸口了……

＊

祖母事後跟我說，她們是從醫院逃出來的，一路倉皇。

她們從醫院逃離，沿著小巷走，邊走邊喘，兩人的手沒有分離，唯一的分離是酒窩阿姨走到馬路上攔公車。公車上，她們鬆口氣，但是祖母的胸悶疾病遇到公車冷氣，咳嗽加劇。酒窩阿姨一邊對乘客道歉、一邊把車廂上的冷氣出口調整，但是劇咳沒有好起來。

不斷咳嗽的祖母彷彿昭告乘客們，瞧瞧我。大家終於瞧見祖母的病容。她臉色蒼白，額頭冒汗，左小臂埋了一根靜脈軟針，透明的固定膠帶像一灘收乾的髒鼻涕反光。乘客們像見到瘟神，紛紛走避，或用袖子摀著鼻子，臉上皺出嫌惡的表情。

一位中年男子受不了，對鄰座的祖母說：「妳呿呿嗽（咳不停），緊去看醫生啦！」

祖母無法回答，咳嗽這惡魔緊緊的卡在她喉嚨大鬧，她能做的是更努力把這惡魔咳出來。酒窩阿姨彎腰，對著中年男子道歉，「歹勢，我們才從醫院出來，她有點不舒服。」

「那也戴個喙罨（口罩）呀！」

祖母聽懂了，用短袖子遮口，以示得體。但是咳嗽再次示威，她咳得流淚，嘴巴不斷發出怪聲，使一位六歲的過動小乘客認真觀察祖母會不會咳出一隻異形。而酒窩阿姨只能乾著急。

「女人出門有穿奶罩，卻沒有戴喙罨，奇怪。」中年男人說。

酒窩阿姨以為自己聽錯了，說：「甚麼？」

「妳這女人，下車去咳啦！」

老人容易受到兩種迫害，疾病與人類，尤以後者的精神迫害最無奈。祖母與酒窩阿姨聽到男子的怒罵，即使非聾非啞，差不多也是這樣無助了。此時，公車停靠某間高中，一大群學生擠上車，帶來了濃濃的青春笑語與新鮮汗臭，迎面對上祖母的高亢咳嗽，但後者的威力快把又鼓又悶的車廂戳爆了。

祖母爆炸了，腹部用力咳嗽使得她漏尿了，灰休閒長褲有一片水痕。她下意識夾緊腿，並彎腰用上半身遮醜。她身旁的中年男人跳起來，大叫一聲，狠狠吼出憤怒。一個高中男生誇張的抬起腳，眼睛瞪大，深怕踩到地上那灘尿水，這類似諧星周星馳落跑的動作，引來大家的笑聲。

「下車去，下車去。」中年男子按下車鈴。

「不是故意的。」酒窩阿姨連忙對男子，也對全車道歉。

公車到站，按鈴的中年男子沒下車，反而是對祖母說：「妳還不下車，下車呀！」

「我沒有按下車鈴！」酒窩阿姨回應。但這是祖母需要的，她要下車，任何一站都適合她下車了。

「你這樣是逼人下車。」之前抬腳的高中生，對著中年男子：「要下車的是你才對。」

「你哪個學校的，講話這麼衝？」

「我讀：要你管．高中。」

接下來的三分鐘，車內陷入爭吵。繼續上路的司機廣播停戰佛語，比如「爭執會消耗生命」、「慈悲來自溫暖心，吵架像是喝鹽水，你越吵越渴」，但是高中生跟中年男人繼續吵，像在海裡溺水般亂揮手，司機最後大喊：「閉嘴，方向盤在我手上。」

大家安靜下來，看著祖母起身，拉著酒窩阿姨下車了。她不忘抬頭看著那群高中生，眼中流動感謝，微微頷首，在車上被戳傷的自尊心都被青春的盛情敷上了療藥。下車之際，她想起甚麼，拿出記事本，撕下紀錄我電話號碼的那頁，遞給某位高中生，比出打電話手勢，用快被咳嗽磨壞的喉嚨說：「打給黃莉樺，叫她到她以前讀的小學找我，我是她阿婆。」

兩個老女人下車了。公車繼續前行，那群十八位高中生打電話找我，不斷對兩百萬人的城市搜尋我。車內熱情增溫，博愛座的那灘尿液在不久後蒸發了，成了空氣，像不曾發生過，但確實存在過。

*

兩女人沿著柳川走，夕陽在河面波動，路燈才亮，柳枝在風裡搖了好久。祖母的咳嗽好轉，她拔掉手臂上的那根軟針。針很礙眼，在手臂上太招眼，她不喜歡給人她又老又病的印象。軟針的傷口較大，血流滿了祖母的手臂，濕答答的，還流到一路手牽手的酒窩阿姨。這嚇壞了酒窩阿姨，她被整車人拋棄的惡劣情緒沒有消除，接著被手中一大灘的鮮血嚇著，忽然大哭了。

祖母坐在河畔的椅子，等待血停，等待情人不哭，卻好像等待命運帶她走向乾淨明亮的未來般，遙遙無期。她望著手中的流血，想起初經與停經都是在夏天，前者來得突然，後者突然令她明白量少而斷續來訪的大姨媽再也不來了。她生完小孩的任務結束後，對子宮這種每月準時干擾她生活的器官，覺得很礙事，要是能消失更好。但確定停經的那天，無盡拖拖拉拉、一滴一滴的經血煩惱結束了，不是該快樂點嗎？卻多了臨老的哀愁，她坐在劇場的絨質椅子，和酒窩阿姨看一齣笑壞全場體質的幽默劇，唯獨自己哭得很慘。她不該悲傷，但眼淚是悲傷的信物，因為她在五十三歲的夏夜，體內的某個器官在越來越慢的轉速中停止了，而她何其有幸的是，她荒涼的攤開手時，鄰座的情人緊緊捉住她的手。她頓時覺得一個嶄新的心情在體內啟動。

血停了，情人不哭了，天色全然暗下來。柳川最迷人的莫過於此際，看不見髒水，卻聽得見水流淙淙。祖母與酒窩阿姨沿河走，然後踅進一條騎樓堆滿雜物的小巷，那停了蚵仔麵線、肉丸雞捲、臭豆腐的各種攤車，摺疊桌豎起來。街燈下，一隻過街的貓與大型老鼠猝然相遇，貓很優雅的待在原地，目送老鼠逃跑了。這一幕開啟兩人的對話，猜想貓有飼主，非常乖巧，能適應主人不常在家的孤寂感，只要有曬太陽的小窗戶即可，而且調教得宜，吃乾飼料，常喝水，不會在主人剛進門就死纏著要吃罐頭。她們這樣想，多少是把共同養過的那隻貓拿來類比。而結論是：眼前那隻貓很像自己。

「自己？」她們互視。

「是妳？還是我？」祖母問，「應該是……」

兩人互視幾秒，一個淡淡的點頭，一個悠悠的搖頭，誰也不讓誰，然後很有默契同時的說：「牠。」

牠，那隻貓，被她們的大聲說話愣著，接著被兩人的爆笑聲嚇著，顧不得優雅，跑到攤車下的縫隙窺視。

最後結論是：「兩個女人比老鼠更有破壞力。」她們滿意自己的殺傷力，期待下個街口能再遇到貓，以供實驗，不知不覺中腳步輕快起來，夜也不再那麼可憎。在這第五市場的僻巷，祖母來到了目的地，那有盞水銀路燈，照著老房子的側邊磚牆，長穗木與鐵線蕨從縫隙吐出，葉片浮現路燈下的詭綠。

酒窩阿姨忘了這面牆，祖母則把細節背下來。這牆是兩人的初遇之地，那時酒窩阿姨在牆下挽面，看見有個臉部模糊、衣鈕釦在陽光中不斷眨眼的女人，活像馬來貘。

「真的非常像馬來貘。」

「原來我是馬來貘，不知道這種動物是善良還是兇狠？」祖母想，這到底是甚麼動物呀！

「那我像甚麼？」

「像甚麼？」祖母想不起來，酒窩阿姨不就是人，幹麼比附動物，但她最後想到說：「像陽光下的貓。」

酒窩阿姨才喜上眉梢，便覺得輸了，因為想起蘇東坡與佛印互喻的故事。蘇東坡得意的說佛印像坨屎，佛印說蘇東坡像菩薩。貌由心生，以至於嘴巴得逞的蘇東坡輸了境界。這使得酒窩阿姨苦著臉，說：「原來說妳是馬來貘，自己馬上變成這種動物。」

「我的意思是，真的有隻貓常在這面牆下，冬天會在這曬太陽，夏天這裡曬不到太陽，牠在這納涼。」

「會是剛剛那隻？」

「不是。」

「妳怎麼這麼確定。」酒窩阿姨數落祖母的記憶，卻想到什麼似的問：「妳常來這裡吧！不然怎麼會知道這有貓。妳不是特別喜歡貓的，幹麼來看？」

「我是來看牆，剛好牆下有貓。」

「妳不會沒事來看牆。」

「沒錯！」祖母看了酒窩阿姨，又看了磚牆，才說：「跟妳吵架的時候就來這散步。」

「原來妳跑來這裡鬼混。」

「是呀！吵完架，心情悶的時候，我會來到這面牆下，想到第一眼見到妳就是在這裡。當時想用拐、用騙、用搶、用偷的把妳搶過來。可是，當妳睜開眼睛看過來，我連開口的膽子都沒有，人呆在那裡，還是妳先開口。」

「咦！我哪會注意到這隻馬來貘，我是看到鈕釦在陽光下發光，是對妳的鈕扣在講話。」酒窩阿姨後來把祖母的衣服排釦全拆下來，用線串成項鍊，掛在胸前。

「我們怎麼老是舊事重提。」

「老是？」

「不要抓我語病，拜託。」

「牆不是舊話題，而且妳也沒有講完。」

「我跟妳吵架之後，回來這裡想想，當初在牆下怎麼遇到妳，像我們這種白頭髮的人在一塊，不是二十歲時的浪漫，說跑就跑，像邱比特降乩。六十幾歲的老人汗有重味，連自己都討厭，不像青春汗有鮮魚味；老人像隔夜菜，桌子墊著報紙，一餐吃過一餐，說不上大魚大肉，比不上快炒好吃。倒是可以冷點吃，滿點吃，然後吞下，覺得這餐這樣也不錯。」

「聽起來很寒酸。」

「是很惜福。」

「還是寒酸啦！」酒窩阿姨又催促說：「牆呢，繼續說下去。」

「我會回到牆下是修練自己，想著當初努力要跟妳在一起，摸著牆，情緒放下來，然後回去面對妳。回去不是一切都變好，而是放下情緒後重新面對，找到最好的溝通方式。」

酒窩阿姨淺淺一笑，把之前哭壞的情緒抹得乾淨了。她知道，祖母這番言語不是搞晚年浪漫，是要安撫她。祖母說，她把這面牆當作自己的「哭牆」——位於耶路撒冷的老城牆，一直是猶太人朝聖之地——時時來撫弄，記下所有細節與季節植物，從圖書館找出牆縫鑽出來的紫花植物叫長穗木，算出磚牆有一千一百多塊，用荷蘭式砌法。觀看這面牆，是想看到背後珍視的情感，她曾在這遇到了誓言下半輩子牽手走完的人，無論遇到任何磨難，都不變初衷。

酒窩阿姨撫摸那面牆，現在也是她的哭牆了。

*

我們在小學校外轉一圈，找入口，像小女孩手牽手走路。我無法理解為何這樣走路，尤其是靠近快車道，或機車衝過來時，她們把我握得更緊。這讓我很不習慣，她們卻要我多習慣。

我們決定從矮牆偷爬進去，路燈遭颱風摧毀了，給了掩護機會。我們阻止護腰阿姨爬牆，她戴護腰、揹鄧麗君的樣子像綁匪，更擔心她爬牆受傷。她狡猾的把腳跨在矮牆，說：「恁祖嬤沒在驚啥？」翻入花圃後，果然趴在地上說，「恁祖嬤這隻大肥豬出問題，腰有點閃到了。」

「嚴重嗎？」我問。

「閃到了。」她對我說完，轉頭問鄧麗君：「妳有沒有怎樣？」鄧麗君叫兩聲，走幾步，展示牠無恙。護腰阿姨鬆口氣。大家卻沒有替她鬆口氣，陪她原地休息。護腰阿姨手支著護腰，自嘲年輕做愛時被情人從床上摔下床都沒問題，現在連矮牆都是兇手，好在她屁股有兩桶、胸口有兩袋、腰部有一綑的人油保護，才不嚴重。她六十歲之前，為身上的大油桶難為情，現在慶幸是安全氣囊。

「我應該開不了車了。」護腰阿姨勉力站起來，身體反應力減損，腰椎使不上力。

「我們出門怎麼辦？」

「甚麼出門，現在回去都是問題。」

「我來。」我提高音量，抓方向盤還可以，它怎樣轉都是圓的。

大家沉默不語，把方向盤交給抓不住鍋鏟的年輕女人，簡直把命交給鬼來保管。一群人往校園移動，只有腳步的窸窣聲，直到有人說這樣好嗎？其他人才說這下壞了。護腰阿姨說，她聽夠人類的話，想聽鄧麗君對這件事的看法。鄧麗君叫三聲，較以往多一聲。

「原來妳是這樣說的呀！」護腰阿姨說。

「怎樣，莉樺可以開車嗎？」大家好奇鄧麗君說的說法。

「牠說，人老了，都怕死……」

「會嗎？」

「越怕死，死越快，楊過就是這樣死的。」

大家停下來，睜大眼睛看彼此，今天她們聽到新詞「楊過」，便問：「他是誰？」

「是鄧麗君的男朋友，莫再講了，她會鬱卒。」護腰阿姨靠過來小聲說，怕老狗聽多了又難過一年。

「楊過怎樣死的？」假髮阿姨絕對不放過八卦。

「在家內不敢出門，餓死。」

「你娘咧！鄧麗君叫三聲，妳講十句，這是怎樣翻譯的。」

「這不是『一個乩童，一個桌頭』演戲，一搭一唱，演給大家看。妳來聽這是甚麼意思。汪……汪。」護腰阿姨學狗叫三聲，無人能解。接著她轉頭對鄧麗君叫三聲。

「汪汪？」鄧麗君搖頭。

「汪……汪汪。」護腰阿姨連吠。

無厘頭的開場白，拉開了超展開的劇情。人與狗「汪」了幾次之後，鄧麗君低吟幾秒，腰傷的護腰阿姨忍痛坐下，回「汪」幾次。之後兩分鐘，人狗互相往來，吠還是吠著，低吟也是原來那低吟，無人知曉說了些甚麼。

戲進入高潮了，凡是老狗搖尾巴，老女人點頭；狗吐舌頭，人搖身體。突然狗長嗥，人就猛吼起來，把淚都吼出來了，越哭越旺。大家驚愕，怎麼跟狗說話能說到掉淚，而且悲傷來真的。最後，老狗舔著護腰阿姨的淚，人狗抱起來。我看得難過不已，連走來的祖母、酒窩阿姨也沾染了悲傷。

*

祖母坐在校園的花圃短牆等待，遠遠看見一群老女人走來，半途被甚麼耽擱似停頓。她主動上前，看見精彩的人狗對話，覺得演得天衣無縫，原來鄧麗君才是「死道友」團體中最有潛力的演員。她認為，此戲可以放入舞台戲中。酒窩阿姨也贊同。

護腰阿姨再次強調，而且語氣不耐煩，這不是演戲，是真情流露。鄧麗君是她的心頭肉，這種母女之情是外人無法了解的。

「一場演出二十罐狗罐頭。」祖母開出價碼。

「不行。」

「再給妳一千元的星媽費用。」

護腰阿姨瞪大眼，一會兒揪眉、一會兒輕咬牙以掩飾她的內心戲，一副這種價碼我看不上的傲氣，其實猶豫不已。

祖母說：「我來跟鄧麗君溝通，狗話我也行。」

「可以。」護腰阿姨說，接著搖頭說：「我的意思是，演出費用可以，但是跟鄧麗君講話就不用了。」

「這樣大家就不知道，我也有跟狗說話的功夫了。」

「莫給我訕削（挖苦）了。」

待大家笑完了，祖母才說：「大家都在，歡迎鄧麗君加入戲團演出。我在這還要宣布一件事，今天晚上我們要離開台中了，越快越好。」

「不會吧！難道妳撞到鬼。」

「不是鬼，是『馬西馬西』那批人。」

聽到「馬西馬西」，大家驚愕不語，像是喉嚨的說話功能瞬間瓦解。我沒有太多反應，因為不懂「馬西馬西」是誰。「馬西馬西」是台語喝到醉茫茫，或遊手好閒之輩，顯然祖母講的不是善類。

「在醫院遇到他們？」

「是呀！所以我們才趕快逃出醫院。」

「老天有眼，這些人做太多壞事，被人殺成重傷住院。」黃金阿姨說。

「別傻了，生病的是我，『馬西馬西』他們活跳跳的。這種人才可怕，好手好腳的卻出來騙錢。」祖母說，她在醫院候診很久，先四處走走，在大廳遇到一位老婦人。老婦人靠過來說，她看到祖母有病纏身，但是這家醫院不好呢，醫生都是三跤貓功夫。不過別操煩，我有種「美國仙丹」好用，吃過的喊讚，吃幾罐保證有效。

祖母又說，她知道這是賣假藥的，酒窩阿姨也是，卻陷入「說不定真有仙丹可以治癌症，試試無妨」的自我催眠，便問一罐多少錢。老婦人連忙說，價格還可以，並打手機給某位略懂中醫的親戚帶藥來，試藥安心之後再買。

不久有個三十出頭、穿花格襯衫、提公事包的男人靠近，滿臉春風像是從美容院出來。祖母與酒窩阿姨嚇到，此人是「馬西馬西」之一，掉頭離開。花襯衫男驚愕幾秒，追過來，雙方一陣拉扯，祖母與酒窩阿姨機警大喊搶劫後，逃出醫院。

「馬西馬西是誰？」我終於為自己問。

「走吧！先回家去，路上邊走邊講。」祖母說罷，瞥向校園一隅的花圃，那是松鼠墓地。

那不只是松鼠墓地，還有琥珀般凝結的深層記憶在盤桓。生命中，沒有看淡的傷害，只有淡化的傷痕，與放下情緒的那刻。我無須靠近松鼠墓地，一如它從未在我心中消逝。今夜，樹下的夜如此黑，讓一切擦肩而過就好，我無須擦亮火光撫看傷口，無論再多看幾次，無損那塊草坪是最安靜、最完美的疤了。

*

「馬西馬西」是黑道組織，觸角伸進「往生互助會」。

如果將快死的老人當作羊，先來的不是死神，是嗅到商機的老虎。「馬西馬西」是老虎。自然界的老虎是吃飽後，找棵樹安適的過幾日，人類圈的老虎是永遠不停的吞食，連頭髮、指甲和骨頭都吃下肚。這麼說是因為他們在「往生互助會」擔任莊家，莊家都贏，要是苗頭不對，馬上人去樓空，另起爐灶找老人入坑。這種賺死人錢的，從來沒見過死人起來抗議，只有搞不清楚狀況的家屬。要是打官司，這種遊走法律邊緣的互助會還能贏，非常奇怪。

「馬西馬西」很快注意到某些徵兆，有老人能掌握在投資報酬率最高的死前半年加入「往生互助會」，不只加碼，時間到便自然死亡。醫生開具的死亡證明書是真的，老人不是死於他殺，宅居分散，就像死神從高空用霰彈槍打死一群倒楣的人，沒有區域傳染病或高壓電塔的電磁波問題。唯一線索是，這些投保者多是獨居老人、流浪漢或社會弱勢者；他們投保時，要求的身後付款方式是：死亡證明以掛號寄達，錢匯到不特定帳戶。

「馬西馬西」意識到，有人可以「破解」死亡密碼，精準下注。到底是誰有此能耐？值得他們找出來。他們發現，死者的喪禮都與禮儀公司先簽約，選用陽春型，遺體放殯儀館、七日內火化，告別式很冷清，甚至免了，骨灰採樹葬或海葬，免去納骨塔費用。這些人的消失，不給人添麻煩，也不麻煩人，彷彿悄悄的離開這世界。「馬西馬西」從喪禮偷拍的奠祭者照片，發現有幾張臉孔重複，於是祖母與酒窩阿姨被鎖定了。

祖母知道自己遲早會被鎖定，如果妳在遊戲中贏太多手，躲在哪都有糾纏不清的恩怨跟來。但是，世上有更多妳無法卸責的恩情，恩怨與恩情交雜，迫使她與「馬西馬西」正面交鋒。那是今年冬天發生的衝突，寒風吹過台中，在一個由傳統防水布搭建的喪禮棚小巷弄，殯葬業者與黑道有十餘個，家屬無人在場。死者是八十五歲的老女人，終身未婚，極度低調，很暴躁易怒，多次對巷口的流浪狗咆哮。她是非常傳統的人，希望喪禮上有人為她大聲哭，可是她無子嗣，待人苛薄，說不定她的死令仇家們大笑。鄰居很少在她小鼻子、雙下巴的臉上看過笑容，今天她卻在彩色遺照上笑得很親切，好像道歉似要醒來成為好鄰居，跟大家重新過生活。

喪禮太冷清，黑道坐在塑膠椅上，忙著打屁、打盹、打菸抽。這時候，有幾個女人在巷口用擴音器在悲情說話，使用回音系統，講話糊糊的，只聽見用台語喊「阿母阿母，我親愛的阿母呀」。這是有名的「孝女白琴」表演，一群臨時女演員哭哭啼啼的把死者當自己母親般，用麥克風哭給鄰里聽，價碼越高，哭喊得越精彩。「孝女白琴」由祖母那群「死道友」擔任，她們半年前說服死者投保互助會，並順從她的意願，後事請人來哭一哭。黃金阿姨認為花錢找人哭，不如自己賺，還說服大半的「死道友」一起來賺，祖母只能被拉下水。

照禮俗是這樣，「死道友」得從巷口爬五十公尺到靈堂，身穿孝服，頭戴麻頭罩帽，像是誰也看不到她們面孔的巫婆。帶頭的黃金阿姨哭得很專業，膝蓋戴護膝，邊哭邊喊：「阿母阿母，我尚親的人，現下不能再友孝您了。」鄰居們聽得很不舒服，避得遠遠。只有「馬西馬西」跑過來看著這群演員，想從麻頭罩底下分辨是不是祖母。最後，他們也跪下來邊爬邊辨認。巷子像是有一群黑狗白狗往前爬。

「死道友」爬近棺材，黑道也是。眼見局勢惡劣，難以脫身，祖母搶下麥克風演起戲，淒厲喊冤：「阿母您才過身，就來一群不孝子爭財產，阿母呀！妳較緊爬起來講幾句公道話。」祖母表演精湛，邊說邊撫自己胸口，鄰居都靠過來聽八卦，看假孝女對真黑道的傳奇。

接著，祖母淒厲的哭：「我快要斷氣了，有請厝邊好心的人叫救護車。」這哭喊變成暴力般噪音，吵死人。幾台取締的警車與救人的救護車一起來了，警消踏進靈堂就像踏到斷電按鈕，一群被黑衣人糾纏的老女人們瞬間昏倒了，被緊急送到醫院。「死道友」在醫院醒來，由接應的護腰阿姨載走。這時護腰阿姨的腰傷還沒影響到她的黃金右腳，猛踩油門，整台車像是弧線飛行的神奇足球穿過小巷弄，擺脫了十輛的黑道追車。

「死道友」在半年內連搬三次家，擺脫「馬西馬西」的跟蹤。這解釋了護腰阿姨每次出車總是疑神疑鬼的四處瞧，怕被纏上了。我現在想起來，是我誤解她有神經質，而且自己立即犯了這毛病，因為我從校園開車回游泳池的路上，無法專心，要分心懷疑任何車輛。有三次差點闖紅燈，讓「死道友」嚇得抓緊車上任何牢靠的東西。

被酒窩阿姨抓痛的祖母說：「大家先收拾東西，明天再出發。」

大家又是暈車、又是點頭附和，下車後亂吐，搞不清楚我是怎麼將車子開回家。現在大家的敵人不是「馬西馬西」，是我的夜間開車，要休息一晚，才有膽量體驗我的日間技術。

大家分頭整理行李，已習慣逃竄的日子，不常用的雜物還放在手提箱。所以關於整理行李這件事，最後被疲憊打敗了，幾個老女人忍不住倦意，看到手提箱就抱著睡去。祖母的行李箱被她拖動時，打翻了，巨大聲響驚醒了大家後，又各自酣眠。

行李箱的東西散了一地。我上前收拾，在一疊散落的照片中看到唯一的那張照片——祖母托著嬰兒的我，洗大風草藥浴。這不是我惦記如夢的嗎？我的目光焦點不是放在照片中的嬰兒，是跟我長得很像的年輕祖母，太像了。

「我找這張照片很久了。」我說。

「那給妳了。」祖母說。

「還是妳保存好了。」我把照片放入手提箱，「我常常以為這張照片是一個夢境，現在確定是真的，這樣就好了。」

「擁有這個夢不是更好？」

我搖著頭，看著祖母，就好像對著七十歲的自己搖頭，凝視蒼老的自己，沒有一種感受比這個更奇特。簡直就是魔幻時刻，我在將近三十歲的夏天，與一位七十歲的自己展開旅行。一張照片不會刻骨銘心，一個記憶才會，尤其在尋尋覓覓之後，這記憶成了盛夏的甜美果子。

第三章

沒有神父的天主堂

我們的逃亡路線，首先是去探望曾祖母。

曾祖母住在八卦山區，沒有祖母帶路，我不知道她住在哪。

那是私人安養院，占地數公頃，管理森嚴，長長的圍牆伸展到山區常見的霧氣裡。大門內，有位坐輪椅的老人在那不動，目光死寂，偶爾疾馳而過的車輛才攪動他的眼波。這種迎賓者向我暗示了裡頭的孤島氣氛，我突然對曾祖母的餘生有了哀感。

我們在會客大廳等曾祖母，她卻遲遲不來。大廳不冷清，大約有三十餘位的老人坐在輪椅上，圍著三名少女的公益特技表演。那是反差極大的畫面，少女洋溢笑容，老人臉上塞滿了皺紋、老人斑與落寞，騰不出空位擺笑容。少女兩手各抓住五根的長棍子，棍尖頂著快轉的盤子，往後下腰時，盤子保持旋轉不墜。少女無瑕的肉體展現多汁的柔軟。見到這幕，輪椅上的老男人有了動靜，有的激動喘氣，有人傳出濃濃的痰音。有個老人努力好久終於笑出來，流下口水，我卻注意到他的尿袋迅速被他熱情的黃液體注滿。輪椅老人十之八九有掛尿袋，或插鼻胃管。

有位插鼻管的老婦人被醫護推出來，胸口用布條固定，深怕滑落，她有嚴重白內障，雙眼白濁不堪，臉像墓碑般僵硬。我上前迎接曾祖母。祖母搖頭，拉我直闖安養中心，和那位老婦交錯之際，我聞到一股悶腐與尿臊味，完全符合酒窩阿姨所謂的「死亡味道」。

我來到另一棟大樓，住這邊的老人身體狀況較好，雙腳能走，並非像前棟的人只能坐輪椅或躺病床。祖母指著廣播器裡仍傳來的「趙廖秋妹，會客」，解釋了我們為何在會客大廳久等不到人。到頭來是我們先找到趙廖秋妹。

曾祖母在益智室打麻將，沒有察覺有人站在背後。她頭髮稀疏花白，手腳還靈活，但麻將打得很糟。我看見她摸進一張爛牌，不會扔掉，而是猶豫不定，直到牌友不耐煩的大喊「時間到了，再不出牌，我們隨便抽一張」。她才把手中的牌組亂拆一支，丟出。

祖母先對牌友比個安靜的手勢，然後靠在曾祖母的耳邊，說：「趙廖秋妹，沒聽到廣播嗎？妳老公找妳。」

曾祖母愣著，往上瞧，像瞧著額頭上的抬頭紋。曾祖母最近學藏傳密宗，每日「止語」一段時間，善護口業，減少起心動念，但非常矛盾的是放不下麻將這種需要動嘴的遊戲。而且無論何時，只要她往上瞧，表示在思索。曾祖母思索她老公是死了，還是活著。老年痴呆症讓她解不開這謎。

「要不要翻開紅色的小記事本？在妳的霹靂腰包。」祖母說。

曾祖母拉開霹靂包的拉鍊，掏出筆記本，怎麼翻都找不到資訊，只好抬頭往上瞧，又在思索了。

「翻到第二頁呀！對，就是這，看一下。」

「他死了！」曾祖母指著筆記本的紀錄，丈夫在二〇〇三年過世。牌友們指責她開口破戒了。曾祖母則為丈夫有沒有死而苦惱，說：「他死很久了呀！」

「筆記本寫錯了，不信的話，回去房間看看。」

這是我見過最滑稽的一幕，曾祖母的失智症像一把撐開的大陽傘，把自己陷在焦慮的陰影中。她的時間感失控，記憶濁度增加了。她站起來，轉身回房，一路上還慌慌張張的想要幹甚麼，卻又想不起，沒有注意到我與祖母就尾隨在她身後。

曾祖母按下電梯鈕之際，祖母躲在長廊轉角後頭，喊：「記得！多爬樓梯，可以健身。」曾祖母點了頭，朝樓梯間走去。那扇打開的電梯門，由祖母與我塞進去，直通三樓的房區。

這場遊戲由祖母主導了。往昔，她做事明智，幽默不流俗，但她這次和曾祖母之間的互動掉出我的邏輯思維外。她像頑童，而且是相信黑暗角落有鬼、電視卡通由真人演出的八歲小女孩，捉弄自己母親。如果仔細回憶，我八歲時，祖母也是這樣跟我玩捉迷藏。

走出電梯，我們來到曾祖母房間。那是三人房，有獨立衛浴，牆上掛著紐西蘭風景照，個人桌有些凌亂，私人物品散亂，幾件衣服隨興擺在床上。我聞到空氣中有藥品、消毒藥水與檀香味。後者來自臨窗的老婦，陽光照亮她穿著的西藏傳統服裝秋巴（chupas），坐在輪椅上，嫻靜迷人。檀香飄自她身旁的小香爐。

「妳又跟妳媽媽玩了。」西藏老婦說。

「喇嘛桑，好久不見。」

「我是喇叭，不是喇嘛。喇嘛是對男性的叫法。」西藏老婦說：「妳今天帶朋友來了。」

「我孫女。」

西藏老婦一副不可思議的表情，睜大眼，看著我們消失在她眼前。所謂的消失又是遊戲。祖母躺在曾祖母的床上，以涼被覆蓋全身，把我也拉了進去。涼被只容一人，沒想到塞下兩人剛剛好。這種功夫來自祖母天生的縮骨功，把身骨以錯位方式往內擠，我想到的譬喻是「水的表面張力」，皮膚是彈性薄膜似，骨頭內縮就像杯口鼓起來的水膜再多一滴就要溢出來，然而又容納了。祖母縮得巧妙，縮進我的肚子與胸口形成的空間，像是我將生出來的小孩。

不過，躲迷藏是令人費解的行為，祖母把自己當小孩藏起來，我也莫名其妙參與。這種小時候的我跟祖母常玩的遊戲，長大之後不是該戒斷了？難道這是家族的DNA作祟。

曾祖母氣喘喘的走進房，看見床上躺了人。她的氣還沒有緩和，聽見涼被下傳來低沉的咳嗽聲，便連忙拍打患者背部，好把對方那口快卡死人的膿痰趕出喉嚨。她把我當作曾祖父，按摩手臂與大腿，避免久躺生褥瘡。她做得嫻熟，力道與施力部位拿捏得宜。曾祖母做累了，氣更喘了，我想叫她停下來。但是在我腹部蜷著的祖母把食指放在唇間，示意我安靜，用唇語說，「讓她的腦袋與身體運動一下。」

「老伴呀！妳太用力了，我手骨險險斷忒。」躲在我懷中的祖母，用客語抱怨。

「恁（這）樣呢？」

「換腳來。」祖母伸出腳，給曾祖母按摩，發出嘻嘻哈哈聲，「老阿婆妳太用力，我快勼筋（抽筋）了。」

「恁樣呢？」

「太輕了，妳在抓灰塵嗎？」

「恁樣呢？」

「唉呦！痛死我半條命呀！」祖母哀號。

這樣做錯、那樣不對，搞得曾祖母都不是。她那雙沾滿老人斑的瘦手，擱在藍色涼被上，不想動了。她的五官表情與肢體都停下來，好把更多能量用來應付腦袋混亂的思緒，因為她的記憶中，丈夫早就死了，這個折磨她的老頭子怎麼還活著。這怎麼回事？她又要被拖磨幾年？痛苦得很。

祖母跟我說過，有五年，曾祖母照料中風的曾祖父。那時的曾祖父是脾氣很糟的七十歲老頭子，神智不清又愛罵人。他長年躺床上，兩個小時要人翻身防止褥瘡，四小時灌食，六小時換尿布，半個月要請醫護來換鼻胃管，他躺太久導致排泄器官退化了，曾祖母用浣腸劑從他肛門挖出很硬的大便。曾祖母很想把糟老頭送到安養院，但親戚會講閒話；如果請外籍婦全日看護，除了給月薪，還要給她三餐生活費，就自己來顧了。那日子真悲慘，祖母沒辦法常常回去幫忙，曾祖母挑起重擔，每夜定時起床照料，累得要吃抗憂鬱藥過活，曾有數次想用鼻胃管勒死老公或自己。曾祖父在世的最後一天，好像迴光返照，要曾祖母把病床推到有冬陽的窗下曬，用很兇的口氣，惹壞了她。要是那天曾祖父在陽光下，跟曾祖母道謝與道別，她會釋懷的，可是沒有。所以曾祖父的喪禮辦完之後，曾祖母鬆了口氣，那個每天看到臉都令人痛苦的人終於死了，她帶祖母去餐廳好好吃一頓，吃到一半，被莫名的情緒惹得當眾大哭也無所謂。

現在，時光記憶混亂，導致曾祖母恍惚丈夫還活著，她不知所措的安安靜靜，淚水卻轟轟烈烈的流下來，說：「你快點死好了。」

「妳老阿婆好惡呀！詛咒我去死。不要以為我不知妳在想甚麼？」祖母壓低嗓音說，「好啦！妳恨我，我給妳掐死好了。」

曾祖母用力將手掐進了涼被，忽然停下來，「你不是死了？」

「死了，就不能回來尋妳？」

「不過……」

「仰般？」

曾祖母欲言又止，終於說出口：「你回來，又要折磨我們了，你早點死對大家都好。」

時光停止，房內陷入低氣壓，陽光落在窗邊的一束塑膠玫瑰花，花瓶折光朦朧打在牆上；走廊傳來輪椅滑過的機械聲，與幾聲老人的呢喃，更遠處有些激烈的喧囂，這都干涉不了此刻房內的哀慼。曾祖母短促的啜泣聲成了主旋律，取代了任何聲音。

「我回來不是折磨妳們。」

「回來幹麼？」

躲在棉被的祖母，沉默之後說：「我這次回來是專程跟妳講，恁仔細（謝謝）妳那幾年的照顧，我忘了講就走了，失禮。」

曾祖母哇的一聲哭了，多年來的委屈與不滿瞬間掃滅。

那個折磨人五年的曾祖父總是頤指氣使，有口氣在就對人不滿，斷氣時也臉臭臭的。曾祖母為這個遲來的體諒，怎樣都哭不停。祖母從棉被下鑽出來，看著她母親的五官在淚池中更皺、更扁、更蒼老。這世上只有眼淚永遠最坦白、最能穿透偽裝，連我也難過的流淚，在窗邊看戲的喇叭桑也是。

曾祖母的眼淚半乾之際，看見祖母在眼前，驚喜且不解，說：「妳在這，剛剛有看見妳爸爸嗎？」祖母點頭，說了對不起，她為這場戲道歉，但沒有說破。曾祖母還是不了解，幸好她的情緒在這時轉彎了，目光放在祖母的亂髮，那像是壓壞的花椰菜。曾祖母拿起梳子，仔細幫她整理，嘴裡喃喃自語。我聽出來那是指責祖母有幾年沒來探望她。祖母反駁是好幾星期而已。老媽媽、老女孩為此拌嘴了幾句，有點誰也不讓誰。

接下來，老媽媽拉起老女孩靠牆站，自己站上小凳，用鉛筆在她頭上做個記號，指著牆上幾年來越來越低的記號，嫌她越長越矮。老女孩頂嘴，人老了會骨質流失，當然會縮水。兩人拌嘴了幾句，老媽媽才從抽屜拿出了餅乾，那是用日曆包起來，再用塑膠袋束緊，已經失去鬆脆的口感。多次推拒的老女孩只好吃一小口，被老媽媽奚落，不懂得惜物，她捨不得吃就是放到今天要給妳吃。老女孩吃著，嘆起氣。

在「死道友」當領導人的祖母，在年近九十的老母親前看起來像女孩，備受照顧和無傷大雅的責罵。原來，祖母這般年紀還可以當個媽寶。

漸漸的，曾祖母將目光放在我身上，然後帶點緊張的翻閱她的小冊子，驚訝的說：「妳是……」

「她是妳的孲嬤子（曾孫）。」祖母說。

「妳是阿菊啦！妳回來了。」曾祖母又淚崩了。

阿菊是曾祖母的女兒，是祖母的妹妹，有三十年未見了。

＊

曾祖母有本小紅冊子，紀錄了她多年來深恐遺忘的人事物。這是她住進安養院後，陸陸續續寫下來，在痴呆症每況愈下的日子，她不時拿出來溫習，每項記憶如此珍罕，要遺忘很不捨，要想起來又很難，那多少是人生走過的道路都不該枉走的感覺。記憶的丟與不丟，這種難分難捨搞得她脾氣很不安，要是再加上被人說妳痴呆症發作時，更是暴躁。

後來，搬來了一位被車撞毀人生的六旬女人，半身不遂。這位女人曾在尼泊爾的加德滿都西郊的寺廟短暫出家，性格幽默，要大家不要叫她喇嘛，那是男性出家人的稱呼。女性出家人叫阿尼。但是大家仍叫她喇嘛，她乾脆自稱喇叭，省得被亂叫。

喇叭桑看出曾祖母的煩惱，說自己是很好的「保管箱」，不如這樣好了，每隔一禮拜，請曾祖母把某頁的「記憶」撕下來交給她保管，減少負擔。曾祖母認為是好主意，經過半年，共借出一百多道記憶，也忘了討回來。小紅冊子變得又薄又輕，用膠帶固定才不會脫落。曾祖母輕鬆多了。

「這是阿菊。」曾祖母攤開紅冊子，秀出一張黑白照，上頭有個三十餘歲的年輕女孩。她是家族系統中的成員，我的姑婆。

我不得不承認，姑婆跟我還挺像的，父系家族的女人往往臉龐在DNA上取得顯性優勢。要不是祖母回頭跟我聯絡，還真不曉得世上有一群跟我流著相同血脈的人。

「這確實是阿菊。」祖母審視照片。

「我們五十年沒見過了，不知道她過得好不好。」曾祖母說。

「是三十五年啦！」

「三十五年呀！她會不會死掉了，才不來找我。」

「媽，不要亂講，她一定活得好好的。」

「菩薩要保佑她。」曾祖母摸著我的臉龐，往下滑的指頭停頓在下巴，在那遲疑不去，彷彿是割捨不去的淚水停在那，「妳不會是阿菊的鬼魂來找我吧！我夢見過妳死掉好幾次，我在夢裡一直流目汁（淚）。」

「她不是阿菊啦……」

「我一直求菩薩，希望她比我晚死。」

「菩薩會保佑的。」我說，看著滿頭白髮、面帶微笑的曾祖母。

曾祖母是體貼的母親，試著找回家族一塊失去的拼圖——阿菊姑婆。我這位姑婆在三十幾歲時，決定跟一位獨眼的麵包師傅在一起。曾祖父搞清楚麵包與饅頭的差別之後，認為跟那種做硬饅頭的男人沒有前途，就像綁石頭過河。阿菊姑婆便跟麵包師傅跑了。這種在民風保守年代的私奔，令曾祖父氣得斷絕關係。阿菊姑婆結婚後，仍與曾祖母偷偷通信。曾祖父發現後，痛打曾祖母，警告阿菊姑婆再聯絡，就多打她媽媽一次。她從此失去聯絡。

阿菊姑婆叫「趙潤菊」，姓名帶菊字的通常是上世紀中葉的嬰兒潮。我用谷歌搜尋，得到三百筆資料，剔除動畫工程師與年輕涉詐欺的「趙潤菊」，我鎖定某位曾在新竹寺廟捐米的善女，她可能是姑婆。另外，我在美髮業的親情徵文比賽，找到某位女孩在得獎的作品中，描寫和她祖母趙潤菊的互動。我從網路搜尋這位美髮女孩名字，最後找到她的臉書，私訊要求加為好友，以便看到更多不公開的照片。我很肯定，這位美髮女孩跟我有血緣關係，因為父系顯性的臉孔，展現在她的五官。感謝谷歌大神。

在等待美髮女孩加入朋友前，我們帶曾祖母外出，到街上用餐。現在大家有很多時間，看九旬老婦如何對付自己的領頭羊，比如曾祖母會嫌炒好的菜太燙、今天不想吃綠色蔬菜，用筷子往雞湯鍋裡捉食物，將啃剩的雞骨頭扔進去。之後，曾祖母把一疊紙巾塞進口袋，起身上廁所，卻誤闖幾個私人包廂。祖母把她帶到廁所，廁所濕滑，禁止她上鎖。曾祖母偏要鎖上，而且耗很久，出來時口袋裝滿了亂糟糟的滾筒衛生紙，發出得意笑聲。

飯後，曾祖母從口袋掏出滿滿的衛生紙，像數鈔票那樣快樂，我問她要這麼多衛生紙幹麼。她說看到白白軟軟的東西就喜歡，很快樂，她翻到口袋底便是那本小紅冊子，攤開看到某件事，說：「我想去逛街，買東西。」

「甚麼東西？衛生紙？」我問。

「想不起來，看到就知道了。」

我開車在彰化市區繞一圈。曾祖母看著車窗外，沒看到要買的。無論我們如何旁敲側擊的問，那種東西是吃的、用的、穿的？曾祖母就是不曉得，搞得「死道友」有火氣。

「妳開車不錯。」曾祖母突然轉移話題。

「妳是第一個稱讚我的呢！」我笑得很尷尬。

「她們都是阿呆啦！看看妳，開車好認真，專心看前面，頭也不亂轉。」

「我的頸子受傷了，不能轉，後照鏡也不能看。」

「仰般這樣？」

真是太苦惱了，我今早離開游泳池家，才坐上駕駛座，聽到我放在後座的手機響，我大弧度的轉身去拿，就聽到祖母大喊不要。來不及了，我的肩旋轉肌腱受傷。從駕駛座轉身就折損了很多條肩旋轉肌腱，祖母才貼了紙條「禁止轉身拿東西」。所以我新手上路的第一天，只能痛著肩頸開車，我省點用，不要讓備胎——腰部快癱的護腰阿姨上陣。

「那妳要仰般轉彎？」曾祖母問。

「婆太（曾祖母），是妳剛剛很認真看窗外的商店，沒注意到我怎樣轉彎。我示範一次給妳看，好了，妳要在下一條街轉到哪？」

「右轉好了。」

我打方向燈，高喊右轉，車內的「死道友」全都緊張的往外看。後排的人注意後方來車，大喊沒車。左右兩方也各自報完車況，我才安心右轉。要是中途有人急喊停車，我會緊急踩剎車。

「停。」

我急停，大家受到慣性影響，從座位彈起來。「死道友」歷經無端恐懼，看著高喊「停」的曾祖母興奮的指著前方，說：「我要買的東西在那。」

那是電器商品連鎖店。我們下車去逛，在陳列架之間的走道，曾祖母慢慢逛過去，尋找她在車上瞄到的東西。當我們懷疑，那到底是曾祖母腦海的蜃影，還是真的看見時，她衝著果汁機喊：「找到你了。」這讓累死的「死道友」也高喊終於找到了，噩夢結束。

銷售員跟過來，他穿著印有折價商品訊息的黃背心，向曾祖母介紹性能更好的調理機，可以做精力湯或研磨穀物粉，當果汁機能打破蔬果的細胞壁，銷售員講到這，對年輕的我說：「打碎後甚至微細到一百奈米左右，非常有助於老人的腸胃吸收。」他拍胸保證。調理機的優惠就印在他的黃背心，恰好是他拍胸處，好貴才打折。

祖母咳起來，她的肺病在進入冷氣空調空間，常會加劇，她對曾祖母說：「妳要確定是不是妳需要的，這台要八千元。」

曾祖母覺得那咳嗽有敵意，阻止她買似的，偏要買這台貴的。一場母女戰爭展開，兩人拌嘴，你來我往。銷售員趕緊緩頰的說，要是預算不夠，便宜的果汁機也是不錯的，還禮貌性的問：「阿嬤，妳想買調理機做甚麼？」

「沒用過。」

「那妳買了打算做蔬果汁，還是精力湯？精力湯對妳的身體不錯喔！」

「打骨頭。」

「啥？」

「打・骨・頭。」曾祖母說清楚。

大家無語，為何買高價的調理機來打碎骨頭，匪夷所思。銷售員解釋說，有人拿調理機來打中藥的樹根頭，阿嬤說的骨頭是樹頭。「死道友」解圍說，真的是這樣。大家要不是這麼說，眼前加起來一百五十歲的母女又要吵起來了。

曾祖母占上風，又說又吵，像討糖的小孩子。祖母眼眶微潤，她想起十二年前，那時自己的母親自願離開女人共生團，到安養院住，就怕失智症惡化，變成人人討厭的「老番顛」。曾祖母體悟到「家人的幸福未必要天天相聚，擁有各自空間反而才能珍惜」，才自願離開。現在，祖母想起這金句，母女才剛相處就毀了，令她在「死道友」裡有些丟臉，她不喜歡老母親邊走路邊撿菸蒂，蒐集菸絲給安養院的煙槍朋友。坐車的話，老母親又抱怨幹麼擠在小房間裡。祖母怎麼做都不對，也不知道怎樣安撫，很無奈。

最後由我刷卡買了調理機，算是給曾祖母的見面禮。曾祖母抱著禮物，對祖母吵著明天「要去看妳爸爸」。祖母說他早死了。曾祖母說，她今天早上看到的人不可能到晚上死掉。祖母說，那是她裝神弄鬼。母女在車上又拌嘴了，酒窩阿姨忙著勸解。

「停。」我大喊，把車子停下來。

我的大喊，把車內的吵鬧聲嚇光了，在通往山區安養院的漆黑路上，車內的人安靜的看著我點亮一盞光源，那是手機螢幕。經由網路連結，我進入剛締結為朋友的美髮女孩的臉書，點選私人相簿，另一個失聯家族的照片出現眼前：一位婦人在自己的六十五歲蠟燭蛋糕前。

阿菊姑婆就在眼前，那是透過時光窗隙看到失蹤親屬的魔術時刻。

曾祖母說，「是阿菊，妳在奈（哪）？」她邊說，邊爬過一排車椅，激動的去抓螢幕內的人。那是影片，手指碰到螢幕便播放，傳來一段生日歌，阿菊姑婆在生日蛋糕前不斷笑著拍手……

「妳們看，她還活著。」曾祖母哭了。

*

我們決定去找阿菊姑婆了，不過在那之前，我們先去納骨塔拜訪家族中過世的成員。納骨塔位在八卦山西麓，可眺望遠方的平原、都市與海岸，這構成絕佳視野，要是死去的親人能目睹美景，便無須長眠的活過來讚美了。

「要是死後能安置在這也不錯。」假髮阿姨說。

「價錢合理的話，以後大家可以在這當鄰居。」回收阿姨一邊笑一邊說，「說不定大家今天一起買塔位，可以打折。」

「不要啦！大家散就散了，哪還要下輩子住一起，我只要跟鄧麗君住一起就好，對不對？」護腰阿姨朝老狗瞧去，獲得牠滿滿的歡樂吠聲。

納骨塔大廳的祭桌擺了幾罈骨灰，一位道士為這些新住戶誦經，家屬持香默禱。我們爬到二樓，一排排的金色納骨牆橫立，每道牆上有著像火車站置物櫃般的小格子，生命最終的列車靜默在此。不管身前如何家財萬貫或窮困潦倒，不論壽終正寢或橫死刀下，肉體經過火粹之後，被濃縮在一小格天地。在林立的納骨塔牆之間，我們迷路一段，終於找到父系的亡者：我的父親、祖父、曾祖父。

每個塔位鑲有地藏王菩薩，標上亡者名字。祖母離開的那年把父親的骨灰帶走，今日父女相逢。我拉開父親的塔門，骨灰罈上的照片是父親二十八歲時，年輕，笑著，精神飽滿，怎麼看都像能保護女兒活到年老的模樣。我以為我熟悉的父親，卻看起來是陌生照片，那是爸爸嗎？曾經在我生命中領航過的男人，怎麼看起來像路人。

令我驚喜的是，骨灰罈旁有一隻粉紅色的泰迪熊，它在我十歲左右失蹤，向來是伴我入睡的的枕邊友。我以為它離家出走，多年來只能從客廳畫框遙想它失蹤前的模樣，顯然是被祖母帶走了。如今相逢，使我哭了出來，因為多年來，它代替了我，像守護神緊緊的抱著爸爸的骨灰罈，始終抱著，不離不棄。

「謝謝小熊，」我雙手合十，默念：「我以為你離家出走了，原來每天在這陪伴爸爸，謝謝你。」

曾祖母將骨灰罈名字，與自己的小紅冊核對無誤，對祖母說：「我今晡日要把事情做好，妳來幫忙。」

「……」

「我要帶走他們。」

「帶走？」祖母轉頭看著曾祖母，「帶去奈？」

「隨在，帶走就是了。」

「媽，妳怎麼了？我沒有辦法跟妳講下去了。」祖母又拌起嘴，將爆發這兩天來最大的吵架。

「我知道我有時老番顛，不知道講麼該（甚麼），但是我現在很清楚。」曾祖母撕下小冊的一頁紀錄，「這裡頭有個記憶要給妳保管。」

紙上的字夠大了，但是老花眼的祖母讀得吃力，便交給我來。我將有些歪斜的字跡讀出來：

一、臨終放棄急救與插管。

二、喪禮不要儀式。

三、不要進冰櫃，不用選日子火化。

四、樹葬。

我念完一條，曾祖母便點一次頭，她聽完最後一條不忘說「都沒錯」。大家無語，安靜騰給了樓下傳來的誦經與鐃鈸樂聲，我不知大家在想甚麼，但理解到曾祖母將來不會在這長眠，不會聽到任何宗教樂儀，對一位走過傳統的老人來說這樣的生命終章選擇是岔路。

我看著白髮皤皤的曾祖母，想給她勇敢回饋時，祖母卻先說話：「媽，妳放心好了，可以把這個記憶交給我。」

「我也記下來了。」我說。

「一個人最好的家族記憶，在三代間，往上是到阿公阿婆，往下到孫子孫女，往旁邊是兄弟姊妹，再來是生活圈子的接觸少就讓感情淡了，親像漣漪往外散，感情越來越淺了。」曾祖母把小冊子收進口袋，說：「在親情的水面，我最親、最不捨的就是妳了，其他的都沉到很深很深的水底了。」

祖母眼眶又紅了，很認真點頭。

「還有我呀！我也是親人。」我說。

曾祖母點點頭，說：「差點忘了妳，妳有記下我剛剛說的。」

「妳剛剛說過的，我都記下了。」

「人死了，身體就變垃圾了，埋在土裡要插石碑告訴大家，燒成骨灰又要放在納骨塔。要是過了三代，這些骨灰沒人來探望，說不定就成了汙染。」曾祖母看著我們，說：「我死後不要變成垃圾，我也希望我還可以的時候，處理掉這些男人的骨灰。」

「我知道了，就帶走這些骨灰。」

我去向管理員詢問納骨塔「退塔」辦法，但流程得跑三日以上。先去市公所民政科，憑當初申請文件與印鑑辦理，然後回家，三天後等公文寄達，再以公文來納骨塔管理室退掉。

「現在就搬了，不用等三天。」曾祖母說。

「對，偷走。」祖母對「死道友」下令。

黃金阿姨在掐指算「要是每個塔位五萬元，一面塔牆多少錢，一間納骨塔賺多少」，她聽到要偷骨灰，肚子痛起來，跑去上廁所。護腰阿姨覺得腰忽然好痛呀！回收阿姨說她是容易中邪的體質，而假髮阿姨還在找理由牽拖之際，我把泰迪熊夾在腋下，與祖母、酒窩阿姨把幾罈骨灰搬出來，往樓下走。

果真，回收阿姨的體質像天線搬收到了邪靈電波，這時又哭又叫，搶先跑過我們，跌落在一樓旁的角落。假髮阿姨跑過去，添油加醋的說，中邪了。因為腰痛而慢慢下樓的護腰阿姨，問鄧麗君：「她們的戲魂來了，妳看著辦吧！」老狗使勁發出狗吹螺的聲音，把管理員和大廳的人都嚇慌了。

謝謝「死道友」，她們很會演戲，掩護我們把骨灰偷走了。

「拿機器來，打骨頭。」曾祖母說，發出勝利的小呼喚。

我知道了，昨日買的調理機能用上，原來曾祖母昨晚吵著買是有原因。調理機就在車上，我去拿。

在納骨塔旁的女廁，我拔掉烘手機的電源，供給調理機。我用鑰匙撬開上了白膠的骨灰罐蓋子，人生的渣滓便浮現了，最上層是灰白色、冠狀縫隙清晰的頭顱蓋，底層是大大小小的碎骨。祖母說，自殺的父親，骨灰略帶粉紅色，葬儀社卻說這是福報。祖父傳統土葬，七年後撿骨，再火化，過程很折磨人。曾祖父在床上躺五年，兩腳萎縮變形，穿壽褲都很難，怕火的他死前要求土葬，曾祖母卻在他死後用火葬解決。

「火是公平的，幫我們天天煮飯，最後也會清除我們身體的痛苦。」曾祖母說。

我找不到筷子撿骨塊，用手直接抓了，放進攪拌器內。父親的碎骨隨著咆哮轉動的鋼片，大力撞擊玻璃器皿，然後只剩馬達聲。我聞到骨灰味，很新鮮，像是牙醫在根管治療時用鑽子磨開齒冠的火焦味。

黃金阿姨在女廁隔間內，可能在「產金」，她大喊：「拜託，妳們真的在打碎骨頭嗎？」

「大家都在演，我以為妳肚子痛是假的。」祖母說。

「是真的。」

「那我們也是真的打碎骨頭，妳先在廁所躲一下吧！」

「我受不了了，聽到咯啦啦的碎掉聲，我的骨頭起雞皮疙瘩，痛起來，人很不舒服，想吃小金丸，妳們那邊有水吧！」黃金阿姨隔著門板，從我這裡拿到一罐礦泉水。

打碎的骨灰，裝進了原本裝調理機的厚塑膠袋。接著攪碎祖父的骨塊，它有些潮濕發霉而結塊，祖母抓出來，被尖銳的齒骨扎到，不過調理機的鋼刀擺平一切。最後，我們收集了一袋骨灰粉，看起來像是灰塵。廁所安靜下來，不再有撒旦磨牙似的馬達運轉聲，適合尿尿。「死道友」走進來使用，黃金阿姨則衝出去喘口氣。

「骨灰罈呢？怎樣處理。」上完廁所的護腰阿姨問。

「妳要嗎？」祖母同樣問話，問到第三位從廁間走出來的假髮阿姨，「不用怕，這像是租屋換屋的概念，不是凶宅。」

「那妳留著用。」

「我以後也要樹葬，不用這個垃圾桶了。」

「留著當罐子，養魚種花，千萬別送給我。」

「好辦法，留著用。」祖母說。

「我開玩笑的。」

「我來真的。」

「死道友」睜大眼，發出更多的抗議與驚訝，她們不想在共居空間看到這些東西。等到祖母把三個骨灰罈搬上車，她們把箭頭射向出鬼點子的假髮阿姨。後者悻悻然上車，說：「這下有靈車的味道了，南無阿彌陀佛。」

「閉嘴。」所有人大喊。

總算安靜了，沒有往日聒噪，老女人們的臉龐被窗外的樹影掠過一陣陣的陰黑，更像靈車了，開往北方尋找阿菊姑婆。

*

美髮女孩住頭份。我下了當地的高速公路，一路身體僵硬的「死道友」們終於恢復了正常呼吸，慶幸此生最恐怖的雲霄飛車結束了。她們唱歌，慶祝撿回一條老命，沒有幫忙我顧路。這代價是在幾個路口後，我闖了紅燈，而且忽略交警對我揮旗攔截。

警車鳴笛追來，示警停車。「死道友」嚇得趴下來，但是她們筋骨硬，能做的是把頭縮在胸前就認為躲過一切。護腰阿姨用喉嚨折到的聲音說，快靠邊。我太緊張，把雨刷當方向燈桿用，前窗噴出水來，雨刷發瘋似在擺動，發出咕溜咕溜怪聲。我要阻止，卻亂按車上的控制鈕。那位被T3撞死的「阿嬤鬼」降臨車上的傳說原來是這麼來的，總會有個笨女人在笨蛋時刻把東西弄慘了，大燈亂閃、雨刷狂跳、車窗全部降下來，而車要靠右停，卻失控的往左撞去。

警車驚險閃開，警察大罵，卻看到恐怖畫面：T3車內全是一群被強風吹亂頭髮的老女人，她們的頭斷掉似垂在胸前，雙手合十，身體隨車子的慣性搖動，大聲念阿彌陀佛。與這群無靈魂般老女人相對的，是瘋狂的駕駛，她手中的方向盤像是輪胎快轉，而引擎蓋也咯咯咯響的處於開啟狀態。兩位警察從來沒看過這般詭異畫面。

如果看過西部牛仔在馬術賽中「駕馭劣馬」的表演，必能想像我是怎樣狼狽的停下車子。因為在停車前，我曾緊緊的誤踩油門五秒鐘，事實證明，老車的爆發力不錯，老女人們爆發的尖叫聲也是。

兩位男警察下了車，彎身走過來，一位把手放在槍套，一位手拿警棍，後者對我咆哮：「手放在方向盤，熄火。」

「怎麼辦？」我很緊張。

「手放在方向盤，熄火。」

「怎麼做？」我又喊回去，要是雙手放在方向盤，如何去轉鑰匙熄火。

「手放在方向盤，熄火。」男警緊張喊。

在副駕駛座的護腰阿姨伸手解圍，轉動鑰匙熄火，雨刷不再掃動，大燈不閃了。我鬆口氣的說：「熄火了。」

「熄火。」男警發現自己也緊張得重複這句。

警報解除，但氣氛仍很僵，兩位警察的臉很臭，無論如何都想發一頓爛脾氣洩憤，要對我開出闖紅燈與不服取締兩張紅單，卻看見整車的老女人有著完美無缺的喪夫表情。她們表情肅穆，有幾位悲傷陰鬱，眼角叼著淚水，而腿上放著三個大理石骨灰罈，整輛車瀰漫靈車的味道。警察的憤怒沒有了，轉而詢問需要甚麼幫忙。

「抱歉，我不是故意的。」我說。

祖母上戲了，說：「我們剛剛死掉三個男人，全死在上禮拜的車禍裡，你看我們眼睛哭紅到看不見紅燈。」

「請節哀。」警察說。

「我們的爸爸、老公、兒子都死了。」酒窩阿姨補充，她說「我們老公」這類匪夷所思的句子時，悲哀的語氣非常順。

「需要幫忙嗎？」

「我們只是迷路了。」我秀出要前往的美髮店住址。

兩位警察互看，決定帶我們前往美髮店。他們回警車發動引擎的那一刻，我們發出勝利的小歡呼，而我的歡呼更大些，因為我原本僵硬扭傷的肩頸，經過這次震撼，竟然好了，活動比較自如。一路上，「死道友」為彼此捏著緊張而快抽筋的身體。祖母稱讚大家很會演戲，光是闖紅燈、不服取締、超速等幾張罰單就賺了上萬元，而且還有警車引導，何等光榮。

＊

美髮女孩的店面位在小巷內，屬個人工作室，有點老舊，裝潢不是現代風的沙龍。美髮女孩該叫美髮女人才對，她的年紀跟我差不多，臉書上的年輕照片是美肌開到最強，臉白得像日光燈管。

祖母推開玻璃門，門後的來客風鈴響了。美髮女人剛送走上個客人，臉上笑意在撞見祖母五官時，瞬間浮現在哪見過的狐疑，而跟來的七個女人，一個比一個聒噪。

「我們是來做頭髮的。」酒窩阿姨指著祖母，「她先來。」

「為甚麼是我？」祖母懷疑的坐上美容椅，她嘴上抵抗，心中卻想領教這位家族晚輩的手藝。

「怎麼剪？」美髮女人將祖母的髮梢往上撥，測試彈性，說：「妳的髮絲偏軟的，可以做點變化性大的髮型。」

「修一修就好。」

「可以考慮修短點，染點褐色很棒。」

「我來決定，剃個五分頭，然後染成紫色。」酒窩阿姨下令。

「死道友」立刻鼓掌叫好。祖母睜大眼，略微頷首，暗示她逆來順受，願意接受挑戰。我也接受挑戰，跟進祖母的新髮型，於是激起了第二波歡呼，卻沒有第三波。

我坐上了墊著玻璃珠串散熱的美髮椅，隨手翻閱捲邊的八卦雜誌，過沒幾分鐘，一位六旬的婦人用屁股頂開玻璃門，把手上那碗剉冰放下，對我幹活。姑且稱她為「美髮阿桑」，她用手肘在我肩上推拿，說我的筋很硬，太過勞了，然後用「如來神掌」在我的背部練椿似的打，快把我的胸罩帶子打斷。她的按摩有些大力，像在殺魚，不過祖母很享受美髮女人對她的拍打，像魚在呻吟。接著是洗頭髮，美髮阿桑戴起手扒雞的塑膠手套，用牛排館用來裝番茄醬的尖嘴紅塑膠罐，往我的頭髮加洗髮精又加水，怎樣都讓我覺得來到餐館。躺在椅子上沖泡沫時，水柱很強，噴得我滿臉，美髮阿桑自豪這種「水柱頭皮按摩」是本店招牌。祖母嘗試後認同。

美髮女人見我一臉狼狽，解釋這就是老派的美髮店，沒有都市的電動按摩椅與洋派裝潢，客源以銀髮族為主。也因為這樣，面對不斷冒出的新式美容院與百元速剪店，越來越難經營。我瞥了一眼店門口的房屋招租廣告，了解這間店的未來命運多舛。

「妳們可以走沙龍風呀！」我說。

始終沉默的美髮阿桑，不屑說：「我們走的是純技術，正派經營，不是把衣服穿得美美的出來勾搭人的痟查某。我甘願退休，也不做。」

「有性格，我就是中意這間老店。」祖母用老派的直腸性格，「妳退休，但是少年的呢？」

「我會為自己打算，去連鎖店做。」美髮女人打圓場說。

「我不是不顧少年的，但是開店要裝潢，要請小妹幫忙，都是開銷。不這樣做，沒有人來；做了，也未必有人客來，難講呀！」

「阿姑，免煩惱呀！」

原來，美髮阿桑與美髮女人是姑姪，亦是師徒關係。這家經營二十餘年的美髮店，傳統派的姑姑掌權不放，新潮派的姪女無錢獨立門戶。我無法介入姑姪之戰，但是聽得出來，美髮女人正申請政府的青創貸款，等時機成熟，便可以承租這間將歇業的店面，重新營業。而美髮阿桑沒有反對，她冷冷的言語中仍傳遞暖意，希望年輕人要做就做，不要考慮太多。

老派的美髮阿桑，做起事來有股難以解釋的老派，不，應該說是古怪，她除了一邊幫我剪髮，一邊又勸我要剪那麼短嗎？此外，她中途還拿起掃帚把地上的髮屑掃乾淨，瞧兩眼電視播放的本土劇，批評劇情。她拿出老花眼鏡戴上，修剪我的髮鬢，抬眼從眼鏡上方的餘隙看著鏡中的我，以拿捏髮型。

忽然間，美髮阿桑把眼鏡摘下，退後兩步看我，說：「呀！妳怎麼這麼面熟呢？」

「是不是像少年時的阿菊。」鄰座的祖母說。

「對呀！」美髮阿桑把目光從我這裡轉移到應話的祖母，又喊：「唉呦！妳也很面熟？」

「是不是像現在的阿菊？」

「真的像。」

美髮女人也呼應：「妳真的好像我媽媽，進門時嚇我一跳，還以為妳是我媽媽失散的姊姊。」

「沒錯，我就是趙潤菊的姊姊。」

美髮女人大叫，三十年來家族中的黑暗布幕洩出一絲光芒。在沙發上睡著的曾祖母嚇醒，一腳踢醒鄰座的酒窩阿姨。幾個不耐久候而到附近吃冰的「死道友」正好推開門進來，被尖叫聲愣在原地，看著美髮女人大喊「快點，我帶妳去找我媽媽」。美髮女人跳上門口的機車，帶我們出發，原以為就在附近，她卻以六十幾公里速度往前衝，不時回頭，深恐我跟丟了，這一騎就從苗栗頭份騎到十六公里外的新竹峨眉。

我和祖母原意是，先進入美髮店修個髮，休息片刻，把被警察追壞的窮緊張心情舒緩一下，最後才選個好心情時刻，向美髮女人說明來意。不料，計畫提早曝光，被美髮女人帶來這陌生的山村——峨眉，聽起來像武俠小說中女道士修練的場域。峨眉處處淺山，住戶散落在公路旁，我們來到某個村落，美髮女人進入一間透天厝，大聲喊媽媽，無人呼應，她又朝街上喊去，充滿了急切與歡欣。

「我來過這裡啦！」曾祖母說，她來過眼前阿菊姑婆住的透天厝。

「哪有可能。」

「我來過這裡啦！」曾祖母重複十遍後，不耐等待的走到馬路，固執的闖進幾間民宅，也走進一間廟去，不斷重複「我來過這裡啦」。

多年來，曾祖母與祖母試著找出阿菊姑婆的下落，始終沒結果。在幾個所抵達的鄉鎮，就是沒來過峨眉。但曾祖母總是強調她來過，在村落到處闖，最後不合常情的指著一片菜園，說阿菊就在那裡啦！我們阻止她跨越一條會折損她性命的大水溝。

神奇一刻來了，我這輩子忘不了那幕。阿菊姑婆從她平日不會來的朋友的菜園走出來，看見了三十幾年斷訊的母親，她知道那是她媽媽，即便曾祖母被歲月與人生折磨得如此蒼老陌生，她就是知道。阿菊姑婆非常激動，一路丟下手中的絲瓜、小鋤頭與孫子，跨越水溝，哭滿淚水的靠近曾祖母，用一種迷途小貓終於回到母貓身邊的微弱哭聲，說：「媽，我很想妳。」能解決思念之痛的只有靠熱情擁抱了，兩人久久不放。

阿菊姑婆那位跟來的孫子，則生氣說：「阿婆，妳這麼老叩叩了，怎麼會有媽媽，老人家沒有媽媽的啦！她們是詐騙集團。」

＊

我們住在峨眉天主堂，這裡沒有神父，只有麵包。

這間教堂的建立要推到一九六幾年，美籍神父所建的。當時美國對台灣仍保持援助，包括戰略物資與民生物資，以便共同對抗中共。峨眉天主堂是傳遞上帝福音的所在，但對窮村民來說，他們連上帝或撒旦都不會分，但是誰能給麵粉就信誰。他們週末去教堂裝得很虔誠，努力唱聖歌，可以領糖果與麵粉。後來美援停止，村民不上教堂，於是荒廢。經過半世紀的荒涼，廢教堂經過活化，變成村民活動中心，兼賣窯烤麵包。

阿菊姑婆在天主堂做了多年的麵包師傅，打響了教堂知名度。她自稱做麵包的技術「來自老公夢中函授」，這是「愛的麵包」，因為她對老公的愛是歷久不衰，像是每次剛出爐般的熱情。這件事發生在二十年前，阿菊姑丈在一場婚宴後的大雨中失蹤，外傳他跟賣檳榔的小姐跑掉，丟下妻子與三位子女。阿菊姑婆不信，只相信他們的愛情很堅貞。一個月之後，一名釣客在橋下發現了在酒醉中摔下來的阿菊姑丈，屍體嚴重腐爛。警察從機車牌，循線找到家屬。

阿菊姑婆回憶，那是她最愛的初秋時光，天空染著淡淡紫的苦楝花色，附近全是搖曳著白色花穗的甜根子草，她坐在沙洲上的屍體旁，哭了很久，當風吹過來時整座沙洲的白花穗也哭似的發出嗚咽，到處是揚飛的種子。她停下來，感覺有人對她說話，好像也沒有，也許是河流的聲音，也許不是，總之是一種話語在安撫她。她起身追尋，三個孩子跟去，經過了草海翻飛，她看見一根漂流木插在大石縫，掛著的雨衣在迎風響著。雨衣好像被人穿著而在廚房做麵包的樣子。那是她丈夫的雨衣，如何被風吹過來？她不知道，只感到絕望的心活過來，她要帶著三個小孩活下去。

她原本是小麵包店的老闆娘兼櫃檯，丈夫死後，才研究起麵團揉製與發酵的訣竅，她騎車到二十公里外，向同行求教，忍受性騷擾，好像寡婦的屁股像是麵團可以給男師傅捏個夠。在親友以憐憫寡婦，吃夠她的爛麵包之前，手藝練成的阿菊姑婆端出了熱騰騰的好麵包，拯救了麵包店，成了傳奇。她則自謙「一切都是老公在夢中函授」。

幾年前，阿菊姑婆的麵包店歇業，投入天主堂的窯烤麵包。窯烤麵包的特色是，先以木柴將磚窯燒熱六小時，以餘溫燜熟。木柴屬於軟火，烤出的麵包放置兩天仍有較鬆軟的口感。阿菊姑婆一邊彌補情感似的跟曾祖母聊得起勁，一邊強調：「柴燒麵包連畜生都愛，像是山鵲來偷吃，獼猴來搶，還有鄧麗君也是。」這隻胃口不好的老狗來到天主堂的第二天，就不想吃護腰阿姨燉的養生餐，老是守在窯邊，為了剛出爐的麵包。

「我不喜歡『畜生』這個字。」護腰阿姨在廚房燉藥，藥材買自密醫賈伯斯，價格不菲，她當初逃離游泳池家，先收拾的就是這批藥材。

「怎麼說？」我問。

「妳大學畢業還用問，『畜生』是用在罵人，不是用在狗。」護腰阿姨把她精燉三小時的藥湯過濾到碗裡，對蹲在窯邊的鄧麗君大聲喊：「再不來喝，妳就是畜生。」

鄧麗君嚇跑了，跑得很英勇。

「這藥有這麼難喝嗎？我聞起來不錯。」護腰阿姨果真動怒，把碗交給我端著，隨她去追狗。她手撐著護腰走了一小段，離開窯子才說：「阿姨跟妳說，那些麵包這麼香，都有加便宜的脂溶性香精。」

「真的嗎？我有幫忙做，材料都很天然。」

「很多東西不是表面那樣。」

「怎麼說？」

「我做過幾年麵包。台灣的麵包要鬆軟、要香甜，大家才要吃，誰會吃歐洲那種可以拿來當球棒的硬麵包。麵包要鬆甜，就要用多點油與糖，可是天然的要成本，於是加便宜的化工材料，吃了傷身，吃多了洗腎。」

「阿菊姑婆做的不會加人工化料。」

「誰知道。做吃的人都像巫婆，妳看的電影裡的巫婆，在湯裡隨便加。就像我來說，要是晚上起床尿尿，回頭在飯菜裡加別的，妳們會知道嗎？要是我對誰怨恨，在她喜歡的菜裡尿尿，她會知道嗎？」護腰阿姨說。

「好可怕。」

「可怕的是吃不出來。」

「好恐怖。」

「所以我說麵包那麼香，連鄧麗君都破戒，絕對不簡單。」護腰阿姨走進教堂，不管裡頭認真排演的人群，衝著遠方的老狗大喊：「鄧・麗・君，給妳祖嬤過來。」

「死道友」正在教堂排演，明晚她們要在這裡的至聖所公演，戲裡臨時加入不少童趣的新橋段，吸引小觀眾。演員記下台詞與走位，干擾她們的是剛出爐的麵包香氣，餓肚子幾乎打敗她們的理智，現在又多了護腰阿姨的吼叫。這簡直比演戲，還有戲的互動。

只見鄧麗君穿過原本是祭壇的位置，護腰阿姨隨後。後者一手揮棍子，一手從我這裡拿下藥碗，滿口怒罵，嘴裡隨時噴出創新的髒話，活像耗油的古董農耕機在噴濃煙。但是滑稽的是，狗走得慢，人也追得慢，遇到強大的空氣阻力般遲滯，非常有戲。

「卡。」酒窩阿姨跑過來，酒窩笑得很香，說：「這個戲劇感很強，可以搬上舞台，太棒了。」

護腰阿姨的頭髮略顯凌亂，滿臉是汗的吼：「現在不是演戲，是在教訓我的女兒。」全場肅靜。午後的陽光從採光窗透下來，在護腰阿姨汗濕的身上蒸出一層薄薄的水氣，有如她的怒氣沸騰，誰都沒見過她對狗生怒氣。

祖母問，「牠怎麼了？」

「吃太多麵包。」

「我吃很多，妳也吃，而且我看鄧麗君吃得滿開心的。」

「就是吃太多了，不吃藥。」

祖母看著藥碗在陽光下冒著氣，說；「是藥太燙了，等涼些牠就喝。」

「等涼了牠也不喝。我昨天燉了，牠不喝，今天也不喝。」

「不喝也不會太糟糕。」

「會死掉，因為這是癌症的靈藥。」

「那我來喝喝看。」祖母想知道靈藥滋味，她抓著修整過的三分頭，染成藍紫色，非常顯眼。

「很貴的，只能給鄧麗君喝。」

「那我買。」

「好，成交。」護腰阿姨要我幫忙把昨天燉的藥湯拿來，還裝在燜燒瓶裡頭保溫。

祖母把藥湯倒進杯裡，觀察色澤，深褐，有股濃濃的中藥味，狗根本不會喝這種東西。是護腰阿姨強灌，牠才會反抗。祖母嚐了一小口，頓時感到舌頭被猛然闔上的門夾住了，縮不回，太陽穴劇疼。這藥湯太恐怖，苦澀難嚥，應該是摻了苦蔘、穿心蓮、鴉膽子之類的「苦藥王」。她等到澀麻的感受退去，才說：「妳們就當自己是鄧麗君，喝喝看，就知道吃藥的心情了。」

我知道有些貓喜歡中藥味，勝過貓草，卻沒有聽過狗會喜歡。我拿下杯子淺嚐，藥湯沒有滑到喉嚨就被吐出。太苦了，人間有甚麼病痛值得用驚人的苦味治療，像喝軟刀子，或許病還沒治好就先死。我回想起那天密醫賈伯斯的表情，不屑看狗，或許是他捉弄的把戲。

除了護腰阿姨，每個人都來嚐一口，激發對中藥的新理解。這是大家吃過最苦的藥，其澀烈，連啞巴都會開口嘶吼，當然鄧麗君喝過就不再喝了。

護腰阿姨離開前，諷刺大家說，「都在演苦戲，好假掰。」十分鐘後，她換了好心情走進教堂，一手拿藥湯，一手拿了塊熱騰騰、蓬鬆鬆的麵包，輕聲呼喚鄧麗君，為剛剛的失態深表歉意。

鄧麗君趴在由花磚拼成的基督受難圖的牆下，那幅圖是天主堂最顯眼的意象，正暗示牠接下來的命運考驗。於是，牠必然的聽見護腰阿姨呼喚，眼睛微亮，舔著舌頭，不要跟美食過不去，願意為麵包跟主人重修舊好。

「吃麵包吧！妳會好些。」護腰阿姨遞出食物，又說：「妳要吃苦，媽媽絕對陪妳一起來。」

然後，她豪氣的喝下一杯藥湯。

鄧麗君聽不懂這句話的玄機，痛快吃一口麵包，幸福感隨即破滅。那是因為麵包內沾了藥湯，牠吃了，就像一隻年輕花豹跳進牠的肉體，活力無限，在教堂內亂跑，爪子在地板發出恐怖雜音。這讓「死道友」停止排演，看著牠跑過地中海建築的圓拱門，滑過門口坡道的兒童溜滑梯，消失了，像是身上的腫瘤細胞都沒了。

喝完那杯苦藥的護腰阿姨，盤坐地上，領略藥效。她事後表示，深深覺得靈魂掉進了地獄，歷經了各種割舌、戳胸、腰斬、車裂與倒懸的酷刑，歷經十八層地獄的苦難，那是生不如死，比死還難受，每一分鐘都很難捱，每一秒不斷在延長，覺得生命沒有曙光。然後，她聽到「死道友」們在天堂的門口呼喊她，拍她的臉，要她撐下去。就在此時，她的胯下有股熱熱的，像一朵雲把她浮起來，漸漸回到了人間。

護腰阿姨睜開眼，看見「死道友」圍在她身邊呼喊，而自己尿失禁了，一灘尿液散在盤坐的範圍，她不忘幽默的說：「我覺得全身舒爽，像死過一次，妳們要不要試試看？」

眾人搖頭，都不要。

「靈丹呀！了不起。」她看著空杯。

*

我的五分頭染成紫藍色，世界也變色了。

其實應該這樣說，是我成了眾人焦點，才覺得外在世界都變了。首先，是我對自己感到很怪。頭髮只剩五釐米，對女人來說像是頭上少了一層「皮」。女人很在意自己的頭髮，那是某種化妝，是頸部以上整體形象的包裝之物，像是禮物的包裝，很遠就讓人看見。

女人對頭髮也很依戀，少女時不是撥著劉海，就是盤算頭髮該綁或該染；年紀稍長，拿小剪刀剪去染整後分岔的髮尾。然後，覺得一生要花很多時間在對待十萬多根髮絲實在很折騰，像對待十萬精兵，而我只有一人。所以，要是看過假髮阿姨回家後，摘下假髮與髮網，頂著平頭到處走，多自在呀！

我站在鏡子前看自己的頭形，略扁，不是自以為是的圓形。我注意右側有塊不長髮的白疤痕，那是童年撞到桌角所致，爸爸帶我到急診室縫了五針。我的耳朵不大，有點向前翻，右耳容易從長頭髮中露出來，有些男生對我說那片小耳尖很可愛，像貓耳女。現在失去頭髮遮蓋，耳朵很顯眼，越看越怪，對自己的外貌產生陌生感，這就像把一個漢字看久了或寫上一百遍，竟不認識它了。我快不認識自己的外貌了。

我在浴室的鏡子前凝視之際，鄧麗君在門外哀號，用爪子抓門，求我讓牠進來躲。這聲音真刺耳，總比我上廁所太久時，「死道友」總會輪流猛敲門的聲音來得友善。我打開門，牠苦難的臉上閃過一絲亮光，竄進來，把前腳擱在馬賽克花磚拼貼的浴缸，勉強的挪屁股，才栽進去躲起來。

接著有人猛敲浴室的門，粗魯的轉動把手，發現門上鎖後用撞的出聲，發出砰砰聲響。我不得不出聲制止。

「鄧麗君，妳不要鎖門。」門外的小男孩喊。

「是我。」

「『雜草阿姨』，妳打開門，妳不要保護鄧麗君了。」小男孩大力拍門，「我找鄧麗君，要救鄧麗君。」

叫我「雜草阿姨」的是美髮女人的兒子。照輩分來說，美髮女人與爸爸同輩分，她兒子則跟我同輩，叫我「雜草姊姊」比較合宜。又為何叫我「雜草」，是我的紫色五分頭像某種雜草，至於甚麼草，他總是說「就是雜草啦」。雜草也有名字的，只是小男孩講不上來。

我開門，請小男孩不要急。小男孩揹背包、戴帽子，那是待會我們要進行的小登山的裝備。他擠進來，張望幾下，往浴缸靠過去，對裡頭鄧麗君大喊妳不要逃了，吃藥時間到了。

我驚訝的問，「怎麼你也來逼鄧麗君吃藥？」

「老狗狗一定要吃藥，不吃牠會死翹翹。」小男孩說完，從口袋拿出一個夾鏈袋，秀出裡頭的黑色藥丸。

「誰給你的？」

「那個腰受傷的阿婆，她說老狗狗生病，要吃藥才不會死翹翹。」

「這藥很苦，狗狗吃不下去。」

小男孩天真的說，「藥當然會苦，所以我幫忙阿婆，把藥水越煮越少，加了麵粉做成藥丸。」他說完，把藥丸叼在嘴唇，一手抓住狗的下巴，一手抓住狗的上唇，往兩邊掰開。鄧麗君這種拉不拉多犬的脾氣不錯，幾乎逆來順受，牠的嘴巴被迫張開，露出舌頭與灰色象皮皺紋的上顎。這時小男孩把嘴唇叼著的藥丸放開，掉進狗嘴。

「是腰受傷的阿姨要你這麼做的嗎？」

「對呀！她說她動不了，抓不到鄧麗君，要我餵牠吃藥，我跑得快。」

「可是藥很苦。」

「藥要苦才有效。」他將抓住的兩片狗嘴開開合合，動作滑稽，像是狗嘴自動咀嚼藥丸。

鄧麗君突然間奮力掙扎，自小男孩的手中掙脫，牠吃了部分的藥，大部分的吐出來。藥在鄧麗君的口腔產生反應，身軀打扭，牠試著爬出浴缸卻體力差，大小便失禁，身體癱在穢物中，眼睛一絲絲的滅入無光。小男孩是第一次餵食鄧麗君，反應跟牠同步進行，他的心情驚駭，哭著說鄧麗君死掉了。

「牠沒有死掉，只是很痛苦。」

「可是我阿太（曾祖父）快死掉的時候，會像小貝比一樣亂拉大便與尿，身體也是動來動去。」

「你看，牠還有呼吸。」

鄧麗君從痛苦中回神，呼吸略微急促。我打開水龍頭，用溫水幫牠清洗身體的穢物。小男孩很難過，自責差點害死老狗，無語的站在浴缸邊。我要小男孩幫忙抓住鄧麗君，免得老狗突然抖水，順便能轉移他的難過。濕答答的鄧麗君很難抓，一骨碌起身，精神來著，猛然啟動身體的「震動模式」把水花噴出來，浴室到處是水痕，我們也是。

「我剛剛有發現了雜草。」小男孩說。他覺得跟我有些靠近了，分享他才發現的事。

「雜草，那是甚麼草？」

「像妳的頭髮的草，到處都看得到。」

「在哪？」

小男孩衝出浴室，鄧麗君跟在後頭，晨光閑靜的照在教堂，花窗光芒繽紛得像是彩虹來訪。人與狗在草坪上跑了幾圈，打滾了幾圈，恩怨也沒了。一陣強風來，我趕緊用手壓住那颳過涼意的平頭，以為帽子飛了，事實上飛走的是二十幾年來對女性長髮的約束。然後我笑了。

小男孩帶我跨過馬路，來到一片荒廢的田地，那裡長滿快要溢出來的大花咸豐草。咸豐草是荒地最旺盛的植物，台語稱之為「恰查某」是很貼切，它們攻占地盤用上了潑婦過街的性格。可是我不喜歡這種植物，它們太普通，或者說我沒發現它們的獨特。

草。

「妳頭上的雜草在那，我帶妳去看。」他遙指著千萬棵的咸豐草，然後衝進去，那都是野草。

我跟了進去，咸豐草的種子像是小鬼手，黏得我到處都是。在咸豐草的白花深處，連綿出現一片紫花藿香薊，那是小男孩所謂的「雜草」。這結局讓我笑出來了。由管狀花組合而成的霍香薊花朵，看起來像鈍鈍的小圓球，還滿可愛的。我仔細觀察，這些小花朵，真像女人剃了短髮而染成藍色，我喜歡這種比天空更遼敻的藍紫色，欣然接受「雜草阿姨」的稱號。

「我喜歡『雜草阿姨』這叫法，非常適合我。」我說。

「那要小心，我跟妳講，有人要搶妳的名字。」小男孩神秘的說，「她叫做『雜草阿婆』喔！」

*

夏末小登山展開了，一群老女人準備出發。

這場郊遊的目的，是去伐木。窯烤的主要木柴是龍眼與荔枝木，火力好，不容易生煙，燜完的麵包猶有木柴雅香。阿菊姑婆透過包商進柴，每個月買一貨車的量，堆在教堂旁展示，也算是窯烤麵包的活招牌。不知道怎麼的，她的遠房親戚告訴她在山上有幾株私人的龍眼木，可供她取用。她這種腳關節不牢靠的年紀要去取柴，動念不強，可是曾祖母的到來讓她有了更多的動力。

這幾天來，曾祖母與阿菊姑婆靠得很近，總是形影不離。阿菊姑婆親自做老人的碎食餐，吃起來容易入口，把食物剁得細碎；蔬菜的粗梗很難咀嚼，不是剔除，就是久煮到較爛。麵包方面也將外層烤得較硬的切除，給曾祖母吃鬆軟的內裡。兩人常常聊天，睡同張床，吃飯相鄰，曾祖母那些糊裡糊塗的怪話，阿菊姑婆聽不膩；而阿菊姑婆重複的老話題，健忘的曾祖母像第一次聽到，發出最佳觀眾的喜悅，拿出小筆記本記下。

談著談著，阿菊姑婆想起山上那棵龍眼樹，現在她有動念砍回來了，於是她這樣說，「媽媽，那山上有棵牛眼（龍眼）樹，我想砍回來，幫妳焙個很香的牛眼肉桂麵包。」

「很好，牛眼是好樹。」

「以前老屋後頭有棵牛眼樹，夏天時，媽媽妳用長竹竿摘給我吃。」

「很好，牛眼是好樹。」

「很懷念媽媽摘的牛眼。」

「牛眼是好樹。」

「是好樹。」

「那妳做甚麼要砍掉呢？」曾祖母提高音量。

「我的意思是，我要砍朋友在山上的牛眼樹，回來焙麵包，不是去砍以前老屋後頭的牛眼樹。」

「妳砍掉老屋了？」

「沒有。」

這種對話讓阿菊姑婆哭笑不得，卻沒有遷怒，反而抓著自己母親的手，稱讚她很生趣。阿菊姑婆能把砍樹的話題在一天說五次，得到曾祖母無厘頭回應，到了第四次談話，在場的祖母說：「走吧！我們一起去砍。」牡羊座的她有種想到就做的性格，她帶領的「死道友」也是，決定一起去登山。

出發了，戶外踏青，小旅行。

登山活動在我去荒地摘完紫花霍香薊之後。一群輕裝的女人穿越玉米田與稻田，走過竹林後，遇到小溪。這條小溪很普通，沒有強勁的水流，但得爬過較陡的溪岸。這對平均年紀七十餘歲的女人來說，很有挑戰，要是不注意而踏空，足以引發災難。我們下爬到溪谷時，小男孩已經爬到對岸的山坡上，迎著陽光大聲催促，快點啦！

祖母臨時決定，要大家在溪邊的樹蔭下休息，把腳放進溪水。大家傳遞未切片的吐司，撕下來吃。小男孩生氣踢水，發洩對象是這些悠哉的老烏龜們，一直抱怨我們小時候慢吞吞，長大才變成老人家。祖母用一塊吐司當誘餌，從溪中抓到一隻紅溪蟹。這換來了小男孩專心對付牠。

小男孩玩膩了，把螃蟹扔回水中，對整條河抱怨似的說：「妳們女生都走得好慢，還偷懶吃東西。」

「我們是年紀大了，不想走太快，邊走邊玩。」祖母忽而神秘的說，「我們走得慢，是因為我們還揹著幾個男人。」

「妳們沒有揹人呀！」

「他們死了。」

「『雜草阿婆』，白天沒有鬼，妳背上沒有揹鬼，妳騙人。」

祖母打開背包，拿出一袋由厚塑膠裝著的粉狀物，色澤略灰，說：「那些男人都在這裡了。」

「那是垃圾啦！」

「沒錯，人的身體垃圾。」祖母說完，大家都笑了。

「那到底是甚麼啦！」小男孩有點生氣了。

「骨灰，人死掉後，燒剩下的東西。這次爬山，我們要在山頂找一棵還不錯的樹下，把他們埋下去。」

「他們是誰？」

「其中一個是妳阿婆的爸爸。」

「那我來揹他們好了，男生由男生來揹，這樣妳們女生比較輕鬆，可以走快一點。」小男孩果然是行動派。

我們再度出發。阿菊姑婆扶著曾祖母渡河，攪亂了河面流光，細屑的光斑折射在祖母臉龐。祖母微笑，心想往日由她攙扶的工作，近日交卸了，她看著母親慢慢爬上土坡，越過葛藤與構樹林之際，驕傲的講這兩種植物的藥性，不過講錯了，跟「死道友」激辯。曾祖母自信的原因是阿菊姑婆幫她撐腰。

祖母覺得阿菊是好女兒，自己不是，她不能長時間忍受母親的叨念，會小頂嘴，光這點就不是稱職女兒。不過，她欣賞阿菊姑婆扶著曾祖母的背影，當個好觀眾就好，尤其看著兩人走過一片竹林時，不知為甚麼就觸動自己的心情，她好久沒有真心真意的牽著母親的手，眼角便泛淚。

在那片竹林，大家又激辯起這是孟宗竹或綠竹，由曾祖母大勝，因為祖母暗示「死道友」要裝輸。只有護腰阿姨不服，認為分辨兩種竹子的差異，簡單到像是「乳頭與龜頭」二分法，連鄧麗君都吠著。

小男孩聽不懂，問護腰阿姨：「龜頭是甚麼？」

護腰阿姨指著那片綠竹林，說：「那一根根都是龜頭，很三八的啦！一下雨就長得很快，又變得硬硬的。」

「乳頭呢？」

「乳頭沒長在這裡啦！」

我急忙阻止，要護腰阿姨不要再講下去，這談話對小男孩不妥。可是小男孩纏著問，這棵樹是乳頭？還是那叢灌木是乳頭？接受到封口令的「死道友」都自顧自聊天，大聲談論葡萄糖胺對骨質疏鬆有效嗎？或是大聲喘氣，空氣中有女人的汗味，彷彿是水果汁裡混合了蒜頭與柏油。

我們來到山腰一塊平坦的地方，好好眺望村落，大家鬆口氣，卸下背包，坐下休息，耳朵應該聽到微風在梳理闊葉林的大自然喃喃，卻聽到小男孩喃喃的說到底奶頭是哪種植物，一路從來沒有間斷。

曾祖母受不了，說：「細人（小孩）不要這麼狡怪。」

阿菊姑婆搶步上前，狠狠朝小男孩肩膀擰一下，說：「你不要老是講那些阿里不達的話了。」

小男孩後退一步，大哭起來，眼皮擠出大量淚水，張嘴叫著。阿菊姑婆意識到，多年來由她顧小男孩，婆孫關係不錯，今日她為了母親而教訓孫子。她上前去安慰他，小男孩的哭聲卻停不下來，大家上前安撫也沒用。這般吵雜也惹得曾祖母的老人症頭發作，不斷抱怨。現場杵在怎樣都不是的氣氛。

「怎麼了？是不是肩膀很痛？」我問小男孩。

「很痛呢！我要回家找媽媽。」小男孩把衣服褪下，露出微紅的膚塊，那是被自己的阿婆捏傷的。這點傷或許不成痛，痛的是心裡，他被深愛的人無緣無故的懲罰。

「塗藥嗎？」我問。

幾個人拿出了白花油、小護士藥膏或青草膏。老人永遠在包包裡放一堆專治小雜症的藥。我拿了藥膏，請大家先出發，獨留我陪小男孩。時間過去了，「死道友」那些人往山上走去，身影消匿在一棵茄苳樹之後，空氣中的老女人汗味道消散了。

小男孩哭完了，站在原地不動，臉上只剩下淚痕與噘嘴。這樣的姿態，如此的氣氛，他維持了很久，然後說：「我想回家了。」

「你這樣站，好像**冬將軍**。」

「我不是冬瓜。」

「我是說冬將軍，冬天的將軍，他是靠立正就打敗好十幾萬的敵人，而且他是很老的老人。」

「他有小傑厲害嗎？」小男孩說。小傑是日本動漫《獵人》的主角，特徵是紅橙眼睛、刺蝟頭的小男孩，爆發力過人。

「那不一樣，你要聽聽冬將軍的故事嗎？」

「喔！好呀！」

「我邊講邊走，我們往山上走吧！」

這故事的由來，發生在二次大戰。德國軍隊攻到了蘇聯首都莫斯科，駐守在附近的森林，準備拿下這座城市。正是大雪嚴寒之際，這對雙方來說都很艱辛。德國挺進了兩百公里來到這裡，軍心與軍力都疲憊了。但是蘇聯不會拱手讓出莫斯科，死守到底。

這時，一對住在莫斯科城內的祖孫，小孫子生了重病，病情連續一段時間都沒有好轉。祖父決定了，要去城外的森林找一種珍貴藥材，救救孫子。祖父從他知道的祕密小徑，離開了蘇聯軍隊嚴密防查的城界，來到郊外。整條地平線都是白靄靄的雪，除了地上積雪，還有空中落不停的雪。他走進雪深處，每一步都深深陷下去，他沒有一步是怯疑的，走進雪景，走進敵人那方。

德國軍隊很快逮捕了祖父，以間諜罪射殺，卻發現這祖父很老，頭髮與鬍子都白得透明，白內障的眼睛白濁濁的，耳朵重聽。他如此蒼老，怎麼看都像一位樸實的老農民。

德國將軍給了老祖父一些盤尼西林，要他回去，想藉由跟蹤他找到攻城的秘密小徑。老祖父不肯。德國將軍便把他丟到前線，命令壕溝的士兵看守，要是人移動了就盡量開槍。

這位老祖父像是雪人站著，一個荒涼大雪中的突出物，忍著兩陣營的炮火與槍彈，神奇的是他都沒受傷。過了三天三夜，德軍鬆動了，對他們而言，頂多能適應德國境內那種零下十幾度的寒冬，莫斯科是負四十幾度，簡直是酷刑。如果隨意一位莫斯科的老頭子都能在大風雪中，待上三天，那麼靠著燒煤油取暖的德軍還有甚麼優勢。

「這麼說來，這老頭子就是傳說中的『冬將軍』。」德軍將軍讚嘆，他不會釋放老祖父，而是將所有德軍撤出蘇聯。

蘇聯贏了，莫斯科被保留下來，完全靠一位年邁的祖父……

「這老先生被罰站時，有偷吃東西嗎？有偷去上廁所嗎？」小男孩聽完故事後很疑惑。

「應該沒有，你覺得呢？」我說這故事，不會把國家位置與敵對關係講得太複雜，而是以五歲小朋友能懂的方式講出來，就像我在幼兒園時上課的口吻，很容易吸引小孩。

「老先生會偷吃，要是敵人沒注意，還會蹲下來休息。」

「喔！你有這樣的經驗嗎？」

「我都是這樣子的啦！我很會偷吃的。」小男孩嘻嘻哈哈笑著，「我會把餅乾放在口袋，偷偷吃。有時候我會跟阿婆說我感冒了，就可以喝到沙士，還有加點鹽巴。」

「看起來我誤會了，你不像冬將軍。」

「我本來就是小孩子，不是老人。」小男孩步伐越走越快，眼看要追到前頭的隊伍了。他又說：「冬將軍救了莫斯科村子，最後有沒有拿到森林裡的藥，救到他的孫子呢？」

我思忖，倒不是莫斯科被誤解成村子，而是在此之前我從來沒想過小男孩的提問。這個「冬將軍」故事，最初由祖母說的，那是在我被性侵不久後，許多我們找不到話題時，或許人在警局，或許人在游泳池家，窗外是陰天或晴天如今也想不起來了，而她努力想出來的話題。「冬將軍」帶點寓言，祖母講出來是給我精神支持，給我點鼓勵。

祖母知道這故事，是去鋼筆店買墨水的時候，她挑了罐冷灰色，偏藍。日製的墨色會由設計者賦予一種詩意名字，比如淡綠色是「竹林」，豔粉色是「躑躅（杜鵑）」，橘色是「夕燒（黃昏）」，冷紫色是「朝顏（牽牛花）」等等。至於冷灰色謂之「冬將軍」，讓人想起了莫斯科大雪過後道路泥濘的顏色，還染點大霧濃厚的蒼茫。祖母挑這罐時，老闆以故事行銷方式，說起了「冬將軍」傳說，只說到德軍自莫斯科撤退為止。

「這故事沒有結局，很多故事沒有結局呀！」我對小男孩說。

「怎麼可能，《獵人》這集沒演完會To be continued（下集待續），故事都有結局。」

「這樣說吧！故事停在它最想停的地方。但是人生不一樣，人生無論如何都會過完，今天會過完，一禮拜會過完，一生也會過完，人生會有結局，但不是每個結局都是好的，但記憶會停在最美的位置，停在最美地方的都是好故事。」

「沒結局的故事不好玩，誰跟妳講的？」

我抬頭看到祖母了，山頂也到了，那是海拔三百多公尺的山丘，大家盡力了才來到。視野很好，看得到山下的田疇與天主堂，風很爽颯，染著淡淡的青草味。我們在幾棵櫸樹下席地，喝著烏龍茶，吃著刈包「虎咬豬」，閒談之間都是笑聲，不談話時聽風聲。阿菊姑婆對曾祖母抱歉，這山上沒有龍眼樹，是她記錯了，這樣就沒有辦法砍回去當作焗麵包的木柴。曾祖母說沒關係，她也常記錯，但不會忘記今日的美好，她拿出小紅記事本，記下這第十八則與阿菊姑婆相逢後的美麗記憶。大家慶幸沒砍樹，不然搬回去是大工程。

「這裡很漂亮，天天都有免費的冷氣，可以把垃圾埋下去。」小男孩拿出男人們的骨灰。

「那棵樹不錯，就埋那裡。」曾祖母欽點了一棵光蠟樹。

這樹冠柔美，枝頭掛著無數的小翅果，灰白的樹皮上有雲狀剝塊。風柔柔吹來，樹葉發出美妙窸窣，幾個男人的骨灰落腳在這是不錯。大家拿起粗樹枝，在樹下挖洞，刨除了褐色表層土，底下的黃土比想像中來得堅硬。大家挖得手快破皮了。

「骨灰不要埋在這裡啦！」曾祖母拍掉大家手中的挖掘工具，雜雜念著難解的話。

一群人愣在那，情緒莫名，這不是曾祖母剛剛決定埋骨灰的地方嗎？怎麼又起番顛了？

「媽，妳不是說要埋在這崠頂？」祖母說。

「這風水好，我以後的骨灰要埋這，能看到山下的天主堂，日日看到阿菊在做麵包。」曾祖母的表情好幸福，「我的骨灰要埋這，不要跟這些男人住在一起。他們拿到別的地方啦！」

阿菊姑婆受到感動，牽著曾祖母的手，說：「我以後也要埋在這裡，跟媽媽共同。」三十年來的母女空白，誓言要以下輩子續緣。曾祖母點頭認同，回握著她的手。

「阿姊，以後要不要住這裡？」阿菊姑婆問祖母。

「莫問她啦！她跟我們想的沒同樣，不愛在這裡。」曾祖母說話時，語氣加重在「我們」來區隔和祖母的距離。

祖母陷入尷尬情緒。多年來，她照顧曾祖母，互動即使不是百依百順，至少付出了心力。但是阿菊姑婆的過於殷勤，排擠自己在曾祖母心中的地位，難免有棄女之憾。祖母的委屈說不出，一股寂寥，終於是藏不住的淚水，轉頭往人少的那方撇去，那幸好有她愛的酒窩阿姨，便放心流露臉上的哀感，倏忽之失落，一種花落遭風颸的無奈……

*

我的逃亡就要結束了。

傍晚七點，天際微染著紫色。我坐在天主堂外頭的草坪，凝視手機，看著裡頭台中地院的開庭傳喚單。通知單在七天前寄到家，由母親照相傳來。我經常收到母親的連環叩，從我離家的那刻起，她的電訊像蟑螂每隔一段時間噴出來騷擾我。從最初的撤告簡訊，回家請求，到近日的吩咐要出庭，我都沒回應。我討厭蟑螂屍的味道。

我得上法庭了。這意味著廖景紹不承認性侵，法庭成了兵刃的戰場。我因此失神，感覺時間是凝滯的，對外的反應遲鈍，看甚麼都恍神了。就像現在，天主堂陸陸續續來了不少村民，要觀看「死道友」的演出戲碼，幾個小朋友在我附近打鬧，幾隻狗在我後方打架，連假髮阿姨在我身邊刻意的走過五次，我都沒有發現。我的靈魂應該是死了。

假髮阿姨第六次來時，端了一碗意麵給我，把我拉回現實，飢餓感瞬間降臨到我身上。我拿了麵就吃，解決了六小時未進餐的疲憊。這時，我才驚覺自己剛剛活得多狼狽，要不是假髮阿姨拉一把，恐怕又要在悲憐裡多打滾幾小時。

「我在碗裡加了一片『抹草』，妳吃出來嗎？」假髮阿姨說。

「那是香草嗎？」

「不是，這裡的客家『抹草』跟我們閩南人的不一樣，我發現這附近都有這兩種，各挽了一片給妳放在湯裡。」假髮阿姨所指的客家人抹草是金劍草，而閩南人抹草是小槐花，都是用在端午節沐浴，或掛門上避邪。

「抹草好吃嗎？」我問。這問題真蠢，失魂的我吃了卻不知滋味。

「這主要是退小人用的，藥效不錯。」假髮阿姨突然降低音調，「這是我最喜歡的堂妹教我的，很有效。」

「我哪有犯小人？」

「妳不是要打很麻煩的官司嗎？」假髮阿姨靠過來說，「我跟妳講，妳跟我的堂妹一樣遇到爛男人了。」

我跟著「死道友」之後，祖母禁止她們跟我談及性侵與官司，怕我又卡在解不開的死結，成了越抓越癢的破皮膚。但是，她們用自身的苦日子故事，繞過禁令，送來心意。比如，回收阿姨跟我提過，她掉進被兒子騙盡財產後的陰谷；護腰阿姨說她被父親遺棄的童年；黃金阿姨說她如何走過失婚的痛苦；酒窩阿姨一直邀請我演戲，這樣日子比較好過。家家有本難念的經，拿出來翻閱是安慰新進的受難者。我知道她們的用意，但是假髮阿姨是第一個直接來跟我談的，無視祖母的禁令。

不過，我的想法卻是，「拜託，不要跟我說這些。」我不希望假髮阿姨來打擾我的情緒，現在心湖夠亂了，不希望再有落石激起更多的漣漪。但是，來不及了……

「我堂妹呀！非得要嫁給她那個有流氓性格的老公，家人的反對她都聽不下去，以為這是真愛。」她靠過來，抓起我的手，「妳要知道，她比妳慘好幾倍，妳要是才下第一層地獄，她下過十八層地獄。」

「下十八層？」

「佛教地獄有十八層，太可怕，還好天主教只有一層。我跟妳祖母一起信天主之後，發現這很好，我很喜歡地獄只有一層。」

「我很怕地獄，不要講了。」我的意思是要她不要講了。

「好，我不講地獄，講我堂妹好了。」假髮阿姨往我靠得更近，她說，她堂妹夫是那種結婚第一天就打老婆的人，那醉鬼白天喝啤酒，晚上回家喝高粱，嘴巴永遠有酒臭，常常用一些怪名堂打人，比如鑰匙找不到、菜煮得太爛、錢用太兇等。堂妹被罵不還嘴、打不還手，因為她知道這是自己選擇的婚姻，沒有逃回娘家的理由。她身上到處是瘀青，夏天出門穿長袖，聽慣了老公喝醉打人時會罵「老婆被打都有原因」，聽慣了老公酒醒後哄著說「女人都是用來疼的」，她無能為力，只能期待老公出門後意外身亡。假髮阿姨說到這，小聲問我：「妳想知道我堂妹怎麼被打嗎？」

「我不想知道。」我堅定說。

「妳不用怕，事情過去了，妳要是知道這世界有人更慘，會好過點。」假髮阿姨繼續說，「扯頭髮，我堂妹夫每次打人，都是扯她的頭髮，從她的背後去扯得人跌倒，抓住她的頭髮在地上拖，然後再打人，有一次還用鐵鎚把她的小指鎚裂。」

我瞄到假髮阿姨的右小指，意識到甚麼了。那根小指顯然失靈，像假的，無論其他四指怎樣活動，它總是不動。也因為這樣，我意識到她口中所謂的堂妹，不過是她自己。我連忙回絕：「不要再說了，好嗎？我不想聽。」

「我也很久沒有提起過她的事了，我以為忘了。」

「那妳可以不用講。」

「我練習了很久，先是練習對鏡子說，再練習對樹講，最後再提起勇氣跟妳講。拜託，聽我講完，對妳會有力量的。」

「妳說吧！」

假髮阿姨說，她堂妹長期被堂妹夫施暴，拿東西戳肛門，強迫肛交。有一次，她又被打，卻裝作無事的從地上爬起來，回到廚房繼續煮飯，那次她把自己遭家暴而治失眠的安眠藥，放了十幾顆在雞湯裡，給她先生喝。然後她趁先生昏睡時，用枕頭悶死他……

「可以了，我不想聽了。」我憤怒的站起來。

天主堂裡傳來爆笑聲，出自護腰阿姨的搞笑橋段。笑聲混合了各年齡層，從有光的窗口，流瀉到我在的黑暗草坪。我喝止假髮阿姨再說下去。此時，我不要一個從更恐怖的地獄爬出來的人鼓勵我，我只想獨處，把情緒慢慢的淡下去。可是，我現在卻有更多怒氣，一來是情緒被打擾，二來是覺得這女人把懦弱堆積到最後，變成了殺機。我厭憎她的懦弱。

假髮阿姨被我嚇哭了，淚水直流，說：「妳可以討厭我，但是不能討厭我堂妹。」

「我沒有討厭誰，只是覺得煩。」我說謊，摳著指甲。

「妳不可以討厭我堂妹。」她哭著說。

「我累了，想去看戲了。」我離開那，回頭看見那個傷心的女人在榕樹下坐著，頻頻拭淚，沁涼夏夜都變得淒涼，給我今年秋天來得特別早的恍惚。我嘆了口氣，只能放任她在黑暗的地方哭泣，我目前沒有能量對她的故事按讚，或陪她哭。

我走進天主堂，靠在窗邊，面對演出，卻心不在焉，台上的繁華人生或插科打諢都溜不進我的眼底。接下來的半個小時，我毫無反應的在舞台下，連稱職的觀眾都做不了，戲演到哪都不想知道。因為我看過好幾次排演了，哪有笑點或哭點，我比觀眾更知道，無心多看。

戲演到結尾時，舞台安靜下來，反而給台下觀眾大聲吆喝的時機。我記得在排戲時，幾個女人在這時間點是嘻嘻哈哈的，不是沉默。我回過神看舞台。祖母演的角色站在舞台中央，酒窩阿姨坐在小桌子邊，後者悠閒的喝著下午茶，端著英式骨瓷紅茶杯，小指翹著，用很淡的口吻說：

「時間到了，我們可以結婚了。」

這分明是求婚記，超出劇本設定，是酒窩阿姨的臨場發揮。她繼續嫻雅的喝茶，時光爛漫，人生難得的樣子，不覺得自己先開口求婚是丟臉的事。舞台上的配角們都很吃驚，覺得這場戲插不了手，當觀眾也不是，當演員也不足。

「可是，不是這樣演。」祖母說，意思是這不是劇本安排。

「我受夠了劇本，劇本都是符合觀眾要求，沒有符合我們的需求。妳哪時演過自己？妳都是演大家想看的。」酒窩阿姨轉頭對配角們說，「對不對，妳們還愣在那幹麼？還不去勸勸她。」

「對啦！」黃金阿姨說。

「給人太久了，緊答應呀！」回收阿姨說。

「是啦！不要演下去，演下去沒彩啦！」護腰阿姨轉頭對老狗，說：「鄧麗君，妳也說兩句話。」

鄧麗君太有戲了，牠懶懶散散的從地上站起來，走到祖母腳邊，嗥三聲，夠長夠響亮，好像催促說「快答應」。今日演戲細胞沒發揮到底的鄧麗君，怎麼演都不起勁，現下用這項表演贏得滿堂彩，台下觀眾說快答應呀！兩個不足三歲的小朋友跑上來摸狗，無視於戲還沒演完。

祖母認真思索，說：「好吧！」

觀眾大聲鼓掌，好像等到拖沓的戲終於結束了，他們起身，又說又笑的走出天主堂。有些村民逗留在台下，打屁聊天，沒有人在談論這場戲的觀後感，也沒有人注意舞台上還有兩個演員還沒有退戲——祖母和酒窩阿姨坐在舞台上的小木桌兩側，兩人的手在桌心疊著，內心說不上平淡，帶著小起伏，瞧著人群慢慢散去，椅子撤走，燈也淡了。

觀眾席只剩曾祖母坐在那，打著盹，這位近九十歲的老人睡著的時間多過清醒時，錯過了自己女兒被求婚的關鍵戲。她十分鐘後醒來，看見快七十歲的女兒坐在舞台，一動也不動，好像戲被暫停了，就等自己醒來時繼續演出。這對母女凝視了很久，而且加入第三人了。

祖母站起來，朝曾祖母走去，蹲下身摸著她的手，很緩慢說：「媽，我要結婚了。」

「妳老公不是死了？妳自由了。」曾祖母搖頭說。

「我是跟別人結婚。」

「妳自由了，幹麼要結婚，一輩子結一次婚就夠累了，幹麼還要更累？而且妳老公會反對的，妳幹麼吃飽閒閒惹妳老公生氣？」

「他死了，他過身很久了。」

「妳這麼老了。」曾祖母嘆氣。

「我知道，我老了，但還是可以結婚。」祖母點頭說，「只要願意，都是結婚的好時刻。」

「跟誰？」

「她坐在那裡，我們等妳醒來。」祖母回頭，看見酒窩阿姨從舞台的小桌子走來。她戲裡戲外都是很美，現在更是。

曾祖母又嘆氣，「她是細妹仔（女的）呀！」

「我知道。」

「妳這樣不男不女的，媽媽怕妳給人見笑。」

「我沒有想太多。」祖母拉過酒窩阿姨，一起蹲在曾祖母前，說：「媽媽，我只要妳知道，我要結婚了，人老了也可以結婚。」

曾祖母流下淚來，久久說不出話，「我錯了。」

「沒有。」

「我錯了，竟然生錯身體給妳了，妳這麼委屈，委屈到老，妳才一直在怪怨我嗎？常常討厭我。」

「媽媽，妳沒有錯，我一直是妳的妹仔（女兒），從來都是妳的妹仔。我只要妳知道，我喜歡一個女人是跟靈魂有關，不是肉體。」

「那就好，那就好……」

*

我開車載大家前往頭份鎮，採買祖母與酒窩阿姨的結婚用品。

這次婚宴預算是五千元，祖母要求簡樸，她這種年紀的人結婚，衝動、浪漫與財力都沒了，只要好友的聚會祝福就好。我墊了五千元，讓婚宴寬裕些，這點祖母不知情。

護腰阿姨設計的菜單，幾乎被祖母打槍，改成家常菜，以素食為主。護腰阿姨揶揄祖母是披著天主教衣服的佛教徒，都沒肉餚了，除了客家竹筍肉封。這道菜會由祖母親自來煮，耗費五小時燉，醬色吃到五花肉，用微小的蟹眼火收乾醬汁，直到豬肉透軟綿綿，入口即化。婚宴會在黃昏開宴，完全是這道菜要燉製很久。這是曾祖母最喜愛的菜，她給了女兒祝福，女兒理當餽贈。

我在小鎮轉了幾圈，陌生之地，使我的駕駛技術與反應力受到考驗，而且口袋裡的手機提示音不時響著，母親傳來出庭簡訊。更令人厭惡的是，小鎮的路口都有警察站崗，真不曉得是不是全台灣的警察都來這度假，還是抓重犯。答案很快揭曉，消息最靈通的是傳統市場的賣菜阿桑，只要去買把蔥，她們馬上說出理由是：「總統要來啦！才會有警察站崗。」

「女總統要來。」酒窩阿姨大驚。

「天呀！妳不會想去看她吧！」祖母知道酒窩阿姨是總統的粉絲，但是她不想在這節骨眼跟人擠破頭去看。

「走吧！」

「我們今天會很忙，回去要辦桌宴。」

「對呀！今天是結婚日呀！」酒窩阿姨語帶要求。

「拜託，妳不要多想了。」祖母說。

聽得出來祖母有些不願意，她對政治冷感，對政治人物無感。酒窩阿姨也是這樣，但是隨著這屆出現女性總統候選人，她的政治熱情被激發出來，每天追著選舉新聞，注意女候選人穿著與品味，要「死道友」選她，連政治立場不同的回收阿姨都被勸服，轉向投給女性總統候選人，給台灣一個女人當家的機會。

女總統當選的那晚，酒窩阿姨守在電視機前，聆聽勝選感言。她看著女總統握拳，態度不卑不亢，要將台灣的自由與民主再往前推，她的淚水沒斷過，要祖母遞來衛生紙安慰。祖母心想，糟了，她跟政治狂熱者在一起了。沒想到，隔天酒窩阿姨的政治熱瞬間退燒，日子回到正軌，再也沒有提到女總統，直到今天在小鎮又回溫了。

「走吧！我們去看總統。」酒窩阿姨下命令似，要我帶大家前往。

那真是陽光美好的日子。市場到處是大型遮陽傘，到處是人，多彩的蔬果一堆堆整齊放，比陽光亮眼；空氣中混雜味道，有客家覆菜的酸漬味與新炒肉鬆的香味；穿著雨鞋與防水圍兜的男人騎著機車，後頭拉著兩輪手推車，輾過路上反光的積水。祖母走在後頭，看著酒窩阿姨挽著自己母親的手，像個新媳婦，走過水光雜亂與機車廢煙的喧鬧市場，心中浮起想法：「這日子太美好，好踏實，我不要老是看別人背影。」於是她笑起來，大步走到她的主導位置，一馬當先的跳進車裡。

車子開開停停，直到車輛管制區。一群女人下車往前走，走到了人群擁擠的地方，約有三百位鎮民逗留，都是看熱鬧的。「死道友」站在人群裡張望，看不出名堂，不耐久候的人靠在牆角或樹蔭下，更遠處有三個人拉開白布條抗議。然後賣雞蛋冰的摩托車來了，也不叫賣，按兩下機車龍頭上的皮球喇叭，幾個懷舊的人靠過去買。買的是「死道友」們，她們拿著竹籤舔冰，伸脖子避免融化的甜水滴到胸口，聽到有人喊總統來了，脖子伸得更長，卻是甚麼都沒有看到。

「我看到了。」酒窩阿姨喊，其實只看到人群移動，她對祖母說：「妳抱我就看到更多。」

「妳開玩笑吧！我骨頭會散掉的。」

「妳知道今天是甚麼日子，當然要幫我。」酒窩阿姨要求。

祖母靈光乍現，想把酒窩阿姨頂起來。我和祖母的兩手互搭，像小時候玩騎馬打仗，給酒窩阿姨坐上去，由假髮阿姨幫忙托住屁股。這下子，酒窩阿姨身在高處，拿到的視野比別人多，拿到多一點微風，好撩起她的髮梢與微笑。她帶著驕傲與感謝的口氣，告訴情人，她看見女總統從巷子走出來，由隨扈開道。她又說，女總統不斷笑著跟人招手，她短髮恰好，穿著黑西裝外套、俐落長褲，一副如常的中性打扮。

酒窩阿姨被放下來後，遲疑幾秒說，「還有，她的釦子好漂亮。」

「甚麼？」

「鈕扣很棒。」

「然後？」

「沒有然後呀！我只是覺得鈕扣很美。」酒窩阿姨聳聳肩。

「妳不知道嗎？」祖母反問。

「甚麼？」

「今天是結婚日，妳要那種鈕扣嗎？」

「啊！妳知道哪有賣？」

「不知道。」祖母用吊人胃口的手法，說：「但是，知道誰有？」

酒窩阿姨懂了，睜大眼，不可思議的說：「那怎麼可能，妳不可能拿到鈕扣的，總統不會給妳。」

「在結婚日，沒有不可能的事。」

「死道友」們看著祖母，覺得這哪有可能突破隨扈，拿到女總統的西裝鈕扣。祖母裝俏皮，一手橫在胸前、一手拖著下巴，兩眼往上瞧，夢幻的紫藍色短髮像是吉丁蟲散發著強烈金屬色澤，分明是早就有伎倆而在裝傻，讓三位「死道友」起鬨的拿出一萬元下賭。祖母慷慨的說，結婚日忌賭，不過要是她輸，大家紅包就不用包；要是她贏了，那就給點掌聲就好。大家鼓掌叫好，酒窩阿姨也倒戈，但是她們內心都期這位領頭羊能展露高招，她們很久沒看過女英雄了。

「我要大家的幫忙。」祖母說。

「除了去偷搶拐騙，我們甚麼都願意去做。」大夥應和；而假髮阿姨則補充說：「要我躺在地上裝死也行。」

「我不是垃圾鬼，不去搶。我是等別人雙手送來。」祖母用台語說，「大家給我幫忙，不會給大家捧屎抹面（丟臉）。」

接下來幾分鐘，祖母將她的戰略跟我們講，謂之「釣魚記」。「死道友」有的點頭表示聽懂了，有的聳肩狐疑，只有酒窩阿姨擊節讚賞，說這能拿到鈕扣。不管懂不懂，大家都滿願意配合演出，要是失敗也沒有損失。大家像是演戲前那樣把手伸出來，疊著，祈禱上帝給予幫助。

隨著女總統的隊伍經過巷子，人群往前推擠，被陣前的警察推開。有幾個人太靠近總統，被隨扈阻攔下來。這不是銅牆鐵壁的保護，但要突破有難度，即將被七個女人打開防線。在女總統經過時，這七個女人沒有往前擠，是以V字形往兩旁退開，亮出中央一位古怪的女人：她蓄著藍紫色的平頭，雙手扠腰，腳站三七步，像是模特兒伸展舞台上的走秀模樣，確實也是這樣，她走前三步，兩手順著上衣拂下去，展示白色衣服上用口紅寫的「總統，我想抱妳」幾個字。這口紅是我的貢獻。

足足有三秒，現場沒動靜，隨扈與警察僵在那不知所措。因為女總統站在那不動，凝視六公尺外的祖母。祖母也是，還多了微笑。最後女總統也笑了，伸開雙手走上前，祖母想做的就是這樣了。

兩人暖洋洋的小擁抱，祖母附在她耳邊講了句話。

這句話起了作用。女總統睜大眼，往後退幾步，安安靜靜，看著祖母的右手往一邊展開，就像魔術師很失敗的揭開布幕般，讓大家看見那個位置本來就站了酒窩阿姨。酒窩阿姨沒有消失，沒有變胖，沒有變瘦，臉上只多了成為目光焦點的驚訝。

那是精采的默劇表演，女總統看了酒窩阿姨，又看了祖母，除了「死道友」了解箇中原因，旁人看不懂。

神奇的一刻來了。女總統點頭，脫下黑色外套，幫忙把它穿在祖母身上，完全合身呀！這簡直是「妙手空空」的技巧，祖母不只拿到鈕扣，還把女總統的外套拿過來，由主人幫忙穿上。在「死道友」的激烈掌聲中，祖母把外套衣襟往外拉開，又露出白衣服上的幾個口紅字，要求再次擁抱。這次抱得比上次久，來自祖母附在女總統的耳邊多說了幾句話。有位資深的隨扈見狀，上前打斷，卻被女總統打斷他的干擾。沒有人知道祖母說了甚麼，因為鎮民的歡呼高過一切，在眾聲平息之後，她們的擁抱結束了。有件事情因此開展了，那是祖母在「死道友」中的英明地位。

那件總統外套披在祖母身上，像塊磁鐵，吸引大家過來看，要是來摸的會被她打手。接下來的時間，外套的魅力未減，大家在回家的車上聊著它。布置天主堂的晚宴時，祖母爬上A字梯去貼囍字，大家只看見外套在爬梯子。大家在廚房煮飯時，喊小心的意思是要祖母小心別弄髒外套。到了傍晚，大家吃喜桌時，話題仍在這襲外套的手工、色調與內襯布絨。祖母聽膩了，不得不用上第八次以茶代酒，謝謝大家，坐在旁邊的酒窩阿姨則第十六次說出她很快樂。酒窩阿姨真的很快樂，素色襯衫與裙子，襯托她的笑容是如此燦爛，超過衣著成了全身最美的裝扮，令人一看就入神。

酒窩阿姨的高興是有原因的，她終於在天主堂內讓愛情有了歸屬。她是天主教徒，離婚，又愛女人，雙雙犯忌。教會認為，結婚是上帝安排，離婚則是背離了主意，因為「耶穌已回答法利賽人了，婚姻不可拆散」，甚至語帶威脅的說「離婚的人都會變成法利賽人」。要毀滅一個天主教徒，把他說成法利賽人就是將他武功全廢。教會不會承認離婚與再婚，不然就是控訴上帝不是唯一的真理。反正對於婚姻，教會不接受退貨，教徒離婚得去黑市交易。

酒窩阿姨從小在聖母出遊時，是戴念珠項鍊、拿著高燭台的人，沿路念誦《玫瑰經》，教會是她的便利商店，上帝對她不打烊。可是，自從她避債的老公有了女人後，她被迫離婚，一腳踩進地獄，遇見我祖母後，另一腳又踩進地獄。她覺得自己成為法利賽人了。祖母覺得法利賽人也不錯，基督要是復活，看盡當今世間的惡人，會讚美法利賽人是有教化潛力的人。酒窩阿姨卻指責祖母，這樣說話的人，都是披著佛教皮的法利賽人。

雖然有的教友對離婚與同性愛，態度較寬容。但是酒窩阿姨知道，同性愛根本是動搖教義，那些寬容看待的人，還不至於被歸為法利賽人，卻被貼上的標籤是「撒都該人」——此人以政治意識反對過耶穌，不是好人。酒窩阿姨知道，那些不被教會認同的離婚，她都能諒解，這不會打擊她對天主的愛。即使這樣，她仍想在教堂結婚，跳過了神父的婚禮彌撒，繞過了教友的阻止，直接面對天父，這座天主堂完全符合她的需要。她認為是神的安排，她才來到這間教堂，冥冥注定都來自神。她就要在此完成她的第二次婚姻。

八點到了，原定的婚宴要結束了，飯桌收拾後，換上了茶酒桌，可是祖母遲遲未喊結束，用上第十二次的以茶代酒，謝謝大家，坐在旁邊的酒窩阿姨第二十二次說出很快樂，而且第八次對祖母暗示，能結束了。對上年紀的人來說，太陽下山後，總是愛耷眼皮，同桌的曾祖母捧著那碗竹筍肉封，沉沉入睡，時間慢得像碗內的薄脂凝固泛白。

我好幾次藉由上廁所，離開了葵花子、冬瓜糖與花生糖等傳統小零嘴的桌宴。尤其祖母最愛的是冬瓜糖，像是薯條狀的豬油條，吃幾根就讓人想找清新的空氣呼吸。接下來的十幾分鐘，我坐在教堂遠方的草坪，那裡的黑夜像又硬又難嚼的太妃糖。在櫸樹下，我滑開手機螢幕亂看，但內心惦記出庭的事情，腦海有甚麼在拉扯，櫸樹在夜風中落下葉片，平添了我不想聽的窸窣聲響，還對我囉嗦講話。

「阿姨跟妳道歉，妳接受嗎？」

我抬頭，看見假髮阿姨對我說話。她在我附近徘徊甚久，腳步聲被我誤以為落葉聲。我真不想跟她說話，這兩天都躲她，深怕她又講她堂妹、實際是講她的故事。她背著光，臉好黑，我卻看得到她臉上是淚水，真怕她再哭下去會脫水。要說甚麼就說吧！可是她只顧著哭。

「妳不用道歉，沒做錯甚麼事。」

「那不是我堂妹的事，是我的，妳一定想不到吧！」她終於說了。

「是呀！我完全沒想到。」我真該死，扯謊了，而且更扯：「說實在，妳的故事，真的鼓勵了我。」

「一個女人把老公殺了，坐牢十年，我原本不敢說出來，是有人鼓勵我對妳說出來。」假髮阿姨瞥了一眼在她後方遠處的護腰阿姨。護腰阿姨帶著鄧麗君出來尿尿，她們也耐不住婚宴的無聊了，教堂內的婚宴仍在進行，只是耽擱在茶杯與酒杯之間的撞擊，遲遲結束不了。

「妳可以不用跟我說的。」

「要是不說出來，我會難過的。」她的情緒又點燃，一逕哭起來。

「怎麼會呢！這件事情妳埋藏這麼久，都快忘了，不用特別告訴我。」這是實話，我不喜歡她揭自己傷疤的模樣，把自己弄得鮮血淋淋，還要我幫忙壓住傷口止血。她完全無視於我的傷口比她更新鮮，我搗著自己傷痛之餘，還得騰出時間幫她止血。

「我是要謝謝妳的阿婆。」

「跟她有關嗎？」

「我坐牢出來，生活一直不順，是她幫我，最後拉我進來『死道友』。她是我的貴人。」

假髮阿姨坐了幾年牢，假釋出獄後，還是走不出丈夫暴力的陰影，她害怕聽到背後有男人的喘息聲；她害怕男人嘴巴說話時的酒臭味；她害怕走在黑夜的街道；她每夜醒來幾次，觀察四周動靜；她害怕燒頭髮的味道，源自她被燒過；她蓄平頭是怕有人抓她的頭撞牆，但又礙於美觀只好戴假髮。她現在這些恐懼都好了，蓄短髮只是方便清潔。

她講話時很焦慮，不斷摳掌心。我很難把眼前的老婦，聯想到往日喝完酒後大聲唱歌、把假髮像畢業盤帽往上高拋的滑稽女人。我除了安慰她情緒，也感念祖母幫助過她。那扶助力量之溫潤，想必才讓假髮阿姨站起來，而且回報方式是撕開傷口去安慰她的孫女。在櫸樹下，我邀她坐下來，聞著她身上的廉價香水與汗味，聽著我手機傳來的煩人提示音。我能做的，是給她身處同條船的患難感，又給了是她把我從惡水拉上船的成就感。糟了！這夜開始漫長了，而且我冰冷至極。

就在這時候，幾輛黑色廂型車突然停在教堂門口，傳來拉開門的聲音，幾個穿黑西裝的人沿小徑跑上來。首當其衝的，是鄧麗君發出低沉的吠聲，而護腰阿姨大喊「馬西馬西」來了。

我站了起來，往教堂跑去，眼見那幾個黑西裝人先闖進去。他們進教堂，散開往四周觀察，有人站在側門，有人朝成排的椅子底下看，表情好嚴肅。

「各位姊妹，恁祖嬤來了。」護腰阿姨接著衝進來，手拿畚斗，大喊：「大家抄家俬，拚輸贏了。」

注定輸的表情流露在「死道友」臉上，她們嚇得坐死在宴桌，逃走的力量都沒有。只有祖母發出勝利的微笑，這時她為自己，也為新娘倒酒，執起後者的手站起來，好好的等待大門慶祝般打開。砰！大門就被推開，在漆黑的門外有個人走進來了，她穿著夏季西裝、俐落長褲，被隨扈簇擁進來，正是女總統。祖母在市場第二次擁抱女總統時，附在她的耳邊邀請她來主持婚宴。女總統遲到了，總算來了，發出微笑。這讓整夜等到心情低沉的酒窩阿姨，臉上炸開這輩子最甜的笑容與眼淚。

關於幸福，總是遲到，令祖母等了很久，但終究會來的，所有的等待都為了堅持到幸福的到來。這場婚禮也是。

第四章

大雪中的死道友

在台中地方法院的長廊，「死道友」陪我坐在椅子，等待開庭。

假髮阿姨說了一個笑話，比如她有個朋友收到文謅謅的法院判決書，看不出打贏還是打輸，跑去問神。神明降乩，乩童看了頭痛，把判決書吃光了。「死道友」聽了乾笑幾聲。我覺得不好笑，這時候無論講甚麼都不好笑。

距離我被傷害的那天已過了三個月，如今來到了髮夾彎，無論有沒通過，傷害仍會永遠跟著我。我坐在椅子，等候法警唱名，心情緊張，看著庭務員用推車拉著成堆的開庭卷宗、證物與法庭日記經過。有幾個要打官司的人拿著傳喚單，坐在椅子發呆。一個戴眼鏡的女孩從中庭對面的偵查庭出來就大哭了，哭聲讓大家更沉重。不久，兩位法警從地下室的羈留室押送犯人上來。犯人穿灰色囚衣，戴著手銬腳鐐，發出聲響，低頭面對一位少婦帶著八歲的女兒。女兒大喊一聲爸爸加油，囚犯就抬頭不哭了。我要哭了。

祖母捉住我的手，我就忍下淚了。母親這時通過法院的金屬探測門，到處找開庭地點，她繞過長廊角落，那坐著廖景紹。廖景紹請了兩名律師，他們熱切討論，布局待會的法庭辯論。看到這令我再度緊張，沒發現母親來到我眼前了，我抬頭看她，離開三個月沒使得這一眼有起伏。

庭號燈響了，法警叫大家進來開庭。我前往法庭為性侵官司特別設立的隔離室之前，酒窩阿姨替我祈禱，「死道友」也用她們的方式給我祝福，她們知道我會贏，已訂好餐廳，在退庭後舉行慶功宴。

法庭內，三位女法官從側門進來時，法警要大家起立。大家坐下後，法官很快進入程序，一點都不想耽擱似，連電影中常見的敲法槌開庭都沒有。三位法官坐在法檯，穿鑲藍邊黑袍，坐中間的審判長說已經開過兩次「準備庭」①，今天直接進入交互詰問。

第一位證人是幼兒園老師馬盈盈，她平日穿緊身牛仔褲當作皮膚，今天也是。廖景紹的律師傳喚她來是有原因，她記憶非常好。馬盈盈常對小朋友耍的絕招，是背下$\sqrt{2}$或圓周率的小數點以下一百位數，也能背下近兩百位小朋友的名字；她的專長是傍晚站在幼兒園大門，進一個家長來，就廣播「某某某小朋友，你的誰誰誰來接送」，令家長覺得自己受到重視。

辯護律師有兩位，先上場的是小鬍子律師。他習慣摳嘴角，彷彿那有顆惱人的青春痘。他從外圍問，慢慢的問到事發當日：「五月二十八號那天聚會，你們喝了多少酒？」

「很多。」

「有沒有確切的數據？」

「雪藏白啤酒共十八罐，法國坎特里堡白葡萄酒三罐，還有一罐百樂門威士忌。」

「黃莉樺小姐有喝嗎？」

---

①正式名稱是「準備程序庭」，由受命法官所召開的法庭，整理案件事實爭點、證據爭點、法律爭點等。準備庭完成後，才進行言詞辯論庭，原告、被告雙方在法庭上展開攻防戰。此小說呈現的是言詞辯論庭。

「不少。」

「黃莉樺小姐喝多少，想得起來嗎？」

馬盈盈閉上眼，沉思說：「啤酒兩罐，葡萄酒約五杯，她不喝百樂門。」

小鬍子律師隨即提示證據，將當天消費的統一發票秀出來。要我不看到這張證據還真難，它透過每個座位前的電腦螢幕播放，兩側牆上也有投影。數據真的如馬盈盈所言，沒有錯。

接著，小鬍子律師慢慢找出對被告廖景紹有利的證詞，比如問敬酒過程，「是誰喝得比較兇？」「黃莉樺小姐起身去廁所時，走路狀況如何？」「廖景紹先生喝多少？」「廖景紹先生有對黃莉樺小姐敬酒嗎？」「黃莉樺小姐對廖景紹先生勸酒嗎？」這些提問都很細。

我掌握小鬍子律師的用意了，他要藉由記憶力超強的證人馬盈盈，告訴三位法官：當日氣氛融洽，廖景紹沒有預謀把我灌醉，我也沒有裝醉。這朝著律師在準備庭所擬的論證重點：「這不過是日常聚會後，一對現代男女的一夜情」歡快劇本，廖景紹無罪。

穿紫邊黑袍的檢察官拿著筆，輕輕敲桌子。這是法庭最常出現的小聲音，偶爾也出現在門口的執勤法警坐皮椅的擠壓聲，或極低音的內線電話聲響。審判長沒有阻止小聲響，只有誰的聲響過大時，她才提醒的瞪誰。

檢察官停止敲筆，便是開始問話時，她問得很外圍，似乎找不到新證據。我知道她的想法，馬盈盈不是今日辯詰的主菜，但身為被害人的檢察官，不能隨意放棄這道小菜。所以她問了幾題，又出現敲筆的習慣，不知是在思索，還是在苦惱甚麼。

「馬盈盈小姐，妳和廖景紹認識幾年了？」檢察官問。

「五年又三個月。」

「廖景紹生日幾號？」

「六月十五號。」

「他的身高呢？」檢察官抓到重要線索，打蛇上棍。

「一六七點五公分。」

「他鞋子穿幾號？」

「喜歡穿馬汀大夫的六號半鞋子。」

「他最喜歡的都市？」檢察官逼問。

「東京。」

「他去那最常做甚麼？」

「去東京銀座的老店琥珀咖啡館，喝十八號的無冰冰咖啡（ICELESSICE-COFFEE），然後抽古巴的特立尼達（TRINIDAD）雪茄，那種雪茄的味道在辛辣中帶著微甜，還有果木與堅果的濃郁味。」她連珠炮似說出來。

「妳能解釋，為何這麼清楚？」檢察官問，這同樣是大家的疑惑，馬盈盈如何掌握這些細節。

「我之前是他的女朋友。」

法庭很安靜，小鬍子律師輕輕咬牙，抓起嘴角。三位法官探頭看，避免視線被自己桌前的螢幕擋住，連發呆的通譯都有了精神。

這很勁爆呀！馬盈盈是廖景紹的前女友，我在工作場合看不出來。或許他們分手很平和，就像吃完餐後各自付帳離開。對了，我記得馬盈盈有一次說「不要以為，有錢的醜男人的老二都是香的」，又說「女人跟快爛掉的臭老二混久了，連自己的快樂都臭掉了」，因為言詞講得太勁辣，我至今還記得，如今我竟然跟她與廖景紹的交往聯想一起。

檢察官繼續詰問：「你們的交往，是廖景紹主動追求妳的嗎？」

「不是。」

「是馬盈盈小姐妳主動追求他的？」

「不是。」

兩者都不是，檢察官轉而問：「你們的交往，是幾號？」

「二〇一三年，晚上九點。」

「那天發生甚麼事？」

「他說他失戀了，要找我喝酒解悶。」馬盈盈講到這，講話速度放慢了，而且頭低著。

「他是指廖景紹先生嗎？」檢察官得到答案，又追問：「妳喝醉了，然後廖景紹跟妳發生關係？」

「是。」

「異議。」小鬍子律師提出程序問題，阻止檢察官發問。

「請說明理由。」審判長說。

小鬍子律師指出，依《性侵害犯罪防治法》第十六條第四項載明，不得提問「被害人與被告以外之人之性經驗證據」。檢察官反駁，這條只限定辯護律師與被告不能詰問，檢方卻不在限制內。審判長最後裁定，異議駁回，請檢察官繼續問。檢察官已經拿到答案了，她藉由馬盈盈之口，說出了廖景紹會藉酒醉，趁機跟女性發生肉體關係，而且女方半推半就。我想，這足夠說明廖景紹有一套自己跟女生的性遊戲，直到踢到我這塊鐵板。

經過兩輪的詰問，證人馬盈盈離席。我不曉得自己是不是取得優勢，通往真相的過程，往往如此湮塞，而且回頭路都消失了。幸好臨座的祖母伸手來，緊握我的手。我發現她好緊張，手掌都是冷汗，但仍主動給我安慰。

第二位證人是社區警衛，張民憲，他在事發那天值勤。他會出現，我一點都不驚訝，證人們在開庭時會先聚在法庭，我就知道今天誰來作證了。然後法官採隔離偵訊，請證人們出去，等候傳喚，唯一全程在旁邊陪伴的是祖母。祖母以家屬身分在場陪同，是性侵官司允許的。

我替警衛張民憲擔憂的是，他喝了點酒。他進來時，法警聞到酒味，而且還是新鮮的味道。我懷疑他在門外候訊時，又喝了幾口。

審判長皺著眉頭，問：「你平常都是這麼早喝酒？」

「不會的，我是緊張。」警衛張民憲說，「我要是緊張，都會喝點酒，這樣才不緊張。」

「你現在還會緊張嗎？」

「不會，我剛剛在門外又喝了點壓驚。」

要是在法庭之外，這回應令人發噱，但是法庭內只有三位法官淺淺微笑。而且審判長試探性的問，「你是開車來的嗎？」

「我沒開車，也沒騎車。」警衛張民憲挺起胸說，「喝酒不能開車，這規定我知道。」

「那你知道到法院作人證，可以喝酒嗎？」

「沒有這一條規定。」

「你怎麼知道？」

「我問了大門法警，他說，去問法官就行了。」張民憲點點頭，「那法官大人妳說呢？」

審判長點頭微笑，問了警衛張民憲的基本資料，接著進行詰問。

檢察官主詰的重點是，我進社區大門時，喝醉了嗎？人有醉意，往往不是在餐桌，而是離開餐桌之後發作。到底我哪時酒醉的，忘了。警衛張民憲卻說得比較仔細，他說，我到社區大門時，不太能走路，由廖景紹攙扶我。廖景紹一手環抱我的腰，一手尋找我包包內的感應扣，不小心把包包裡的東西散落。這一幕才令警衛張民憲印象深刻。

警衛張民憲又說，社區內仍有門禁與電梯，需要感應扣通行，他知道廖景紹抱了一個醉人無法操作，便幫忙扶著我進電梯，送抵八樓的家門。廖景紹說了幾聲謝謝。

「依你的判斷，黃莉樺小姐從進社區門口，到進家門時，已經醉得不省人事了？」檢察官問。

「沒錯。」

「好了，我的問題問完了。」

小鬍子律師接著反詰問，他拉了拉黑色白領袍，摳了嘴角，問：「張民憲先生，你擔任社區警衛多久了？」

「大概三年了。」

「你值班的時間呢？」

「晚上七點，到隔天七點，共十二小時。」

「我發現你今天喝酒了，你值夜班時，會喝酒嗎？」

「不會。」

「你值完班後，會喝酒嗎？」

「不會。」

「那你今天喝酒的原因？」

「異議。」檢察官提出程序問題，他說證人喝酒，與案情沒有關係。審判長認為異議成立，要辯護人更正提問。

「我能回答，我為什麼喝酒。」警衛張民憲轉頭，看著被告席的廖景紹，「我知道我為什麼會喝酒。」

「證人可不回答這問題。」審判長阻止。

「我應該不讓他進來的，你這畜……生……」來不及了，警衛張民憲指著被告廖景紹，大吼：「你幹了甚麼好事，竟然在我的社區欺負人。」

法庭躁動起來，有人站起來，有人瞪大眼。

審判長拿法槌敲，敲了十下，其中幾下像打地鼠遊戲般充滿幹勁，才把張民憲的怒氣與言語打滅了。可能是審判長第一次使用法槌維持秩序，她花了幾秒找出來，起頭那幾下敲得不順，有點慌，足夠讓張民憲把罵人的話通通講完。接下來，審判長念出張民憲的基本資料，然後說出開庭的日期、時間與庭間，要書記官記下，請法警趕他出去。

這場證人詰問最後匆忙結束。不過，我對張民憲的擔心多了起來，雖然他有時執勤會偷睡，老是在大門外的花圃抽菸，但是他對社區算是盡忠，按時夜間巡邏兩次，進入見社區大門會注意，不像有些警衛老是盯手機、頭永遠縮在櫃檯看不到。他事後跟我說，在庭上會發飆，是他老婆發生過同樣的事，他老婆過了那關，他卻過不了，心裡永遠有芥蒂，離婚收場。

「我痛恨強暴犯。」張民憲離開法庭前又大喊了一聲，「請法官大人不要當恐龍。」

*

在這世界上，我們痛恨壞人，我們憎惡暴力者、詐欺者、無恥之徒。但是要揪出這些人，不是上教堂祈求，而是必須透過法律程序，透過科學辦案，並且需要證人證詞。但是，證人未必願意坐上證人席，去指證暴力者、詐欺者、無恥之徒，只想要在電影院看到銀幕裡的壞人惡有惡報。

我成為第三位證人，即使在隔離室，但是內心仍煎熬。我得說明我身處的空間，它位在法檯左側，是帷幕玻璃室，專供性侵官司的法庭設施。玻璃是單向鏡子，我看得到法庭現場，外頭卻看不到我，而法官可透過桌前的視訊看到我的狀況。要開始作證，我有幾秒鐘是腦袋空白，直到鄰座的祖母緊握我的手，我才聽到法官問我，有被告在場，會影響我自由陳述嗎？

我搖頭。

審判長看著視訊中的我，說：「法庭現場有錄音。妳要是點頭，就要說是；搖頭，要說不是。」

「不會影響。」我對麥克風說，是變聲系統，聽起來較低沉。

「要是中途有任何不舒服，或甚麼想法，可以隨時跟我說。如果準備好，由辯護人進行主詰。」

辯護律師有兩位，由廖景紹重金聘請。靠法檯的律師，蓄著小鬍子，前兩次詰問由他來，這次換另一位戴口罩的。戴口罩的律師咳了兩下，問了我外圍的小問題，我深思才回答。我之前從承辦案子的書記官得知了，律師與檢察官在準備庭的主張是：前者認為是無罪的一夜情，後者以「處三年以上、十年以下有期徒刑的趁機性交罪」起訴。這訊息在我心裡裝了過濾器，我得避免被推到一夜情的陷阱，在法庭要思索對方問話。

「事發那天，妳還記得，是誰扶妳進社區的嗎？」口罩律師問。

「不曉得，我喝醉了。」

「黃莉樺小姐，妳還記得，那天社區警衛是誰？」

「不曉得。」

「所以，妳不曉得自己發生甚麼事？」

「我感覺有人在扶我回家，然後我躺在沙發上，我感覺身體不是我的。然後有人掀了我裙子，對我侵犯，像是夢一樣，我沒有辦法抵抗。」

「所以，妳在那樣的狀況下，沒有辦法確定，是誰跟妳發生了妳認為的性侵行為嗎？或許是警衛張民憲，妳能確定嗎？」

「異議。」檢察官打斷問話。

「理由。」審判長問。

「辯護人一次問了兩個問題，而且誤導被害人真實情狀。」

審判長下裁示：「告訴人黃莉樺與被告廖景紹，曾發生性行為，是不爭的事實。在黃莉樺的陰道已採集了事證，而且被告也承認了性行為，請辯護人不要在這裡纏繞太久，更正問題。」

「我更正提問，」口罩律師點頭說，「我整理一下，黃莉樺小姐妳從哪時候下車到社區大門，是誰扶妳進電梯，最後進入家門，這一路的過程，妳都想不起來了？」

「是的。」

「有人對妳發生了妳所謂的性侵這件事，也沒有很確定？」

「是的。」我遲疑了一下。

口罩律師停頓一下，用眼鏡後頭那雙又細又窄的眼睛，往我看。隔著單向玻璃，他甚麼都看不到，但是我有被看穿的害怕。接著他轉頭拿下小鬍子律師傳來的提示字條，咳了兩下，再度提問：「黃莉樺小姐，妳知道我的當事人廖景紹先生喜歡妳嗎？」

「知道。」

「妳記得，廖景紹先生開娃娃車載妳回家的路上，一邊開車，一邊將右手放在妳的手上，妳記得嗎？」

我想起之前的日子，廖景紹開跑車時，將手放在我的手上，我縮離了。可是那天我沒有，我記得他摸我，我醉得無力縮手，「我記得。」

「妳沒有縮手，是表示甚麼？」

「我醉了，沒辦法有太多的動作。」

「那妳是否記得，我的當事人在車內，說過他喜歡妳？」

「是的。」我記得他曾說過。

「那妳還記得，他曾摸妳的臉？」

「是的。」

「妳有拒絕他嗎？」

「沒有。」

「理由是？」

「我喝醉了，無力反應，我要拒絕卻沒有力氣。」

「可是妳記得，是嗎？」

「是的。」

「所以我整理一下。」口罩律師發動更凌厲的攻勢，「在回家的路上，妳記得廖景紹跟妳的互動，比如他摸了妳的手，妳沒有拒絕；他摸妳的臉，妳也沒有拒絕。但是到社區後，妳就不太清楚了？」

「是的。」

「所以，我的當事人送妳上樓，跟妳求愛這件事，妳記得嗎？」

「我不曉得。」

「所以，我的當事人，在跟妳發生性行為時，妳覺得那是一場夢？」

「是的。」

「妳有拒絕嗎？」

「有，我記得有說不要，我在偵查庭與筆錄上都這樣說的。」

「妳要想清楚，因為妳說妳進入社區後，醉得不省人事了。」口罩律師用犀利的口氣問：「妳之後的事都忘了，怎麼記得自己說過不要，所以妳是沒有說？還是不知道？或者是忘記了？」

「異議，辯護人騷擾證人，而且誘導性提問。」檢察官說。

律師的口氣被審判長糾正，也被要求更正提問，才說：「妳被妳認為的性侵時，有確切說不要嗎？」

「忘記了。」

「請書記官載明在筆錄，」口罩律師拉下口罩，冷冷的對法檯上穿黑袍、始終快速打字的書記官，說：「告訴人黃莉樺小姐面對她認為的性侵過程，她『忘記了』有沒有反抗，而不是說『不要』。」

我發現，我掉入了圈套。

*

這次換成檢察官反主詰，由她問話。

這位檢察官是女的，與之前偵查庭訊問我的男性檢察官不同。我喜歡這樣的安排，女檢察官給我安全感，她四十幾歲，予人穩重，也許是專門派來打性侵官司的。她停止了敲筆，看了兩位辯護律師，才對我說：

「黃莉樺小姐，妳聽過『理想的惡夢』嗎？」

「我不懂？」

「那是妳在做了一個噩夢，在夢裡被人追殺或遇見惡鬼，不斷掙扎，不斷大喊，然後這時候忽然醒來，大喊不要，這叫『理想的惡夢』，聽過嗎？」

「沒有。」

「還有種叫『不理想的惡夢』，那是在噩夢裡掙扎、喊叫，但醒不過來，困在噩夢裡就是醒不過來？」檢察官繼續問。

「異議。」口罩律師大喊，說：「檢方提問與此案無關。」

審判長沉思一下，說：「請檢方說明這樣提問的目的，我想聽聽看。」

「被害人對性侵過程不是完全忘記，仍有殘存記憶，但記憶模糊，」檢察官又敲了一下筆，「黃莉樺小姐在陳述自己被性侵過程時，數次提到一場夢，我是跟她核對，以便回溯她事發當日的記憶。」

「異議駁回，請檢方繼續提問。」審判長問。

檢察官回到提問，「黃莉樺小姐，有種叫『不理想的惡夢』，那是在噩夢裡掙扎、喊叫，但醒不過來，困在噩夢裡就是醒不過來，懂嗎？」

「我懂得這意思。」

「我整理一下妳的想法：事發當時，被告廖景紹對妳性侵，妳醒不過來，但是覺得自己做了個惡夢，是嗎？」

「是的。」

「據妳之前陳述，妳進去社區大廳後，意識已不清了？」

「沒錯。」

「但仍記得被性侵時的噩夢？」

「有印象。」

「請庭上出示案卷A105的事發現場照片，以喚醒被害人的記憶。」檢察官說畢，書記官開啟電腦檔案。

瞬間，我家客廳的照片出現在投影牆，以及我被強暴時所躺的沙發。這張照片幾乎占滿了牆面，非常明亮，像是我家樓下的霓虹燈看板。拍攝的時間在半夜，符合當時情境，光線不明，窗外霓虹燈照進來，我看得到客廳牆的虹彩幻影，與各式的玻璃反光。這個地方，我三個月沒回去了，這麼久了，沒有太多眷戀，卻有太多的記憶，以及傷害。

「那個惡夢的內容是甚麼？」

「我不斷掙扎，就是醒不過來，沒有辦法醒來。」

「妳在夢裡有喊不要嗎？」

「有，我喊了幾次不要。」

「有喊出來，讓被告聽到嗎？」

「我沒有辦法確定。」

「那妳醒來後，發現了甚麼？」

「廖景紹不見了，但是我裙子被掀起來，內褲被脫下來。」

「妳有甚麼感受嗎？」

「我知道自己被強暴了，而且流下眼淚。」

「所以，我必須再次確定妳的意思是：黃莉樺小姐，妳沒有同意廖景紹跟妳發生性行為，是嗎？」

「是的。」

「好了，庭上，我的問話結束了。」檢察官繼續敲筆。

＊

辯護律師進行第二次詰問——覆主詰。我是觀察法庭，才懂得這遊戲得經由雙方的兩輪問話。小鬍子律師比較年輕，鬍子不成氣候，不詰問我，但是隨時送上提示單給口罩律師，使後者的攻勢更犀利。口罩律師咳了幾聲，問了我幾個問題後，說：

「黃莉樺小姐，我整理一下，妳遭受妳所謂的性侵之後，又做了一個夢見妳祖母在現場的夢，這才打電話給妳母親，是嗎？」

「沒有錯。」

「妳母親回來之後，發生了甚麼事？」

「打電話給廖景紹。」

「她跟廖景紹說了甚麼，妳記得嗎？」

「我媽媽說，你怎麼可以欺負我的女兒。而廖景紹一直笑，說這是誤會，聲音有點顫抖。」

「廖景紹先生在電話說了甚麼？」

「他說，他愛我。」

「除此之外，還有講別的嗎？」

「廖景紹說，不要誣賴他。」

口罩律師點點頭，拿到小鬍子律師送來的提示單，要求法庭出示了一張重要證物，將它投影在牆上。那是和解書，是母親寫的字跡，內容記載著：「小綠豆幼兒園園長邱秀琴願意付出新台幣三百萬元」，解除「黃莉樺對廖景紹的刑事告訴」，口說無憑，特立此據為證。

「黃莉樺小姐，妳知道這張和解書的存在嗎？」

「知道。」我確實知道，雖然沒看過，但是母親曾頻頻打來電話，就是談這張和解書。

「妳能告訴我，第四行所寫的刑事告訴，是甚麼意思？」

「我的性侵案。」

「妳知道性侵案是『非告訴乃論』，告訴人是不能撤銷案子，也就是妳不能把案子撤掉？」

「知道。」

「那請問，要怎樣解除？」

「不曉得。」

「妳剛剛說了妳知道這張和解書的存在，怎麼會不曉得『解除』妳所謂性侵案的方式，是妳不曉得，還是忘了？」

「我忘了。」

「請庭上在筆錄記下，黃莉樺對和解書上『解除強制性交罪』的方式，是忘了，不是『不曉得』。」

我能分辨「忘了」與「不曉得」的差異，前者是曾發生而記憶模糊，後者是不知道此事。事實上，我沒有忘記，是選擇對自己有利的回答。母親曾多次來簡訊，比蟑螂河更恐怖，告訴我如何撤案，就是在『強制性侵罪』提告後，即便檢方的筆錄有證據能力，只要我不出庭指認，又無目擊者，廖景紹可能不會被定罪。

「黃莉樺小姐，妳知道這三百萬元的數據，是怎樣來的嗎？」

「不曉得。」

口罩律師轉頭，對審判長說，「請提示證據卷案D201錄音，當庭播放，以喚醒黃莉樺小姐的記憶。錄音來源是我的當事人廖景紹母親的手機，她因為業務需要，所有手機來往都有錄音。」

當庭播放的檔案，是我在幼兒園最後一天時，透過園長的手機與母親通話的內容。母親要我大事化小、小事化無。我則譏笑母親懦弱，勸她獅子大開口，要談條件的話，就回來當園長，不要當財務長。播放完錄音檔，口罩律師對我確認錄音的真實性，有無造假。我說這都是真的。

「黃莉樺小姐，妳現在記起來，這三百萬元怎麼來的？」

「是我提出來的。」

「這是妳遭受妳所謂的性侵之後，跟園長提出的條件嗎？」

「不是這樣的，那時候我很氣我媽媽，她把性侵當籌碼，跟園長談，當作她回到幼兒園工作的條件。我媽媽以前是幼兒園的財務長，後來被人逼走，她一直覺得有人搞鬼才被迫離職。」

「妳只要回答：是，或不是。我重新問一次，這三百萬和解金，是妳提出來的嗎？」

「是的。」

「妳還跟園長要求，請她離職，是嗎？」

「是的。」

「黃莉樺小姐，妳要求三百萬元的和解金與園長離職，都是在妳所謂的性侵後，提出來的？」

「是的，可是這不是你想的那樣。」

「妳能說出我是怎樣想的嗎？」

「異議。」檢察官趕緊打斷，認為這是要求我做不實的臆測，而口罩律師說問題問完了。

我心裡有陰霾了，深深臆測，以至於在接下來的檢察官詰問，我多麼的不安與焦躁，倒不是檢察官會將我導引到不利的方向，而是覺得自己掉進了口罩律師挖好的泥淖裡打轉，爬不出來。

辯詰結束了，法官給了廖景紹陳述的機會。這些不祥的臆測，被廖景紹說出來了。

廖景紹坐在被告席上，穿著單調，戴著素調眼鏡，跟他往日吸引異性似散發費洛蒙的潮裝不同，他老是搓著手，幾乎低著頭，只有辯護律師將局面導入優勢時，他才抬頭，展示他的面無表情。

現在，廖景紹從口袋掏出一張小紙，攤開三折，恢復到它原本的樣子，對著稿子念出他的陳述，他說：「我為那天夜晚的事感到難過，原本以為是妳情我願的性愛，一場情慾的流動，或一個愛情的開始，到最後卻變調了，成了被告，我不知道怎麼會變成這樣，我希望法官大人能還我清白。」

「是嗎？」我打斷他的話。

廖景紹看了我這邊一眼，繼續說：「成了被告，我的生活陷入陰影中，我媽媽也是，我們的生活陷入無奈中。」

「有嗎？」我插話，努力摳指甲，把憤怒摳掉。

「黃莉樺小姐，妳讓被告講完嘛！不要打斷。」審判長對我說，「現在是他的陳述時間，妳不要干擾他。」

「我只想說的是，」廖景紹從稿子抬頭，對著法檯，「法官大人，我們家為了這件事，努力想籌出那三百萬元，這也危及我媽媽的幼兒園工作，我們過得很委屈。我認為這是『仙人跳』，從頭到底就是有人預謀詐欺，請法官大人還我清白。」

「我不是那樣的人。」我流下淚來，心中充滿憤怒，我不是他講的以性引誘的詐欺犯，起碼這點是不容懷疑的。但是，我在這時間點無法多解釋，只有眼淚說個不停似的流下來，無法控制。

廖景紹說完後，把擬好的講稿折三折，放回了口袋，然後懇請審判長主持公道。

審判長沒有太多表情，點頭說，「被告廖景紹陳述的詐欺，不是在本案審理的範圍，但我不是暗示你，要告或不告，而是希望你回去後跟懂法律的人諮詢，以了解自己的權利與義務。」

「你鬼扯。」我大吼，「你欺人太甚。」

法庭安靜極了，大家轉頭看隔離室，沒有太多動作。

我用眼淚控訴，用盡力氣哭，呼吸都很難，哭聲透過變聲麥克風傳出去。我難過到底了，就像剛來法院時看見的那位從偵查庭走出來的女孩，她站在中庭，旁若無人的大哭，有甚麼被揪痛得讓她在眾人面前流淚也無所謂。那絕對是以為真理與正義站在妳這邊，但是有人以暴力搶走了，綁架到他的身邊。謊言不會成為真理，但是謊言會透過法律擊敗真理。

我哭得太悲傷，審判長沒轍，大家也束手無策，等待我自己把淚水哭乾。此時，鄰座的祖母站起來，摸著我的頭髮。她安靜摸，將手穿過我的髮，穿過每根髮絲而抵達我的頸部。那隻手像是小丑魚，模仿我童年最喜歡的動畫《海底總動員》角色，叫尼莫。每當我哭時，尼莫那隻手游過了無數的髮根來到耳朵，輕輕摸耳垂，上次有人跟我玩是二十年前。那時我大概九歲，祖母一邊玩、一邊跟我說，尼莫終於找到自己的家了，耳朵是他的家，到家了就把難過的淚水掛在海葵的觸鬚上。

我曾被這樣摸過了就不哭，今天的我也是，情緒漸緩。但是，令我眼淚完全中斷的是，祖母對審判長說：

「法官大人，我可以當證人，證明我孫女被欺負時，有說不要。」

這句話簡直是一道閃電，打在漆黑荒野，對我而言是亮光來了，對大家而言也出現了貫耳的雷聲，祖母成了法庭的焦點。接下來的五秒鐘，法庭沒有任何聲音。審判長最後開口了，她得講話才能打破僵局，她詢問祖母當時確實在現場嗎？確實聽到我有說出「不要」嗎？

「有，我有聽到，」祖母點頭，大聲說：「我知道有法庭錄音，剛剛有錄到我回答的聲音嗎？」

法庭又安靜了。

幾秒後，審判長說：「妳是黃莉樺的法庭陪伴者，可以表達意見。」

祖母請纓，願意為她悲傷的孫女上戰場了，她說：「我想坐在證人席，說出那天的經過。」

現場一片譁然，那種譁然不是在嘴裡出聲，更是落在心裡。

檢察官插了話，願意傳喚祖母為臨時證人，她要扳回局勢。口罩律師看了廖景紹的眼中浮出一絲掙扎，反對祖母作證，因為這不是兩造在準備庭安排的辯詰證人，建議安排到下個庭期。

審判長陷入思考，請雙方就傳喚臨時證人，深入陳述，之後三位法官低聲交談，決定傳喚祖母坐上證人席，要是律師對這項安排不服，可以事後提起行政救濟。兩位律師發出沉重呼吸聲，給予無言抗議。

祖母離開隔離室，由通譯帶領，走特殊通道進入法庭，如願坐上證人席，接受檢察官的主詰。性侵時刻的證詞，會是詰問的重點，但仍然是從外圍慢慢問進去，一寸寸拉到關鍵時刻。

「妳在黃莉樺十歲時，離開了她？」

「是的，在我兒子自殺後不久，那是我這輩子最大的打擊。他的自殺來自我媳婦的外遇。我知道這件事之後，就離開了媳婦與孫女。」

「妳離開後，都沒有跟黃莉樺見面？」

「有，我還有見面，只是她不知道我去見她，我是偷偷去看她。」

「為什麼偷偷去見她？」

「我離開那個家的時候，我答應過她，每年回去看她一次，她可能忘記這件事了，因為有點匆忙，可是我沒有忘記。」

「怎樣偷偷去看她？」

「是這樣，我每年十月八號回去看她。」祖母說，這是她離開我的日子，她會在這天回到我的身邊。從我的小學、中學、高中，到外縣市讀大學，她都會在那天過來，遠遠的看著我，凝視我在樹下等公車或與同學們歡笑。她記得我在讀高中時，十月八號那天放颱風假，我跑去SOGO百貨公司逛，那次是我們最近距離的接觸，在轉角碰撞。我回頭，說出歉意，她甚麼都沒回應就滿意走了。我忘了這些重逢的日子，不曉得有人在遠處凝視我，有人這麼全心全意觀護我。如今我聽了，充滿暖意，剛剛在法庭被攻訐而滋生的沮喪，暫且退散。

「妳是在事發的前三天，回到黃莉樺的住所？」

「沒錯，我是偷偷回去。」

「所以這三天，她都沒有發現？」

「我想她沒有發現我。我偷偷回去，只有在她們晚上睡覺或白天出門，才出來活動。有時候，我會搬張椅子，坐在莉樺的床邊，靜靜看著她睡覺。」

「妳回去的目的，就是為了看黃莉樺？」

「我得了癌症，才回去跟她說再見。死是有責任的，那責任是得跟自己深愛的人告別。」

「死的責任，是虧欠嗎？」

「死的責任不是虧欠，是有所愛。」祖母停頓，看著隔離室的方向，「我只想告訴她，愛是這輩子最該緊緊捉住的東西。但妳不曉得是握到假愛的刀子，深深受傷；或是握到真愛的鐵鏽而不曉得。總之，擁有豐富靈魂的人，才能握到刀子受傷之後，還願意，下次跟人握手結緣。」

「這是死的責任？」

「不是的，這是我剛剛坐在她旁邊，看她哭時，要跟她說的話。」

檢察官又問了幾次後，切入事發當晚，她問：「那請妳說明，事發那天，妳在哪裡？」

「我孫女黃莉樺家中的客廳。」

「妳看到了甚麼？」

「我沒有看到，是聽到了黃莉樺說『不要』，她說了幾次不要。」祖母的語氣堅定，「請法官大人把我講的這句話記錄下來。」

「那妳聽到了，有阻止事情的發生嗎？」

「有，我很努力的搖著家具，發出聲音。」祖母說得很慢，以保持思緒清晰，「家具搖晃，廖景紹應該嚇到了，然後跑了。」

「所以，妳確定自己聽到被害者黃莉樺小姐在意識不清的狀態下，有說不要。而且妳還搖晃家具以製造聲響，阻止廖景紹的行為。我這樣描述，有錯誤嗎？」

「沒有。」

「好了，我的問話結束了。」檢察官說。

*

祖母說的證詞，給了廖景紹一個震撼彈。他眉頭揪著，牙關緊咬，用來應付緊張情緒。廖景紹的記憶肯定是回到了性侵我的那晚，想起客廳的家具如何神秘的震動，他現在懂了，那是祖母的警告。

此時，廖景紹的心中響起了喪鐘，犯罪把柄被抓著。他坐在被告席，多次給律師眼神，想說出甚麼，但那可憐的眼神哪能說盡他心中的恐懼。他大膽的離開座位，矮身走向口罩律師，說了幾句話，直到審判長警告才回座。這畫面給我燃起了希望，我跌到谷底的情緒往上爬了。

兩位律師深談了幾句，表情凝重，口罩律師沉重呼吸，鼻孔呼出的氣被口罩擋住，把眼鏡蒙上一層白霧，彷彿陷入了泥淖般找不到方向。然後，他掀開口罩，露出精明的目光，對祖母進行詰問。

「妳剛剛說，在事件發生時，妳人在客廳，聽到了黃莉樺小姐說不要，並且還搖晃家具發出聲音，阻止了妳所謂的性侵事件，是嗎？」

「是的。」

「請妳說明，事發當時妳在客廳的哪個位置。」

「客廳的箱子裡。」祖母沉默幾秒才說。

「箱子裡？」口罩律師又吐了口氣，用小眼睛看人，「請妳說明這箱子的大小？」

「一個木箱，那種傳統的旅行箱。」

「大小呢？」

「寬大概四十公分，長大概七十公分，高大概四十公分。」

「所以，妳當時人是在一個寬大約四十公分、長七十公分、高四十公分的箱子裡面。妳確定妳是在箱子裡？」

「沒有錯。」

「請庭上載明在筆錄，」口罩律師對書記官說，「證人黃莉樺的祖母能躲在一個小箱子裡，異於常人所言，她的證詞無證明力。」

「真的，我能擠在箱子裡，我有軟骨功。」祖母堅定說。

「在法庭作偽證是要判七年以下，而且不得易科罰金，我認為妳的陳述虛偽不實，偏袒了當事人的一方。」

「異議。」檢察官認為口罩律師的見解過於主觀。

這下子，法庭成了辯論的場合，審判長就祖母證詞的證明力，要律師與檢察官論述。這不過是照程序走，我感到審判長的目光閃爍，對祖母的荒謬證詞有了不好的心證。檢察官也很牽強的辯護，對律師提出「證人是否有精神狀態的幻聽幻覺」都立場搖擺。我卻堅信祖母說的，她真的有縮骨功，能躲在箱子裡，但無法說服大家。

重要的時刻來了，要是審判長認為異議不成立，就間接裁定了祖母的證詞有問題；要是判定異議成立——就承認祖母有特異功能——這答案比登天還難。我看見大家滿臉狐疑，像是跟愛斯基摩人談論沙漠這樣的奇景。

「等一下。」祖母插話了，「我可以現場示範，我怎樣做到。」

「沒問題，我也想知道。」審判長馬上回應，然後對書記官下令：「請庭務員搬箱子來，後側門的走道盡頭有一個兩格書架，格式差不多像是證人說的，就把它搬過來好了。」

不久之後，法官專屬出入的後門打開了，兩個庭務員搬來了書架。那是落地書架，大約用來放法律書籍，或是放黃金葛這類好養的植物，書架頂留下一圈花瓶的水漬痕。書架放在證人席前面，深褐色，閃著日光燈光芒，審判長請法警用捲尺測量了箱子尺寸，接近祖母的陳述。祖母也認為這個木箱很符合她需要的。

「我可以表演了嗎？」祖母說。

「要是妳準備好，那可以了，請。」審判長站起來觀看，這讓法庭所有的人也站起來，瞧著祖母的表演。

祖母深呼吸數次，脫掉鞋子，舒展筋骨。她盤坐在地上拉腳筋，把手臂繞過了肩膀而碰到腰部，頸部像貓頭鷹般幾乎往後轉了一百八十度，整個人極度的柔軟，筋骨大幅度鍛鍊。大家看了都覺得不可思議。接著，她的雙腳放進書架櫃，蹲下去，挪蹭身體，試著把自己裝進比自己體積小四倍的空間，接著小腿彎成一個奇特弧度，大腿也是，下半身擠壓縮小了，緊緊貼著木櫃空間。這是大家看過最神奇的表演。

大家看著祖母，思索這到底是甚麼功夫，幾乎把下半身體化成液態肉體，倒進櫃子裡，有著水的表面張力功夫。廖景紹看了心顫，兩手絞得冒出汗水，這表演決定了他的命運。

突然間，祖母咳了起來，她的上半身要擠進箱子時，肺部腫瘤擠壓著她的呼吸，令她不斷咳著。她越咳越兇，眼淚逼出來了，不得不從箱子裡站來，對審判長說：「我得喘一下，可以嗎？」

「妳可以再次試試看。」

「我可以把外衣與褲子脫掉嗎？這樣比較好表演。」

「妳上次擠進箱子，有穿衣褲嗎？」審判長問。

「有，但是我這次想做好一點。」祖母把上衣與外褲脫掉，一位皮膚鬆皺的女人站在法庭中央。她上身有瘢痕，胸前有幾顆粉色痣，屁股幾乎像是筷子夾起來時破掉的湯包，腿上有靜脈血管曲張，還有那套看起來像是傳統市場買的便宜肉色胸罩與內褲。她把身上的束縛都脫掉了，毫無畏懼，就是為她的證詞與她的孫女奮鬥。

「還有，我要把胸罩解除，這樣我比較好呼吸。」祖母說。

「妳上次擠入箱子裡，有穿胸罩嗎？」

「法官大人，有。」祖母已經伸手往後掏，把胸罩扣解除，「但是這次我得這樣做，我有點喘。」

祖母頂著藍紫色短髮，乳房鬆弛，胯部堆著肥肉，受十幾雙眼睛注視，像是為了爭取減免重稅而裸身騎馬遊城的戈黛娃夫人。裸體示眾，這一關絕對不會比地獄審判來得簡單，她再度深呼吸，把咳嗽暫緩，祈求主耶穌與菩薩保佑，才站進了箱子。她這次試著把小腳彎曲時，再也沒有辦法順利，臉上多了痛苦，那種表情像是腳被捶擊了。我不曉得發生了甚麼事，祖母的軟骨功失效了，她的小腿無法順利彎曲。

祖母再次深呼吸，忍住咳嗽，然後猛力下壓，小腿傳來清脆的斷裂聲音，使軟骨功再度發揮了。

我嚇了一跳，拍打玻璃帷幕，喊著：「阿婆。」

「可以的，」祖母忍痛抬頭，「這是常有的事，這很正常。」

「我好像聽到斷裂的聲音，妳沒問題吧？」審判長問。

「沒問題，我可以繼續。」祖母說完，試著把大腿縮進箱子，但是臉上的痛苦完全把她的皺紋掩埋了，甚至眼睛與鼻子都掩埋了，身上是汗。我非常替她擔憂。她從痛苦中擠出微笑，要大家別靠近。

然後，她的大腿發出了斷裂聲響，呈現折角。那弧度很恐怖，我看見堅硬的物體頂著她的大腿皮膚，那不是軟骨功，那是骨折。我慌了，眼裡都是淚水，顧著大叫，透過麥克風讓大家從安靜的觀看中拉回了現實。我衝出隔離室，往法庭方向跑，我得阻止祖母把自己再擠進箱子裡。

審判長按了法檯下的警鈴，位在地方法院大門旁的警衛室響起了急促鈴聲，幾個法警提著警棍，沿著走廊一邊跑一邊大喊讓路，皮鞋在洗石的地板發出尖銳聲響。他們衝進了法庭，看見我在那瘋狂的哭喊著，要逮捕我這擾亂法庭的人，不久才發現重點不是我，是祖母。

祖母人像是快枯萎的百合花，肉色內褲汗濕了，身體折出詭異的弧度，陷在書櫃內，她的右腿斷了兩截。她忍受巨大痛苦，臉上流淚，很努力的想把自己擠進書櫃，在救護人員把她抬出來前，她重複說著：

「拜託，再讓我試一次，我可以做到的。」

「拜託，讓我再試試看。」

「我真的沒問題。」

「真的……」

＊

祖母是右腿的兩處折斷了，一處是小腿脛骨與腓骨，一處是大腿股骨。醫生判定是閉鎖性骨折，生命徵兆穩定，先禁食八小時等開刀。祖母想全身麻醉，一來是半身麻醉由細針從腰椎入藥，較痛，二來不想聽到有人拿電鑽在她骨頭打上鋼釘、鋼板的尖銳聲。麻醉醫師不願意，怕祖母麻醉後嘔吐窒息，給她加鎮定劑緩和情緒。後來祖母贏了，她半身麻醉後，血管擴張導致體熱散失過度，全身不斷抖動，醫生說他不是魚販來殺一條快渴死的魚，給予全身麻醉。

「我做了一個很長的夢，夢見妳爸爸。」祖母從恢復室推回一般病房，對我說了這句話，「非常好笑。」

「怎麼說？」我問。

祖母的腳又痛起來，從手術縫合口痛到斷骨處，大概是從五樓以右腳落地的感受。她皺眉頭，伸手按了止痛藥按鈕。這是我以一袋五千元自費購買的止痛藥，非健保用藥。不久，止痛藥發揮了，祖母平靜下來，才說很久沒有夢見我爸爸。夢中的爸爸鬍子濃密，行為卻是四歲心智，拿著毛線衣棒往鍋子裡煮著內褲給人吃。祖母覺得這夢境異常怪，但說不上怪在哪，可能是湯沒加鹽巴。直到她發現我爸爸的頭裂了好深的縫，才意識到「這孩子不是沒有了」，然後她小心呵護這個母子團圓的夢境，吃著內褲餐，時光好美好安靜，唯一對話是叫兒子別去浴室照鏡子，以免看到自己頭顱擠裂的死貌。祖母中年喪子的痛苦，總是無堅不摧的滲入夢境，讓她流淚，每幾年得重溫這古怪的相逢。

這個夢，祖母講了幾次，只講好笑的部分給探病的「死道友」聽，每次先按一次止痛藥才講，以免惹得自己大笑，也惹痛了腿。這給我演戲的感覺，祖母的笑，或「死道友」配合的笑，有點刻意，好沖淡法庭上她失敗的證人表現。我會這麼說，是因為我每次撞見祖母和酒窩阿姨兩人談話時，別過頭去流淚，別過頭來對我笑。

除了皺眉頭，祖母從來沒有說過斷腿之痛。她大部分的時間在床上，小號用夜壺，大號才下床，下床前先用止痛劑，過了藥效從廁所劇痛走出來。我下去醫院的商店街，買了成人紙尿布應急，祖母拿到後愣了三秒，那是老人用了紙尿布就人生殘廢的表情，這使我又尷尬的拿出一包當作尿布的夜用型衛生棉。她馬上轉笑，說這兩個是好禮物呀！

過了幾天，祖母跟同骨科病房的其他病患混熟了，有了跟別人比殘，自己略勝一籌。比如，她說有一家三口都躺在這病房，原來父母與孩子三貼騎機車，撞到了突然打開的轎車後門，三人斷了五處，而爸爸躺在床上打手機跟肇事車主一邊哀號裝痛、一邊討和解費，不然就是用手機簽香港賽馬。還有個油漆工跌斷腿，送來醫院後不畏殘痛，每天最大的毅力是拖著石膏腿到醫院大門口抽菸。

至於臨床的八旬老男人，一直很神秘。他時常呻吟，晚間睡覺時從嘴巴吐出很濃的臭味，只有醫護揭開布簾時，可以看到他包著尿布、肌肉流失的屁股，以及裹石膏的大腿。

過了幾天，祖母對我微笑，說：「今天，我比較幸福呢！」

「怎麼說？」

「他現在很罪過。」她以目光暗示臨床，再次用台語說，「他到目前還沒開刀接上骨頭，家屬罪過。」

我當下沒意識到台語的「罪過」，除了罪失，還可以表示痛苦。等到隔著布簾的老人發出呻吟，我才想到：這位老人的家屬很少出現。兩天前我睡在祖母旁的小臥椅陪伴時，他呻吟到半夜，惹得同病房的斷腿爸爸咆哮，油漆工下樓去抽菸解悶。祖母按了兩下止痛劑，下床幫老人換掉塞滿糞便的紙尿布，用濕紙巾擦乾淨，處理好即將長褥瘡的一副皮包骨。病房才安靜下來。

祖母跟我說，這老人的腿裹石膏，只是固定而已。因為老人糖尿病，開刀很危險，加上骨質疏鬆、高血壓等症狀，家屬不想開刀，只忙著爭家產。老翁的家境還可以，家屬卻不願用較方便的自費止痛劑，雇來的移工看護只在早上來顧一下老人，然後回去整天顧餐廳。

「我跟妳說，」祖母要我靠近點，才細聲說：「我問妳阿姨才知道，這老先生快沒了。她聞得到他有很濃的『上帝的眼淚』了，要不是我逼她說，她都不願意說出來，怕我有忌諱。」

「上帝的眼淚？」我楞了一下。

「就是……」祖母比出死亡的手勢，然後說：「晚上妳不要住這邊了，阿姨會過來幫忙的。」

到了傍晚，移工看護來到老人床邊，自顧自講了半小時電話就走了，沒有打斷老人的呻吟。大家又被呻吟聲惹煩了，能抽菸的去抽菸，只能留下來打電話罵的真想摔電話了。祖母按兩下止痛藥，下床拉開隔床布簾，看見一具蒼老肉體像是一袋薄薄的發霉皮袋裡裝滿了廢骨頭。他最乾淨的是微啟的雙眼，眼角的分泌物被祖母用濕紙巾擦掉之後，終於流下淚，眼睛好亮。

「你喜歡菩薩？還是上帝？」祖母看老人沒有回應，說：「不然我叫祂們一起來好了。」

老人聽了嘴角微笑，眼睛像是星空發光。

祖母抓住他的手，默誦一千遍的阿彌陀佛，酒窩阿姨默禱《哥林多前書》之「愛的箴言」數回。半小時後，老人平靜下來，血壓降下來，使得生理監測器發出警訊。那些快累死的護士很緊張，廣播請求協助；住院醫師趕來打強心劑，一陣手忙腳亂後，宣布死亡時間，移除病人導尿管與針管。死亡時間被斷腿爸爸當作明牌，滑手機簽香港賽馬，油漆工還在樓下抽菸。

隔天，我退房了，祖母唯一惦念的是止痛藥還有半袋沒用完，可以給隔壁病床新來的八旬老婦，她也很慘。

*

祖母出院後，我們去餐廳大吃大喝。那是很棒的餐宴，我卻吃得不愉快，只能伴著微笑，想著走下坡的官司，臉上的陰影更深了，令大家杯酒間的笑聲都很尷尬。我該喝酒澆愁，酒這惡魔壞了我的人生，我該多喝點加速毀壞，要是酒駕或許離開餐廳後就不會發生甚麼事。

事情發生在回去游泳池家的路上，路經偏僻的十字路口，前車在綠燈後沒有前行，而是跑出兩人，吵架起來。我們只能旁觀。而我後方的駕駛下車，來到我的車邊，隔著窗戶比手畫腳，似乎要我繞過前車離開。我開窗要聽得更清楚，護腰阿姨忽然要我踩油門快跑。來不及了，要是我喝了酒，肯定有膽猛踩油門，把前車轟得稀巴爛。

我沒有，讓那傢伙從窗戶伸手到鑰匙，熄了車子。在一陣慌張、混亂與尖叫中，我與護腰阿姨被挾持到另一台車的後座，離開現場，至於T3車上的「死道友」也隨後被挾持來。原來十字路口的糾紛，全都是一場戲。

副駕駛座的傢伙老是叼菸，姑且叫「抽菸哥」。他拿著槍，轉身恫嚇我，叼菸而發出很濃的台語口音，「如果不要粗（吃）慶記（子彈），閉上眼睛。」護腰阿姨說，鄧麗君不會閉眼。抽菸哥說，他確實看過很多死掉的人，怎麼教都學不會閉眼睛。於是護腰阿姨把護腰鬆開，把鄧麗君塞進她又鬆又大的T恤，哆嗦得像是沸騰的電鍋蓋。

車子經過一段顛簸彎曲的路，窗外很荒涼，我還沒有領略四周風景，已經來到一棟三樓的透天厝。我被趕下了車，後頭T3的「死道友」也是這樣。這棟房子很怪，一樓牆板被打光了，只剩主梁柱。我們被趕上二樓的客廳，東西都被搬光了，空蕩蕩，講話有點回音。牆面用紅漆塗寫各種抗爭口號，比如做鬼也要報仇、欺人太甚、祝你們生兒子沒卵葩，還有個很大的「恨」字，屋內有高濃度的怨氣，牆角的那圈霉漬只能往有人燒炭自殺的屍水痕著想。我們小聲討論著，結論是被「馬西馬西」挾持了。祖母安慰我們，他們的目的是為了錢，我們沒錢就沒事。「死道友」認為這才是最難的。

到了傍晚，門打開了，走進來三個男人。最前頭的人老是嚼檳榔，嘴巴停不下來，姑且叫他「檳榔哥」。他就是撲進車窗來熄火的傢伙。檳榔哥坐在自己搬進來的椅子，冷靜看我們，一旁的抽菸哥則發出笑聲。至於守門的那位，不時伸手抓胯下，就叫「胯下哥」。一般來說，給黑道取下流綽號是禮貌。

「我們是好人，不會欺負妳們。」檳榔哥說。

「嘿咩！不會欺負妳們漏（弱）女子，放心啦！」抽菸哥附和，右腿不斷的抖著。

過了半分鐘，祖母說：「我看得出來，你們是好人，不然我們在路上早就被殺了。」

「妳很聰明。」檳榔哥說。

「還好。」

「不好。聰明的人遇到好人，這是很危險的。」

「怎麼說？」

「這世界上的好人、聰明人，都認為自己是對的，所以打起來。至於壞人知道理虧，不敢光明正大的打。」檳榔哥說。

抽菸哥藉機插話，說：「這說法太有智慧。腦袋是用來裝智慧的好東西，希望三寶也有。」

「三寶？」

「妳們是馬路三寶都不曉得嗎？全世界都知道了。」

馬路三寶指的是女人、老人、老女人，這是網路用詞，指這三種人在路上開車常常無視交通規則，無端製造車禍。三寶即使不開車，走路也成了公害，導致駕駛意外。抽菸哥講到馬路三寶，罵不停，手中的一根菸浪費得沒有抽到，只剩菸蒂被丟在地上，狠狠踩死。

「死道友」看著扁掉的菸蒂，充滿隱喻，只有低頭的分。

「沒想到三寶讓你很委屈。」祖母說。

「幹恁老母，我在路上騎車，閃妳們三寶就像閃慶記呢。」

「你們想從我們這裡拿到甚麼？我們是三寶之寶，都是老女人最多，要是放在這裡太久，恐怕讓你們更衰。放心，我不會反抗，只是怕帶給你爛運氣，這樣很不好。」祖母說。

「妳很會說話。」檳榔哥難得發出笑容，然後笑容很快滅了，說：「聽說妳們之中誰有超能力。」

「沒錯。」

「妳很誠實，沒有被電視那些說謊的政客教壞，不會硬拗，我喜歡，接下來我們的合作會很順利愉快。」

「我們會配合，我們這些女人就是合作才會住在一起。」

「這就好辦了。」檳榔哥一邊點點頭，一邊在手機敲了幾個字，傳送出去，很快得到對方回應，這才抬頭說：「這樣吧！妳們表演一招超能力。」

祖母看了大家，內心盤算。我知道她得在很短的時間內做決定，而這結果對大家是好的。祖母說，這女人堆有個人是「金雞母」，一天能生產三粒黃金，不多也不少，祖母說完才把目光放在黃金阿姨身上。這時間足夠黃金阿姨醞釀心情到瞬間哭出來，非常激動，不斷說：「妳這樣會害我被殺的。」

我們這些女人已經在賊船上了。祖母這樣說黃金阿姨是金雞母，想必有她的安排。黃金阿姨的崩潰哭，或許是她的心情，又或許是她意識到唯有相信祖母的安排，大家才能全身而退。我看得出來是後者，因為黃金阿姨與祖母在言語衝突之後，主動走去廁所拿出黃金。她真有演戲天分，沒酒也行。

在黃金阿姨進廁所之後，祖母問檳榔哥：「我看到你剛剛打手機簡訊，應該是給你的老大，你老大哪時要過來？」

「這樣妳也看得出來。」檳榔哥吃了顆檳榔，把第一口檳榔汁直接吐在地磚上，空氣中瀰漫薄荷味。他說，「不過我要告訴妳，我們是正牌經營的公司，沒有老大，只有老闆。」

「你老闆哪時會來看我們的超能力？」

「夠了。」檳榔哥大吼，「我們不用別人怎樣教，我們知道要怎樣做，妳廢話太多了。」

大家嚇著了，連抽菸哥、胯下哥也是。剛從廁所出來的黃金阿姨，被嚇得讓手中的黃金珠滾落，其中一顆滾到了地上的那灘檳榔汁裡。檳榔哥撿起來，在手中把玩一陣子。我們進門前，身上的物品都被男人們拿走了，這顆黃金珠顯然是憑空出來的。

檳榔哥說，他不相信甚麼超能力，又不是看好萊塢電影，但是有機會的話他很想看看，「那就先看看這黃金是不是真的，拿去銀樓驗驗。」他把黃金珠交給胯下哥，又說：「順便去買個晚餐回來。」

「吃甚麼飯？」

「當然是三寶換（飯）。」抽菸哥大笑說，「馬路三寶吃三寶換，絕配。」

「還有，把斷腿女人的枴杖拿走，她們會安分多了。」檳榔哥離開前，把目光瞥向祖母，「妳們不要想太多，因為我們是正派公司，最怕做壞事，但是更討厭做善事，記得。」

*

我們被囚禁在二樓，門外有四個人守著。二樓有落地窗，這窗戶簡直他媽的台灣風格，就是美到不行的大窗戶得裝上密不透風的鐵窗，屋主絕對是台北動物園的獅子轉世，怕逃出去就餓死了。我隔窗看出去，四周荒涼，大約有十個足球場大，到處挖，到處拆，處處是坑洞。有些地方擺著成堆的巨大水泥管，有些地方堆著拆除的磚瓦建築廢棄物，有些地方矗立孤零零的大樹或電線桿，更遠處有兩台怪手擺在土堆上，看起來像玩具。

真令人想不透，台中市怎麼會有這麼大的工地，如此偏僻，要是我們七個女人與一條狗被殺了，用怪手埋在屋外的一個深洞，如果沒有撒旦顯靈去報警，恐怕屍體被發現的機會都沒了。

「這是市地重劃區，正在施工。」酒窩阿姨說。

「沒錯，被關在這裡，附近都沒有居民，『馬西馬西』他們早就規劃好這次的綁架了。」祖母說。

所謂市地重劃區，簡單來說，就是這裡原本是市都心邊緣的農村，要變更為建築用地，於是將整座農村劃平，闢出格狀道路，規劃出一塊塊方方正正的建地，埋設汙水管與水管，完工後可以蓋大樓。而我們所在的房子，是重劃區的唯一保留棟，可能是屋主拒絕被徵收，用紅漆在四處寫滿抗爭語。

我注意到重劃區以鐵皮圍籬，與外頭的世界區隔。離這棟房子最近的鐵皮圍籬約一百公尺，之外是環市道路的疾馳車輛，那是援兵。我們得發出一百二十分貝的求救聲，表現得像波音七四七客機低空掠過。至於北方的圍籬有缺口，胯下哥每次騎機車出入買便當，那有幾個工人在卸水泥管，我們距離那約四百公尺，唯一的方式是請胯下哥去請工人報警了。

所以被囚兩天後，我們不再討論如何逃脫了。倒是回收阿姨很認真，她從廁所用漱口杯端出自己的尿，澆在鐵窗固定處。她看過一齣電視劇，可以用尿腐蝕鐵條，拆掉後脫困。我估計，得澆十年才行。但不到十小時，這個方式已被大家嫌到不行了，太臭了，連胯下哥從樓下經過時都大吼抗議，老女人的尿跟死女人一樣臭。

「隨她要做什麼，妳們也是，要怎樣就怎樣，自由就好。」祖母認為，回收阿姨的躁鬱症要發作了。

「她可以澆尿，那我可以打她嗎？」護腰阿姨抗議。

「不行。」

「那我可以給『垃圾鬼』喝我的尿嗎？」

「不行，」祖母說，「如果妳要，自己喝就可以了。」

「吃屎啦！」

「死道友」之間的紛爭向來都有，只是沒有浮上檯面。護腰阿姨很不喜歡回收阿姨，老是嫌她髒，比如吃完飯摳牙的醜相、資源回收物亂堆的亂象，衣服亂塞、亂用別人牙刷。尤其早上起來，回收阿姨喝上自己的第一泡尿，她據信這種實踐十年的「尿療法」使她避開疾病與厄運，這惹得大家早上不太願意跟她說話。還有一件事令護腰阿姨更火大，她規定「死道友」的衣物可以丟在洗衣機共洗。但是，內褲一定要自己洗，這是清潔的天條。但是回收阿姨向來不是，她把內褲偷偷塞進褲袋，丟給洗衣機共洗。結果有一次舞台表演，護腰阿姨從褲袋拿出來擦汗的不是手帕，是一塊奇特的布料，她對觀眾展開來，是一條萬惡的大內褲，大得可以遮到肚臍，屁股肥肉位置的布料被磨得薄薄的，鬆緊帶像煮過頭的麵條鬆鬆的。當下，觀眾衝出第一波大笑，護腰阿姨則氣得用台語大罵，引起第二波的笑浪。之後「垃圾鬼」這種下流用詞，成了護腰阿姨私下罵她的利器。

回收阿姨嗅得出來護腰阿姨的敵意，很樂意將衝突化暗為明，尤其大家身陷賊船時，她每次把尿澆在鐵窗，護腰阿姨則回擊「垃圾鬼」。或許是從窗口吹來的尿味濃，害鄧麗君嗅不到這場火藥味，有樣學樣的在窗邊尿尿，成了回收阿姨回敬的話題。

最大的衝突，發生在我們被囚的第三十六小時。

回收阿姨嫌鄧麗君在窗邊尿尿，弄得很臊，至少她還懂得把尿往外潑。護腰阿姨反諷，是被「垃圾鬼」教壞的。為此，兩人對罵十分鐘，在空蕩蕩客廳，這些有回音的言詞聽起來很刺耳，大家都受不了。這激怒門外看守的抽菸哥，大力踹門，大吼：「再吵，等一下中午去買腳尾飯給妳們吃。」護腰阿姨與回收阿姨冷卻三分鐘後，再次罵起來。

兩人罵得火熱時，回收阿姨轉身，踩到窗戶下未乾的狗尿，整個人往鄧麗君壓下去。鄧麗君像軟墊倒下去，發出沉悶的哀號，叫了一分鐘，氣弱得要斷氣似的。護腰阿姨見心肝肉受傷，一邊哭一邊喚，巴不得由自己代替牠受苦，捶著大門要外頭的男人們來幫忙。

「全部都退到牆那邊。」胯下哥大喊，開個小門縫，把現場控制住了，然後把防盜鏈條解開，開門進來。這鏈條是為了我們加裝的。

「鄧麗君受傷了，快叫救護車。」護腰阿姨大喊。

檳榔哥看見了狗躺在地上，他晃著手上的刀，明知故問：「誰是鄧麗君？是鄧麗君就唱首歌，她會唱我就送醫。」

「她會唱的。」護腰阿姨哭著說。

「那就唱〈漫步人生路〉吧！」

護腰阿姨不用準備情緒，不用哼前奏，馬上入魂唱。這首歌的旋律輕快，她唱得準，歌詞有濃濃的台腔，卻讓喉間泡著從鼻腔流進去的淚水，不時有窸窣的鼻音，尤其唱到「願一生中苦痛快樂都體驗，愉快悲哀在身邊轉呀轉」，真是悲切無比，果然救女兒能激發腎上腺素，使得原本有「卡拉OK女皇」的她，馬上將戰力完全發揮到底。

曲罷，檳榔哥點點頭，打了顆檳榔吃，說：「哭爸啦！為了一條狗，妳可以做痟的（瘋子）。」

「你要我跳舞也行，我可以當鋼管女郎。」護腰阿姨說。

「妳這團肥油只能演沙威瑪。」檳榔哥勢必等到其他男人大笑，才說：「而且我很替那支鋼管的生命擔心了。」

「沒問題的啦！」她跳起來，扭著肥肉，屁股抖動。

「不要跳，會害我的眼睛減壽。」檳榔哥把外頭的胯下哥叫來，說：「帶狗去看醫生，順便買便當回來。」

「大仔！謝謝。你這樣，我會動真情的。」護腰阿姨跪在地上，「要是我年輕四十歲，肯定跟你浪跡天涯。」

「浪你娘啦！戴著護腰跟我浪跡天涯？算了吧！」檳榔哥乾笑，說：「我問妳，妳會甚麼超能力，會不會返老還童到二十歲？還是幫我擋刀子、擋子彈，還是會印鈔票？」

護腰阿姨啞口無言，只能陪笑。

這時祖母突然說：「她會煮飯，很厲害。」

「媽的，這叫超能力？這樣的話，吃檳榔與抽菸也是超能力了，對吧！」檳榔哥說到後頭幾句，轉頭對門口抽菸的人說。

「她煮了四十幾年的飯，沒有超能力不會堅持煮這麼久。堅持就是世界上最強的超能力，像水滴能打穿石頭。要是你吃檳榔四十年還沒得口腔癌，也算有超能力。」祖母說。

檳榔哥吐口檳榔汁，轉頭問護腰阿姨，「我看妳這麼胖，超能力應該是貪吃吧！來，舉個妳會的創意料理給我聽？」

「創意料理很難，對了，可樂攪白飯，有創意到嗎？」

檳榔哥笑咳幾下，差點被檳榔汁嗆到。倒是門口的抽菸哥聽了大笑，說他也有創意料理，是菸蒂水，然後把嘴上抽完的菸蒂塞進裝水的寶特瓶，那裡塞滿了上百根傑作，味道像下水道。

「你們這麼好心，救鄧麗君，會長命百歲。」護腰阿姨說：「放我們走，我可以幫你煮飯，就像你媽媽有超能力，不管你變壞變好，能照顧你很久，做牛做馬做畜生，都不收錢呢！」

祖母又補上話：「人再大，都需要老媽子……」

檳榔哥沉默，不嚼檳榔了，陷入一種若有所思的沉默，似乎在想甚麼，也似乎在抵抗自己不要多想甚麼。然後他轉身離去，離去前說：「裝・痟・維，我們是正派經營的公司，不接受賄賂。」

*

整個下午，護腰阿姨老是哭哭啼啼。胯下哥買回了便當，沒有把鄧麗君帶回來，護腰阿姨心都快碎了。狗住在動物醫院的加護病房了。依據醫生的檢查，鄧麗君的體溫下降到三十六點五度，比正常溫低三度，血壓值降至五十五mmHg、口腔黏膜發白、四肢無力、肚子隆起，這都是內出血的徵兆。

「那是被『垃圾鬼』壓傷的。」護腰阿姨打開便當蓋，凌空拿著筷子，久久才說：「妳是故意的。」

「我不是故意，我跟鄧麗君無仇。」回收阿姨把便當裡的肉夾給我，「我現在吃素，幫鄧麗君祈禱。」

「假仙啦！」

「真的。」

大門忽然打開了，大約是一道防盜鏈的寬度，胯下哥在外頭警告：「後退後退，不要靠近門。」大家不吃飯了，轉頭看去。護腰阿姨放下便當，往門口快速爬過去，她知道這是獸醫院打電話給胯下哥，以便轉達鄧麗君的病狀，人卻被胯下哥斥退。

「拜託，請醫生救牠。」

胯下哥說：「醫生照X光了，他說老狗的腫瘤破裂，如果要開刀的話要去買血，醫院沒有備血。」

「我可以捐血。」回收阿姨說。

「假仙啦！妳的血很髒，不配。」護腰阿姨很生氣，轉而哀憐的對門外說，「拜託啦！讓我跟醫生說話，我不會亂來。」

「不行啦！」

「大仔，拜託啦！我給你跪、給你拜，你好心一定有好報，讓我和醫生講幾句話。」

「免啦！」

護腰阿姨跪，回收阿姨也下跪。祖母從地板站起來，扶著牆，拐著腳，慢慢走到門口，她知道對胯下哥講話沒有用，他只是小嘍囉。這邊能做決定，只有檳榔哥。祖母依靠在門邊，對著後頭玩手機麻將遊戲的檳榔哥說，「今天我們這邊可以給六粒小金丸。」

這句話逗得胯下哥的腰都挺直了，轉頭看著檳榔哥原本快速丟牌的手，停在螢幕，似乎還缺甚麼。直到祖母又補上「正派公司，主要是給人方便，不是給女人在這哭枵」。

檳榔哥放下手機，點頭說：「好啦！正派公司不受賄賂，只是保管一下那六顆小金丸。」

護腰阿姨可以跟醫生通話了，她不能拿手機，是隔著門縫，跟胯下哥手中開啟擴音系統的手機通話。她以半哭調半哀傷的口吻，跟醫師求情，無論如何都要救鄧麗君。醫生回應，目前最好是開刀，但是一來醫院沒有庫存的狗血，二來狗太老了，怕開到一半就沒了。護腰阿姨說，可以用微創手術呀！聽說有甚麼達文西機械手臂的開刀法，傷口很小。醫生解釋說，這是獸醫院，達文西手術的對象是人。

「那你可以幫我把鄧麗君送到榮總嗎？中國醫藥也行，那裡可以用達文西手術，去問問那邊的醫生可以嗎？」護腰阿姨哀求。

「不行，妳自己過來帶狗。」

「不行，我被關了。」

電話也被關了。胯下哥說這樣不行，不能說被關。護腰阿姨再次拜託，給她一次機會，她會改過來的。這才又恢復通話了。

「醫生，我沒有被關啦！你不要誤會，我們這邊都是好人，活菩薩。」護腰阿姨澄清，「那可以幫我把鄧麗君帶去給一位神醫嗎？」

「神醫？」

「嘿咩！那位神醫曾寫信給賈伯斯，要救他，大家才叫他賈伯斯神醫。我給你住址，你送過去給他醫。」

「抱歉，我很忙，麻煩妳過來帶走狗。」說罷，電話掛斷了。

這次是被對方掛斷，護腰阿姨改而向門外的人請求，放她出去，她不會說出甚麼。檳榔哥繼續玩手機麻將，說他沒關大家，不要誤會，只是請大家來這邊住幾天。護腰阿姨又哭了，求他們，要是不能放她出去，至少把鄧麗君帶去看賈伯斯醫生，無論如何要救狗，狗是她的心肝。檳榔哥則說，獸醫會處理的，牠現在住加護病房沒問題。但是，這反而讓護腰阿姨更傷心，她知道獸醫院的加護病房只是整排靠牆的鐵籠病房中，最靠近櫃檯值班醫生的那籠而已，效果不大，再轉院就沒效了。

護腰阿姨無計可施，只剩淡淡啜泣時，胯下哥隔著門縫安慰：「那個賈伯斯醫生很有名，我都有聽過。但我不知道，他也會看狗呢！」

「拜託你帶牠去。」

「不行。」

「你要是不想帶狗去，沒關係。」祖母這時候說話，「至少你應該去看看賈伯斯醫生，慢點就壞了。」

檳榔哥放下手機，看過來，抽菸哥也是。這逼得胯下哥趕快說：「亂講，我哪有病。」

「小心得菜花（淋病），這種病很難醫治，要用電燒，將菜花一朵一朵的慢慢燒死，有人還沒燒掉菜花，那支就燒焦了。」

「我哪有得菜花？」

「菜花潛伏期看不出來病，但是有很多症頭。我問你，你有感覺跤縫（胯下）癢得要死，尤其是睡去的時候。」

「有啦！但那是胯下癢。」

「你夜晚會起來放尿好幾次吧！」

「是膀胱無力啦！」

「放尿不乾，一直滴？」

「老了。」

「你幾歲？那不是老了，是尿道有壞東西在發芽，慢慢塞住，最後就塞滿一朵朵菜花了。」

「臭彈。」

「那我問你，你去開查某（嫖妓），有用沙庫（保險套）嗎？」祖母見胯下哥愣在那，提高音量說：「小心，菜花不只自己得，也會傳染給你們幾個男人。」

「幹你娘！」檳榔哥爆炸得大吼，聲音震歪了大家。他站起來，憤怒的鬍碴臉上滿是炸壞的火藥渣，吼向胯下哥：「叫你要小心，你當我在放屁，現在要把大家的𡳞屌②拖下水，弄得爛糊糊才行嗎？以後你出門，自己拿菜刀整隻𡳞屌剁下來，交給我保管。」

②男性生殖器，音近懶叫，**lān-tsiáu**。台灣閩南語。

「冤枉啦！你不要聽別人的屎話。」

「快去看賈伯斯醫生。得菜花不用電燒，連褲子都不用脫下來檢查，醫生一眼給你看穿。」

護腰阿姨這時趕緊說：「順便帶鄧麗君去喔！」

*

到了軟禁的第三天，「死道友」的內鬥愈來越激烈，主要來自護腰阿姨與回收阿姨之爭，但是大部分的人都是中立。

護腰阿姨花不少時間在廁所抱怨與哭泣。廁所緊鄰客廳，是獨立空間，木門被刻意拆了，誰進去如廁或洗澡，未必看到，但是聽得到聲音。她要大家聽聽她的委屈、受難與不滿有多深，像是剝開受傷的血口，給大家瞧瞧，而控訴的對象是回收阿姨。

護腰阿姨要是有委屈，誰都同情，但是賴著廁所，礙著大家就不同了，也使她的抱怨與哭聲像是演戲。我生理期來，進去使用廁所。她說妳就用吧！我不會礙著的。我說礙著我了，很不方便。護腰阿姨趴在馬桶上，頭也不抬的說：「我這麼苦，妳還沒可憐我。」我說：「不會。」然後她哭得更大聲，召來大家看看她的委屈。

祖母拐著傷，由我扶著，走進令我們難忘的廁所之一。這棟房子位在切斷水源的重劃區，用水來自屋頂的兩噸貯水桶，用完就沒了。三天來我們等到馬桶的尿又黃又臭才沖，洗澡也是擦拭，用水聲過大會被監控的「馬西馬西」從外頭的水龍頭關掉。這麼慘的廁所，如今又被護腰阿姨霸著，她變成鬼了，怎樣都無法修正到人的狀態，而且衝著進門的祖母說：

「我要復仇。」

「我在上大號，妳又不出去，還跟我談復仇，真的是不識字兼沒衛生。」祖母坐馬桶抱怨，把斷腿擺到奇特位置，免得使用肛門，惹痛了腿傷。

「不識字兼沒衛生不是我，是垃圾鬼。」

「妳要怎樣復仇？」

「她是臭娼仔（妓女），我要講出來。」護腰阿姨口氣堅定。

祖母停下動作，看著護腰阿姨，說：「妳這樣，會把自己變成惡魔。」

「我要講，我讓大家討厭她。」

「妳不行這樣。」

「我忍她忍很久了，要是鄧麗君走了，我一定講出來。」

「妳要變成惡魔。」

「正好。」

「我會先塞住妳的嘴巴！」

「妳敢嗎？」護腰阿姨的淚變得冰冷，身上發出難聞油耗味，嚅動著帶怨的鯰魚嘴巴，說：

「妳也不看看妳，想要強出頭幫妳孫女講話，結果拗斷自己的腳也沒路用。」

我站在浴室門外，聽著祖母被數落，不自在，又不得不聽下去。護腰阿姨說，祖母不是不能臨時作證，而是年紀大了不能隨興表演縮骨功，害孫女的官司不樂觀，這就叫老糊塗。我轉身進入廁所，看見祖母哭了，淚水流下臉龐，默默承受，不回擊，彷彿她正承認她是壓垮我的最後一根稻草。我出聲反駁，阿婆盡力了，但講完這句就不知道該怎樣接下去。

「盡力了？」護腰阿姨對我說，「那妳有盡力活著嗎？活得像鬼一樣，要大家拉妳一把。」

「有。」我努力回答，突然覺得空虛。

護腰阿姨出現厭世臉，搖了搖頭，她說我已經變成鬼了不自知，只要一個人獨處，不是把指甲摳不停，摳傷了用透氣膠帶裹得像是電火球；不然就是大力打頭，用力扯頭髮，像是拔雜草。有時分明我就是站在大家面前，但是眼睛睜得大大，靈魂不在場，令大家尷尬。她說，我被欺負沒錯，爬不起來絕對是我自己的錯；「死道友」受限祖母的規定不能跟我明講道理，只能在日常做些看起來很沒用的事，比如講笑話逗我，比如我上廁所太久她們要猛敲門，就怕我想不開，牽手過街的習慣是怕我突然衝去快車道給車撞，這都是我加入女人團之後由祖母制定的。

「講起來，妳阿婆表演失敗，是妳把她害慘的。」護腰阿姨說。

「這怎麼說？」

「妳常常失眠，半暝起來在游泳池家像鬼一樣踅玲瑯（繞圈子），妳阿婆嚇到了，聽到妳起床，目睭就瞪得大大蕊，怕妳想不開自殺。」護腰阿姨繼續說，我在開庭前一晚，失眠的症頭又犯了，祖母整夜不敢睡，身心累到無比，第二天哪有功夫把自己折進箱子裡，「妳的絕望，把妳阿婆也牽拖了。」她說。

祖母的淚乾了，說：「妳很會講道理了，但是都認為別人有錯，自己沒錯的人。」

「講到底，每個人都一樣，都認為自家是對，別人是錯。」

「當然，每個人要講真心話是很困難的，因為真心話比較靠近惡魔，而不是靠近天使。」

「我很快就會講真心話了。」

「試試看，我會塞死妳嘴巴。」

現在的「死道友」再次分裂，祖母和護腰阿姨宣戰，因為後者要暴露回收阿姨的兼差妓女底細。可是我內心想的、同時也種下的疙瘩是，原來我從來沒有活得很好這件事，不單是我的事，像傳染病，最常染病的是關心我的人。這疾病的解藥在哪？如果有的話，是我從廁所扶出來的祖母，愛是她的宗教，愛會傳染，她最想治癒她身邊的人。但是我老是好不起來。

我現在無法在自己的情緒打轉太久了，問題越抓越癢，我想幫助祖母防止護腰阿姨變成惡魔，卻又不知道該怎麼做。祖母建築防火牆了，防堵護腰阿姨的怒氣把「死道友」的情誼擊毀，把回收阿姨捲入罪惡之谷。要是可以的話，她會用斷腿上的石膏，塞進護腰阿姨的嘴巴。

「死道友」搬到哪，最容易引起地盤之爭是回收阿姨，惹惱附近搞資源回收的人。這是她的樂趣，不論是搞回收，或惹怒同行。比如，她比別人早起，凌晨三點去撿回收品，拿棍子在幾個社區的大型子母車裡翻，這讓同區撿回收品的人都把班表往前提早。然後她暫停早起，給同行鬆懈後再度偷襲式早起。又如，她會用演戲的專長，穿得髒，在臉上擺滿了邋遢與淚水，博取商家同情，把那些固定給某同行人的紙板都給她。有時，她先偷拿別人在巷道堆放的回收品，再去檢舉對方違法堆放。

回收阿姨有個廢兒子，四十幾歲只懂得喝酒，老婆與孩子都跑了，只有媽媽不能跑。她活著賺錢都是為了養兒子，定時給兒子大鬧討錢。她有時賺不夠，會跑去台中公園當流鶯，不時忍受惡徒白嫖、性虐待，然後把賺來的錢都給兒子拿去吃喝嫖賭了。後來不知道怎麼了，護腰阿姨知道了這件事，她不能忍受這樣的髒女人與她的內褲，向祖母揭發。祖母跟回收阿姨私下談時，後者好冷靜，要是流鶯的身分被張揚，她會跳樓，反正活下來需要很大的勇氣，不差再多點自殺的勇氣。這件事就被隱藏下來。

護腰阿姨看準了這點，抓住反攻的利器了，要是鄧麗君死掉，她會找回收阿姨陪葬。也就是這樣，到了中午，胯下哥帶回重症的鄧麗君與三寶飯便當，「死道友」的氣氛降到低點。

鄧麗君的意識不清了，舌頭吐在外邊，腫瘤破裂導致內出血，肚子又鼓又大，只能仰躺。尤其圓乎乎的肚子，太不真實了，好像牠吸進去的空氣沒有出來過。這次牠送回來，應該熬不過一小時了。既然無法開刀，護腰阿姨也反對安樂死，她的觀念是老狗得熬過這段路，這是牠的命，沒有熬過的話以後輪迴還是要當狗。護腰阿姨把衣服脫下來，給鄧麗君墊著，慢慢陪伴牠到終點，並且在那一刻復仇。

「鄧麗君妳有艱苦不要放內心，愛叫、愛哭，都可以。」護腰阿姨說，「媽媽都在這陪妳。」

「我們大家都會陪妳。」回收阿姨說。

護腰阿姨摸著老狗，冷冷怒視回來，她背後的白牆有著屋主為了抗爭而寫的「恨」字。字好大，約兩公尺，紅漆字，用太多漆而出現淌下來的淚痕，是客廳最令人不安的標語。我們這幾天

都跟這字磨合，並且交手。現在護腰阿姨的感受，完全被標語襯托出來，

「我們會陪妳，鄧麗君。」回收阿姨再說一次。

「勿．假．了。」護腰阿姨突然憤怒大吼，轉而冷冷說：「袂見笑，等一下妳就知死，就知死了。」

這怒吼嚇到大家，彷彿客廳空間隨聲音的爆炸而膨脹了十倍，所有人的疏離感也擴大，安靜得刺人。我看著眼前的護腰阿姨，能理解她的愛狗之心，但解不開她的仇恨之心，她愛的極限不是寬容，是恨。這時無論講甚麼，她都聽不下去了，心魔阻止她去理解，並將愛有多大，轉成恨有多深。

安靜時刻，護腰阿姨趴在鄧麗君身邊，用手輕梳牠的頸部，如此溫柔，等待死神來，帶走昏迷的狗……

「汪！」

「汪！汪！」

「汪！汪汪！汪汪！」

祖母學狗叫了三回，真是令人摸不著頭緒，惹得護腰阿姨抬頭瞪她。祖母依靠在牆角，一隻腳盤著，一隻斷腿打直，她深吸口氣，再次發出狗吠聲，似乎在跟鄧麗君溝通。

「噓！勿吵了，牠要睏了。」護腰阿姨說。

祖母說，鄧麗君要走了，大家閉上眼，跟她一起祈禱，信菩薩的求菩薩、信上帝的求上帝、信媽祖的求媽祖，甚麼都沒信的把雙手合在胸前。祖母一手往上呈，暗示酒窩阿姨過來握住那隻

手，一起祈禱。

「我親愛的姊妹們，我求妳們，祈禱妳們的神來到這裡。來，妳們現在呼喚妳們的神。」祖母說到這裡，給大家各自祈禱一段，才說：「我所尊敬的眾神，我所愛的上帝、菩薩、媽祖，我求祢們幫助我。我願把我一禮拜的陽壽，轉給鄧麗君，換牠一分鐘的元神。我祈求眾神，給鄧麗君生命的力量，讓牠醒過來看看我。」

末了幾句，大家睜開眼看著祖母說完，如此不捨。祖母如此慈悲，願意把生命之力給一隻動物。尤其是酒窩阿姨，緊緊捉住祖母的手，她陷入一種莫名情緒的小激動。

「鄧麗君，我祈禱妳醒過來，醒來看我。」祖母說完，學狗發出叫聲：「汪！汪！」這只是模仿護腰阿姨平日跟鄧麗君的遊戲，今日也在溫柔中，飽含堅定。她就這樣叫著，彷佛真的懂了狗語言，真誠呼喚。

「汪！」她叫。

「汪！汪汪！汪汪！」她又叫著。

鄧麗君醒來了，轉頭看著祖母。或許牠想起往日與護腰阿姨玩的遊戲，或許把祖母當成了護腰阿姨。牠抬頭，看著祖母。祖母再次對眾神祈禱，她願意再拿出一禮拜的陽壽，換成給鄧麗君生命力量，願牠走過來她的身邊。

「鄧麗君，走過來吧！」祖母說完，叫著：「汪汪！汪汪！」

鄧麗君顫巍巍的翻身，爬起來，晃著無力下垂的尾巴，走過三公尺，來到祖母身邊。

「妳要是走，妳媽媽就變成惡魔。」祖母梳著老狗的頸部毛，說：「阿姨這麼疼惜妳，很想掐死妳，這樣妳媽媽就不會變惡魔。妳媽媽只會討厭我，但不會變惡魔……鄧麗君，死是有責任，不是甚麼話不說就走了，就像我有個兒子安安靜靜的走了，要是他走之前多跟我講幾句話，那幾年我就不會這麼難熬了。死的責任是走之前要說再見，把內心的話說出來……現在，妳回過頭去，看著妳媽媽。」

祖母扶著鄧麗君的身體，幫助牠轉身，才說：「看著媽媽，跟她說『這一輩子最謝謝媽媽的照顧，我很感恩』。妳要是不懂得怎麼說，阿姨教妳。妳只要叫一聲就代表心意，像這樣叫：汪！」

「汪！」鄧麗君叫了。

「跟媽媽說，我這輩子跟妳很快樂，希望妳永遠是我的媽媽，不是惡魔。妳用叫兩聲就好。汪！汪！」

「汪汪！」

「跟媽媽說，我們這輩子這麼有緣，下輩子還要做母女。」

「汪！」

「跟媽媽說，謝謝妳。」

「汪…汪…汪！」

「我愛妳。」

「汪…汪…汪…」鄧麗君叫聲緩慢，彷彿說人語了。

來到最後的時刻了，祖母看著護腰阿姨，說：「妳女兒真心說了這麼多，妳也跟她說幾句話吧！」

護腰阿姨泣不成聲了，滿臉是淚，感念鄧麗君的道別之情。她與老狗在這輩子的快樂與委屈，現在成了最純粹的愛。她拉開束腰的魔鬼沾以便再次黏合時更穩固，蹲下來，手腳觸地，用只有她能了解的語言跟最愛的老狗道別：「汪！汪！汪！汪！」

「汪！汪！」鄧麗君走過去。

「汪汪汪汪汪！汪汪！」護腰阿姨也爬過去。

「汪！」

「汪！汪汪！」

「汪！」

老狗舔著人的淚，人淚永遠是世界最熱的。

那都是外人不懂的人與狗對談，卻聽到了心坎。

最後，護腰阿姨抱著鄧麗君，直到孱弱的狗在她懷中安息了，她才把所有的淚水滴在狗身上，說：「鄧麗君，媽媽要謝謝妳這輩子來當我的女兒，沒有妳的話，媽媽會變成惡魔，下輩子再也見不到妳了。」

「死道友」都哭了，包括我。

*

「馬西馬西」的老闆是下午來的，開著一台BMW大七系列，從四百公尺外的圍籬缺口開進來，在泥路開很慢，怕彈起的石頭刮傷烤漆，而且在某個水坑前浪費了很多時間在猶豫，輪胎下水後，甚麼事都沒發生。老闆來到客廳，他穿亞曼尼黑牌的襯衫與西裝褲，約三十歲就掌權。我得幫他取「豬毛夾」的綽號，來自他掛了一個金色的豬毛夾項鍊。

「辛苦妳們了。」豬毛夾老闆抽動嘴角，說：「妳們通過新進員工的職前訓練了，恭喜。我們公司福利很好。」

「可是，你們沒有通過我們的考核。」祖母說。

「我們有這麼糟嗎？」

「我們被關在這，這哪是訓練？」

「真的嗎？」豬毛夾老闆轉頭看著檳榔哥，看著他道歉與愧疚之後，才生氣說：「職訓幹麼把員工關這麼緊？有空讓她們出去走走。還有你們也是，有空把那個水坑弄乾，路上的小石頭也掃乾淨。」

「你應該也是來看超能力的吧！」祖母說。

豬毛夾老闆看著祖母，揚手暗示，便坐在一張由胯下哥遞來的椅子。他捏著胸口的那支豬毛夾，發出細瑣聲，用它去拔著自己的鬍子。他很享受拔鬍子的樂趣，不然怎麼會把癖好當眾呈現，就像胯下哥會當眾把手伸進褲檔抓到爽。他拔了幾根鬍子，嘴角抽動，說：

「妳們，誰是．死．神？」

這句話令大家肅靜，接不上話。檳榔哥與抽菸哥冷冷看著大家，倒是胯下哥又把自己的胯下猛抓得刷刷響。

「老闆問的問題，沒有很難呀！答案就在妳們身上。」檳榔哥上前，把薄外套的下襬撩起來，露出腰部擺放的手槍。這動作太明顯，「死道友」看到那把槍的威脅與挑釁。

「妳們，誰是死神？」豬毛夾老闆目光轉一圈，定在我身上，「是妳吧？這麼年輕就跟老女人混，分明就是來帶衰的死神。」

「老闆眼光很準的。」抽菸哥說。

「請坐。」豬毛夾老闆起立，伸手暗示我坐上那張椅子，他說：「來，有請死神上坐。」

「我說，請坐下。」

「我……不是死……神。」我很緊張。

檳榔哥受不了我的唯唯諾諾，大吼：「坐呀！」這吼聲讓大家一震，身上能抖下塵埃了。

「那才是我坐的。」祖母從地板掙扎起來，拐著腳傷，坐上位子，「我們女人團也是正派經營，我是老闆，這位子我來坐。」

「老闆有兩種，一種是廢物，一種是真材實料，妳是哪種？」豬毛夾老闆又玩起項鍊。

「你說呢？」

「閉上眼睛，把手放在腿上。」豬毛夾老闆下令。

「給我照做。」檳榔哥喊。

祖母照做，閉上眼，雙手攤在膝蓋上。豬毛夾老闆跪下去，鼻子慢慢的靠近祖母的手，深吸了幾口氣。祖母能感受到那深沉的呼吸，似乎在掃描她的手。「這傢伙在幹麼？」祖母又疑惑，又緊張，她知道接下來的每步棋，都得反應快，且不要挑起對方的氣焰。

猛吸氣的豬毛夾老闆，陷溺在攪繞的情緒與回憶裡，他抬起頭，微張的眼皮下露出白眼，看起來就是吸毒的表情，他說：「這就對了。」豬毛夾老闆說這逃不過他的鼻子，他聞到祖母的手中殘留老男人的死亡味道，這是死神的手，不久前才處理過某件死亡。

「你這麼厲害。」祖母說。

「我從小能聞到死亡的味道，但長大之後，能力變弱。」豬毛夾老闆用夾子拔起鬍子，說：「這種能力長大後變弱了，就像有人小時候能看到阿飄，但是長大之後連看到別人心中有鬼的能力都沒有了。」

幾天前在醫院時，祖母曾幫助隔壁床的老人臨死淨身。難道豬毛夾老闆真有特殊能力，聞到祖母手中的殘味，還是湊巧而已。不過，這強化了他對祖母的有特殊能力的印象。

「這就是你經營『死亡互助會』的原因？」祖母問。

「當然不是，我嗅到死味的能力很弱，玩不起來。但是我有一項超能力比大家更強，就是聞到銅臭味，老人身上有種很濃的銅臭味，尤其快要死的越濃，只是我敢聞、敢撈，還敢玩，跳下錢坑賺。」

「可見得，我們搶到你的地盤了。」

「做生意嘛！有賺有賠，賠給妳們是功德一件，這樣我才能發現這世界上原來還有人可以這樣跟快死掉的老人玩。我們可以合作呀！」

「合作？」

「我要借用妳的手，整合全台灣其他的『死亡互助會』。」

「你要一統江山，要是我不配合呢？」

「妳很強，我發現妳沒有弱點，聰明又反應快，難怪可以當老闆。」豬毛夾老闆抽動嘴角，說：「但是活著的人會有弱點，妳的弱點是身後的那些老人，還有跟妳一樣藍色頭髮的年輕女人，她是妳孫女。」

「……」

「愛很危險，多少人為它茶不思、飯不想，也有人因此犧牲了。愛是妳的弱點，足夠讓妳犧牲，不是嗎？」

「愛很危險，不愛更危險，你要選哪個。」祖母點頭說：「說說看你給我的福利呢？」

「我給妳不愛錢的能力，哈哈，我很幽默吧！」豬毛夾老闆自顧自大笑，起鬨要大家跟他笑，才說：「我給妳生活一輩子的錢，錢多到怕，不會再愛錢。妳不用工作了，妳孫子明天過退休生活，我給妳們的錢多到可以讓妳們忘掉這次員工訓練的痛苦，活在快樂的明天。」

「好，我答應。」

「口說無憑，我給妳個測試，妳要通過接下來這關才行。」豬毛夾老闆揮手下指令。

過了不久，有人從大門口推進了一個輪椅老人，用他來測試。

老人年約八旬，插了鼻胃管，掛了尿袋，眼睛淒迷，顯示身體的部分器官已怠速運轉。這個老人雖然坐輪椅，但是穿著整齊體面，穿黑襯衫、寬鬆西裝褲，唯獨鬍子蓄了一個禮拜沒刮。最殘忍的是老男人的手腳被束帶綁在輪椅上，可能是防止他拔掉鼻胃管之類。豬毛夾老闆喜歡拔毛，連老人也不放過。他把項鍊解下來，用來拔老人的白鬍子，甚至鼻孔露出的白鼻毛。他拔的過程，發出殘忍而誇張的鄙夷笑聲。老人沒有反應，一個活死人。

這位被推出來的老男人，正考驗祖母，她不得不好奇的問：「說說看，你要我怎樣做呢？」

「讓・他・死・掉。」豬毛夾老闆講話下重音節，而且要求：「讓他無・傷・無・痕，看起來自然的掛掉。」

「他看起來快不行了。」

「他這樣拖了有五年了，台灣醫療太好了，造成廢物淘汰率低。他簡直就是AFK③歹戲拖棚，偏偏像是丟到柏油路也死不了的垃圾魚。」

「AFK是甚麼？」

「妳們這些石器時代的人，用的都是老人手機，螢幕只能裝數字號碼，鈴聲大到把別人吵死了就是自己聽不到。這樣子的人怎麼會懂網路世界的好東西，講有屁用。」

「他也沒手機，有手機也不曉得打給誰吧！」祖母看著輪椅上的老人，「這個石器時代的人是你爸爸嗎？」

---

③網路遊戲「英雄聯盟（LoL）」術語，意思是人不在電腦前玩遊戲，暫離。AFK的英文意思是Away From Keyboard。

「妳不要亂扯。」

「我當然是亂說。我常常亂說的是，一個人致富最簡單的方式，一個人生存最安全的戰術，是跟父母要錢，又賴皮不還錢，然後詛咒他們去死。但是，你們公司很正派，不會做這種事。」

「妳很麻煩，我快沒有耐性跟妳合作了。」

「我可以掐死這老男人，這樣比較快，死神之手這樣最好用。」

「妳這白目是來傓④死你祖公的嗎？幹！」豬毛夾老闆大吼，從檳榔哥腰部抽出那把手槍，開一槍，砰，巨響顛盪在客廳，把「死道友」捲入恐懼中。我感到自己在激烈發抖，閉眼活在黑暗裡，等我張開眼，看見豬毛夾老闆朝天花板射擊的地方有個小洞。地上散落水泥屑，與一顆扁掉的銅彈頭。

祖母是非常冷靜的，她看著眼前一幕。

豬毛夾老闆用手槍指著祖母，後者不為所動。祖母是一腳踏進棺材的癌末病患，她冷冷的看槍管，然後看著豬毛夾老闆。這氣得豬毛夾老闆把槍轉移，敲著老男人的頭，說：「要是輪到妳用手掐死，用槍還比較快。」

「我懂。」

「我不要讓這個人這麼痛苦了，他活著也不是，要死也不能，這樣的日子不知道還要過多久。他很痛苦的。」

「我懂。」

「不要裝屌了，妳看著辦吧！」

「我們的T3車上，有個藥丸包，你先叫人拿過來。」祖母一說，豬毛夾老闆便請人去拿。趁此，祖母解釋：「這種藥是我們秘製的中藥，無毒的，我會請這老男人吃些，再用我的手安排幾下，要是他活夠了，就『藥到命除』了；要是他還有救，說不定『藥到病除』。」

「這樣就對了，早點動手才是。」

中藥丸被抽菸哥拿來了。祖母打開藥包，露出十餘粒黑藥丸，看似平凡，經過她詮釋，彷彿是武林秘笈中用來打通任督二脈的神藥，讓幾個男人湊過頭來瞧，沉浸在某種看不懂的神祕感。「死道友」知道這中藥來歷，那是從賈伯斯密醫求來給鄧麗君的，太苦了，由護腰阿姨燉製成藥丸。豬毛夾老闆懷疑藥丸有毒，不想留下殺人的證據。祖母避開苦味而把藥丸乾吞，證明藥沒問題，人也沒出問題，只有對病人才有問題。

「拔掉他鼻胃管。」祖母下令。

幾個男人都不願動手。酒窩阿姨與假髮阿姨上前，撕掉老男人鼻梁上的鼻胃管固定貼布，把管子慢慢抽出來。祖母討了個碗，裝水，放入四顆藥，用拇指扣在碗裡推勻，直到化成一灘又黑又濃的湯水。

「我們這些女人都是見過地獄的人，」祖母對老男人說，「你喝了湯，可以下地獄，或者選擇再回來。」

老男人不動，眼皮也不眨。

④戇的意思，是強烈罵人的口氣，音gām。台灣閩南語。

「抱歉，我們要送你下地獄了，如果你不想要，說一聲。」祖母說。

老男人還是不動。

「動手。」祖母下令。

酒窩阿姨與假髮阿姨動手，一個掰開老男人的嘴，一個倒入湯。老男人拒絕吞嚥，湯水流出來。

「灌藥。」祖母下令，我與回收阿姨上前幫忙。

我們抓住老男人，捏住他的鼻子，趁他從嘴巴呼吸時，抬起他的下巴，灌了半碗湯藥。

接下來的兩分鐘，對老男人與大家來說，都是難熬的。只見老男人的手腳抖動，眼睛睜大，牙關緊咬，兩頰的青筋浮出來。「死道友」知道這老男人掉到地獄了，那是肉體艱難與心魔狂舞的最大值。

「你快停止呼吸吧！Game Over。」豬毛夾老闆捏拳鼓勵。

老男人持續抖動身體，淚水不斷流，被束帶綁住的手搖晃，不知道要死，還是想活下去。接著他額頭冒出小汗珠，閉著的眼睛不斷流淚，尿袋也注入新鮮的尿液，發出塑膠袋子鼓起來的聲響。

「他還活著呀！妳到底是不是死神？」豬毛夾老闆說。

「再給我一些時間。」

「我沒有那麼多時間了，我等了五年，快讓他THE END。」豬毛夾老闆皺眉頭，等待時間過去，然後在原地徘徊，非常焦躁不安，過了五分鐘，他終於按捺不住的大吼：「這世界怎麼了？一個老廢柴都死不掉。」

「再等一下。」

「我等不下去了，我沒這麼多時間了。」豬毛夾老闆氣呼呼，走上前去，拿槍抵著祖母額心，渾身激動的說：「妳到底怕不怕死？」

「誰都怕死。」祖母看著對方，說：「但是得到癌症，就知道人生的優先順序該怎樣排了。」

於是豬毛夾老闆轉頭朝我來，一腳踹倒我，槍管朝我的腳，說給祖母聽：「妳這藍頭髮的死老太婆，再拿不出辦法，妳孫女的大腿就吃子彈。」

他要是用槍管抵住別人額頭，還沒有殺死人的膽，但是往人的大腿射，絕對有傷人的惡膽。這說明我多麼害怕，倒在地上，像是上岸的魚，爬動的力量都沒有，看著槍管朝著我的右大腿膝蓋，我害怕他開了第一槍，就失心瘋的朝大家補上幾槍。豬毛夾老闆持續咆哮，連檳榔哥、抽菸哥都好言相勸的求他冷靜下來，別太衝動。

忽然間，一隻乾枯的手伸過來，握住了槍管。

現場安靜下來，看著那隻手的主人——老男人咳了幾聲，喉嚨動幾下，他的臉龐混著淚水與抽動，似乎在找尋生命的出口。最後，他嘴角動著，努力要擠出話來，說：「太……」

檳榔哥很驚訝問：「大仔，你活過來了，要講啥咪？」

「太……丟……臉了，帶……我走。」老男人說。

這個沉默十年的老男人，竟講話了。多虧豬毛夾老闆突如其來的槍聲，祖母發現，坐她眼前的輪椅老男人，被嚇得喉嚨上下跳動，唯有保有吞嚥動作的人才會這樣動喉嚨，顯示這男人是拒食而被迫灌食，不是重症拖延。

「孬跤。」老男人對祖母說，意思是精明女人。

「還呆著，你們把他帶走呀！」豬毛夾老闆既生氣又無奈，帶著輪椅老男人離開。離開前，他回頭對著客廳勝利的女人，比了下流手勢。

抽菸哥又浪費嘴上的那根菸了，都化為灰燼，不得不打新的抽，他關上門之前，聽見祖母給他的警告，「有空去看賈伯斯醫生，不然菜花越來越嚴重。」這提示如巨雷響著，使他嘴上的那根菸抽得又快又煩了。

*

那三個男人去看賈伯斯醫生了，心裡好急，車子駛過爛路，濺開小石頭，濺乾了水坑，一路濺起高高的灰塵，他們就醫的心情就像他們的車速。我看見九月的陽光落在寬闊的重劃區，光禿禿無生氣。這是第四天了，「死道友」決定在男人們被支開的時刻逃脫了。

現在門外只剩一個男人看守，姑且叫他「死魚眼」，年約二十歲，僅知他是上網成癮者，滑手機時，眼饞過動；看人時，眼殘中風無神。這種人不叫「死魚眼」要叫什麼。要請他開門，得在門內有了比網路更值得按讚的畫面才行。「死道友」為此準備中。

祖母躺在地上，頭抵著牆，試著施展「縮頭功」，把頭顱縮進牆內。她二十餘歲能展現這功夫，就像奧運跳水選手在轉體三周後的筆直入水。現在從她的年歲、骨頭韌度、肌肉爆發力等來看，最好的是，躺在安樂椅回憶就好。可是，她堅持要弄出來，這是大家逃出去的機會。

到了早上十點鐘，我們第十次幫助祖母施展「縮頭功」，抓著她的身體，往牆面施力推去。這種功夫不是真的把頭縮進牆，而是像烏龜縮頭，所以胸腔得承受極大的壓力。每次稍有進展，當她的頭縮進去幾公分，會激烈咳嗽，那個有腫瘤的胸腔似乎再也裝不下一顆頭了。

「我們換別的方法好了。」酒窩阿姨暗示放棄。

「我找到感覺了，再一次吧！這次無論如何，妳們別管甚麼了，把我往牆壁用力推去，這樣讓我的頭被頂著後縮進胸部。」祖母給了我一個手勢，說：「妳也去準備血了。」

祖母深吸了口氣，凝視酒窩阿姨之後閉上眼。酒窩阿姨輕輕撫摸祖母額頭，給了最溫柔的情感。大家再次使力，把她往牆壁推，一切照著祖母的預估，她的頭慢慢隱匿了，五官扭曲縮小，摺疊進去胸腔了。

我得取血了，快步走進廁所，看見護腰阿姨正在拆蓮蓬頭的不鏽鋼軟管，那是她待會打人的武器，而鄧麗君的遺體在她腳邊。我懸坐在馬桶，將洗淨的手伸進陰道，拿出裝有八分滿月經血的月亮杯。經血是溫的，鮮紅色，沒有異味，要是冷了會發出經臭味。護腰阿姨以為我要尿尿，卻拿出裝了經血的醫用矽膠杯，很驚訝，令她看了一眼死去的鄧麗君是否也有奇蹟。我理解到，她從反覆洗滌的月經布，慶幸到了用過即丟的衛生棉的輝煌時代，還沒用過衛生棉條就停經了，很難理解月亮杯的價值。女人的生理時代被月亮杯切割了，之後是進入黃金年代，有些女人第一次使用它時，把杯裡的經血喝下，說這是「耶穌血」。我還不敢喝。但月經量多時，得衛生棉條與衛生棉並用的我來說，對月亮杯一試成主顧。

我端著月亮杯，來到客廳，將經血淋在祖母的頸部──照計畫中那樣，她的頭斷了，血流得哪都是。

「死道友」演戲了，有的敲門，有的大吼有人死了，有的發出淒厲叫聲，直到客廳大門被開啟後，她們倏忽安靜下來，好讓外頭的人看到裡頭的恐怖狀態──有人死在地上。

「死魚眼」從門縫大喊：「後退啦！」然後看到女人們一邊後退、一邊指著那具屍體。他嚇著了，眼睛活化了，看著一個靠著牆的無頭女屍。這世界上要是有驚人一幕，網路成癮者會拿出手機，照幾張相看看，「死魚眼」也是這樣。他照完照，放大細部看清楚，這確實是女屍；其中有張照片是他伸長手照的，把死角補足，照片中的死人斷頭了，不是修圖的成果。

「後退。」死魚眼大喊，把兩道的鐵鏈扣解開，他走進來，「誰殺了她？她的頭呢？」

我們不說話，手都指著窗外。

「死魚眼」靠近落地窗，往下看，一樓的雜草裡有顆人頭。他很確定這是殺人案了，比網路更刺激百倍，他的手抖得像阿茲海默症患者，直到他手機撥通的即時通傳來檳榔哥大罵「你混蛋不講話呀」，才恢復精神。

「有個女人死了，頭不見了。」死魚眼把鏡頭對準屍體，直播中。

「不要晃了。」檳榔哥從視訊那端大吼，「我來看。」

「好緊張呢！」

「媽的，你在打手槍嗎？鏡頭亂晃，給我放慢，我看看有沒有少人。」檳榔哥忽然大吼：「停。」

「停了。」

「我不是叫你停，我是叫這邊的車子停下來，你繼續視訊。」檳榔哥叫那端把車子停下來，三個男人專心看視訊，「對準那個屍體，死的是誰？」

「斷腿的女人。」

「鏡頭再靠近點。」檳榔哥停止嚼檳榔，瞪大眼看，忽然喊：「快走，把大門上鎖，那個女的沒死，她有超能力。」

「她頭斷掉了，哪會沒死？」死魚眼大喊。

來不及了，死魚眼太靠近詐死的祖母。祖母突然手腳亂晃，把後退的死魚眼絆倒。浴室門邊站著的護腰阿姨立馬衝過去，甩著不鏽鋼鞭，狠狠朝他打去。幾個女人補上去，她們沒有別的，就靠一身老肥肉壓去。

我衝向大門，跑下樓梯，一路激烈喘著，任務是發動T3引擎。鑰匙被拿走了，不在車上，我拿了一顆大石頭，往車子前保險桿旁的鐵蓋子敲下去，敲了幾次終於打開了。護腰阿姨在裡頭放了備份鑰匙，用布包裹。可是我把鐵蓋敲歪了，伸手拿時被銳利的鐵片割傷，手流血，而且胯下的經血也是流不停。

我去找竹子之類的勾出鑰匙，四周空蕩蕩，唯獨在草叢看到那顆頭。那顆頭是假髮阿姨的假髮，裡頭包了幾個女人的胸罩，從二樓窗縫扔下來，幾乎以假亂真。眼界狹小的「死魚眼」要是多看被囚困的我們，會發現破綻——這顆黑髮假頭，不是祖母的藍紫短髮——還好他眼睛像黏鼠板黏死在手機上。我找到自己的胸罩，對它很了解，因久洗而鋼圈外露。我把鋼圈拔出來，用來勾出保險桿裡頭藏的鑰匙。

可是，怎麼「死道友」還沒有下樓？照理該下來了。

我趕快跑上樓去瞧，而且準時看到高潮戲。「死魚眼」被護腰阿姨的贅肉與鐵鞭逼到角落，跪在地上，哭喊饒了他。糗狀被他膝蓋前的即時通轉播了，螢幕裡的三個男人大罵，由於畫面處於高速駕車的顛盪，感覺每秒都能搖出新創的髒話。

祖母躺在地上，像是從十字架上剛卸下來，身上都是我的經血。她施展縮頭功時，憋氣憋過頭了，失去生命跡象，沒有呼吸，脈搏微弱，「死道友」幫她做心肺復甦術才恢復呼吸。大家圍著她，等待她這位領頭羊醒來發號施令離開這鬼地方。祖母早就把她的休克算進計畫中，要是這樣，我就成了唯一逃出去求救的人。可是我留下來了，這樣做是相信她能醒來。

等待是愛情的最美姿態，也是最煎熬的，親吻是解藥。酒窩阿姨吻了祖母，後者就醒。祖母睜開眼睛，果真拿到這臨門一腳的吻就醒來，說：「查某囡仔，我夢到妳偷親了我。」

「我是真的親妳，我以為妳要走了。」酒窩阿姨說。

「死有責任的，還沒跟妳道別之前，我不會這樣就走。」祖母又轉頭對「死道友」說：「妳們也是，我沒說再見怎麼走。」

「我祈求主，那個時刻不要來。」

「我們是主耶穌所喜愛的老人家，主會允諾的。我也祈求主了，請祂賜給我說廢話的能力，說再見時就能拖很久。」祖母從地上坐起來，「怎麼辦？我現在好像在說廢話了。」

「來呼一下口號，讓自己有點精神。」酒窩阿姨說。

祖母被扶起來，有氣無力說：「死道友。」

「不死貧道⑤。」我們圍成一圈，小聲呼應。

大家微笑，彼此凝視，那是非常短暫的沉默，短到像是共同看到一枚火流星劃過天際，從此在我們記憶捎下書籤。我們扶著祖母，帶鄧麗君的遺體下樓，將「死魚眼」反鎖在客廳，還有三個在手機螢幕咆哮的男人。下樓時，我發現自己哭了，眼淚順著階梯越來越多，那是喜悅的淚水，我緊緊攙扶祖母，兩人沒有說話，但又靈犀一切了。無論她在法庭的搏命演出，或是在這裡的真情流露，讓我覺得自己往後不再孤單了。我跟祖母說謝謝。我知道心有靈犀，有些話還是要說出來。祖母回報我微笑。

T3幾天不發動都懶了，轉鑰匙時，引擎只有答答答聲響，我祈求被撞死的「阿嬤鬼」回來。所有的女人很有默契的大喊著「伊」回來吧！引擎就回魂的運轉了。大家就坐了，連「阿嬤鬼」也到齊，出發了。

如預期的，那三個去找賈伯斯密醫的男人回來了，怒氣像車子後頭揚起的灰塵，很快就要

⑤「死道友，不死貧道」意思是：朋友先去死，我不死；別人倒楣沒關係，我沒事就好。這是譏笑他人輕忽朋友的風涼話。

追上慢吞吞的T3。「死道友」開窗，把三個骨灰罈往外丟，兩個碎了，刺破他們輪胎，一個卡死在車底盤。骨罐上破碎的遺照，在陽光下發出勝利微笑。謝謝死去的爸爸與祖父，你們發揮力量了。

我們慢慢駛離這個不毛之地的重劃區……

第五章 河畔之秋

即便台中市的綠意濃稠，一陣風來，秋意仍然從蓊鬱的行道樹走光了，幾片落葉，一片殘紅，天氣微冷了。那一片殘紅是烏桕的落葉，酒紅色，不時的從樹梢墜落。我推著曾祖母的輪椅，走在梅川旁的人行道，落滿了烏桕葉，人生有點像走在充滿落葉的小徑，總有那麼點美中的殘忍。

不要問我的祖母怎樣了，不要問我的官司怎麼了，人生不會有答案，我只知道今年夏天發生了這麼多事之後，我的人生不一樣了，我變得更複雜，也變得更勇敢，那些挫折帶來的悲傷不會全部蒸發不見，無人理解我發生了甚麼事，傷痕會留下，思念會留下，就像落葉留在地上。

梅川畔的烏桕樹，是我秋季最愛的樹木。烏桕葉隨著秋冬溫度，有綠色、橘色、紫色、褐色、紅色的漸層變換，天氣越冷，越是深色。我彎下身撿了一片最殘紅的樹葉，無論如何，唯有浸潤最深寒意的樹葉才會落入我掌裡，成了季節的最佳詮釋者。

「阿春，我們要去哪裡？」曾祖母問。

祖母叫趙潤春，小名阿春，是非常平凡的名字。

曾祖母最近扭傷了小腿，我去安養院帶她來市區散心。我進她房間時，她把我按在房間牆邊的鉛筆刻度，說阿春長高了，阿春變乖了，會乖乖吃她給的餅乾。曾祖母整天叫我阿春。

「我們去散步，慢慢走。」我把那片樹葉放到曾祖母的掌心，然後說：「慢慢走到幼兒園去。」

幼兒園是我之前工作的地方，我推著曾祖母的輪椅來到阿勃勒樹下，隔著鐵欄杆的裡頭是沙池。並不久之前，我在欄杆那頭工作，帶孩子在沙池玩遊戲，如何在私底下製造「挖通了沙池可以抵達地球另一端美國」的傳說，然後又忙著公開澄清。現在的我只能在欄杆外觀看了。我不是來眷戀的，只是實踐承諾，因為小車邀請我來觀看每年秋季的戲劇公演。

舞台搭在阿勃勒樹下，台下放了上百張椅子，沒位子坐的家長站著，但取得了攝影或臉書直播的好角度。曾祖母問我，「台上演甚麼？」我跟曾祖母講，台上演童話，一隻抓小雞的老鷹如何在受傷之後，受到小雞們的照顧。曾祖母一邊聽、一邊點頭，最後搖頭說，為什麼要教小朋友這樣不合常理的故事，老鷹與小雞根本是敵人，永遠不可能和解。我說那是故事，是小孩演給大人看的。曾祖母又搖頭說，原來是大人甘願被騙，那也是沒有辦法的事了。

曾祖母指著舞台上的老鷹裝扮，說：「阿春，那隻是老母雞嗎？」

「不是，他是老鷹，準備要飛走了。」我探頭看，說：「我認識他，他是我教過的小朋友小車，我很喜歡他。」

「喔！那我誤會了。」

「怎麼說？」

「那他是一隻好老鷹，因為他是妳的朋友。」

「妳剛剛不是說老鷹都是壞的？」

「我沒有說他是壞的，我說他跟小雞不同類。」曾祖母微笑說，「妳看那隻老鷹現在好可愛，他把翅膀展開了。」

接下來的時間，我們將目光放在褐色老鷹身上了。

老鷹揮動拼貼的翅膀，用稚嫩的聲音說，「小雞們，謝謝，我要給你們一個愛的禮物。」

「那是甚麼愛的禮物？」黃茸茸的小雞們大喊，甚為可愛。

「小雞雞們，我要讓你們看看我的大鵰。」

台下發出些微笑聲，戲劇指導師不斷揮手暗示演錯了。一個小雞跳出來指責老鷹，說：「你演錯了，我們要愛的擁抱。」

「小雞雞們，你們再不穿上褲子，我要用大鵰打你們了。」老鷹大喊。

老鷹追起他們，小雞們慌亂，這不是照劇本演。台下的家長也覺得莫名其妙，這齣戲越演越古怪。正當戲劇老師跑上台要糾正老鷹時，一隻串通好的小雞大喊，「廖景紹，你不要用你的雞雞打我們的臉。」

「廖景紹就是要用老二，打你們這些小雞雞的臉，這就是愛的禮物。」老鷹的翅膀手拿著阿勃勒的果莢，揮動著，大喊：「這就是老二。」

台上台下都亂起來，園長的臉都垮了。

我看了五味雜陳，哭笑不得。但是我要謝謝小車，他的失控演出是給我的禮物。倒是曾祖母哈哈大笑，無法安穩的坐在輪椅，直說這隻老鷹太可愛了。我把輪椅掉頭，離開了幼兒園，往植滿烏桕的深處走去，無論秋陽與落葉都是美得令人眷顧，光痕紛紛，適合走路。路才要開始，而夏天過去了。

【謝辭】感謝生命中的小魔們

這本小說的地點與時序，是台中之夏。我是在春天寫完的。

這是當代故事，書寫我目前居住的台中。這沒有甚麼值得拿出來說嘴，小說寫哪個時代、哪個地方都可以，但是首次以長篇小說書寫此城，帶點欣喜，雖然這都市的獨特性在書中是如此稀薄。

上本《邦查女孩》被貼上魔幻標籤，依我的理解它不太像，這可能是我們對魔幻現實的理解不同所致，即便如何，不礙《邦查女孩》閱讀進行。這本小說是魔幻，和《殺鬼》的大魔幻相較，算是小魔幻。

小魔幻，我簡稱小魔，自認略微可愛。每個人生命中都有小魔，小奇幻、小驚喜、小喜悅、小貴人，這正是我所謂的小魔。小小的魔幻人物，他們是幫助你的人，使生命有了小小的魔幻驚喜。此書完成，感謝以下的眾小魔：感謝好友崇建，感謝陶玉璞教授與陳明柔教授，感謝客委會主委李永得先生。這本小說花最多時間考究的是法庭辯詰，感謝律師吳存富先生與律師娘林靜如小姐，他們提供專業意見。感謝寶瓶出版社社長朱亞君小姐，她是第一位看完小說草稿，並提供寶貴意見；感謝此書的編輯張純玲小姐，她包容我的修稿癖。更要感謝父母與妻子，謝謝他們支持。

最後感謝的是閱讀這本小說的讀者，妳或你，我視為壓卷的小魔。感謝妳們讀完這本書了。萬一妳是倒著讀的奇人，就趕緊買下這本書吧！因為妳是第一個被感謝的人。

國家圖書館預行編目資料

冬將軍來的夏天／甘耀明著. --初版. --臺北市：寶瓶文化, 2017.05
面； 公分. --（island；269）
ISBN 978-986-406-090-0（平裝）

857.7　　106007748

island 269

冬將軍來的夏天

作者／甘耀明

發行人／張寶琴
社長兼總編輯／朱亞君
副總編輯／張純玲
資深編輯／丁慧瑋
編輯／林婕伃・周美珊
美術主編／林慧雯
校對／張純玲・劉素芬・陳佩伶・甘耀明
業務經理／李婉婷
企劃專員／林歆婕
財務主任／歐素琪　業務專員／林裕翔
出版者／寶瓶文化事業股份有限公司
地址／台北市110信義區基隆路一段180號8樓
電話／(02)27494988　傳真／(02)27495072
郵政劃撥／19446403　寶瓶文化事業股份有限公司
印刷廠／世和印製企業有限公司
總經銷／大和書報圖書股份有限公司　電話／(02)89902588
地址／新北市五股工業區五工五路2號　傳真／(02)22997900
E-mail／aquarius@udngroup.com

著作完成日期／二〇一七年三月
初版一刷日期／二〇一七年五月二十六日
初版三刷日期／二〇一七年六月十九日

ISBN／978-986-406-090-0
定價／三三〇元

愛書人卡

感謝您熱心的為我們填寫，
對您的意見，我們會認真的加以參考，
希望寶瓶文化推出的每一本書，都能得到您的肯定與永遠的支持。

系列：Island 269　**書名：冬將軍來的夏天**

1. 姓名：__________　性別：□男　□女
2. 生日：_____年_____月_____日
3. 教育程度：□大學以上　□大學　□專科　□高中、高職　□高中職以下
4. 職業：__________
5. 聯絡地址：______________________________

   聯絡電話：__________　手機：__________
6. E-mail信箱：______________________

   □同意　□不同意　免費獲得寶瓶文化叢書訊息
7. 購買日期：_____ 年 _____ 月 _____日
8. 您得知本書的管道：□報紙／雜誌　□電視／電台　□親友介紹　□逛書店　□網路

   □傳單／海報　□廣告　□其他
9. 您在哪裡買到本書：□書店，店名__________　□劃撥　□現場活動　□贈書

   □網路購書，網站名稱：__________　□其他__________
10. 對本書的建議：（請填代號　1. 滿意　2. 尚可　3. 再改進，請提供意見）

    內容：__________

    封面：__________

    編排：__________

    其他：__________

    綜合意見：______________________________
11. 希望我們未來出版哪一類的書籍：______________________

讓文字與書寫的聲音大鳴大放

寶瓶文化事業股份有限公司

（請沿此虛線剪下）

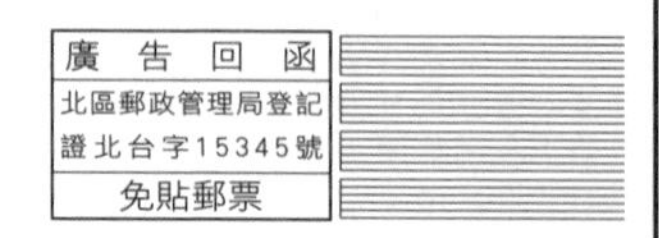

寶瓶文化事業股份有限公司收

110台北市信義區基隆路一段180號8樓

8F,180 KEELUNG RD.,SEC.1,

TAIPEI.(110)TAIWAN R.O.C.

（請沿虛線對折後寄回，或傳真至02-27495072。謝謝）